LISA MOORE

FREMDE HOCHZEIT

ERZÄHLUNGEN

Aus dem Englischen
von Kathrin Razum

Carl Hanser Verlag

Die versammelten Erzählungen erschienen im Original in den Bänden *Degrees of Nakedness* (S. 89, S. 161, S. 215), *Open* (S. 7, S. 79, S. 143, S. 175, S. 189, S. 237) und *Something for everyone* (S. 105, S. 221) bei House of Anansi in Toronto, Kanada (1997, 2002, 2018).

Die Übersetzung wurde vom Canada Council for the Arts gefördert.

Canada Council   Conseil des arts
for the Arts   du Canada

1. Auflage 2020

ISBN 978-3-446-26758-9

Umschlag: Peter-Andreas Hassiepen, München
Foto: © Anni Hanén
Satz: Kösel Media GmbH, Krugzell
Druck und Bindung: CPI books GmbH, Leck
Printed in Germany

MIX
Papier aus verantwortungs-
vollen Quellen
FSC® C083411

INHALT

FREMDE
HOCHZEIT

Auf dem glänzenden Kragen ihres schwarzen Smoking-Jacketts entdeckt Eleanor bei der Gartenparty nach der Trauung einen Marienkäfer. Orange Deckflügel, zwei schwarze Punkte. Unter dem Jackett trägt sie ein karminrotes Kleid. Der Rock mit gefalteten Satinkaros besetzt, die jeweils von einer roten Perle gehalten werden, und falls sie einen Zustand der Gnade erlangen oder ihr Bier verschütten oder von irgendeiner flüchtigen Verliebtheit erfasst werden sollte – sie sollte nicht schon am Nachmittag trinken, sie kann sich in den Gläsern von Glenn Marshalls Sonnenbrille sehen, ihre schwarze Lackledertasche wie ein Streichholzkopf in der Flamme ihres Rocks –, falls sie einen Gnadenmoment erleben sollte, würden die Perlen auf ihrem Kleid womöglich ins Gras fallen und die Karos sich zu Schmetterlingen entfalten. Sie umklammert die feuchte Bierflasche. Zu kalt, um draußen zu sein. Der Tüll unter ihrem Rock kratzt an ihren nackten Beinen. Sie wird sie vor dem Empfang noch rasieren. Wo ist Philip? Die Würde bewahren, das ist das A und O, denkt sie, ob mit oder ohne Gnadenzustand. Er verliebt sich gerade in eine andere. Sie haben eine Übereinkunft, so wird das gern ausgedrückt. Paare, die eine offene Ehe führen: eine Übereinkunft.

Ein heftiger Windstoß lupft den Sonnenschirm aus dem Loch in der Mitte des Plastiktischs, und ein paar Sekunden lang pirouettiert er auf seinem weißen Metallstiel über den Rasen. Glenn Marshall versucht ihn zu erwischen, mit erhobenem Arm und leerer Faust. Was sie beschlossen hat: Sie wird mit Glenn Marshall schlafen. Eine Übereinkunft ist etwas, woran man erst mal Geschmack gewinnen muss, so wie an allem, was Spaß macht im Leben: Kaffee, Wein, Austern, Bungeespringen. Eine Gruppe von Gästen weicht dem torkelnden Schirm aus. Er knallt gegen den Lattenzaun. Eine Papierserviette flattert vom Tisch und fällt herunter wie eine abgeschossene Taube, die aus dem Himmel fällt, eine Lippenstiftwunde auf der Brust. Das Sonnenlicht fängt sich in der Kristallglasschale mit Erdbeeren, und ein winziges Spektrum schießt über den schmalen Rand. Die Ruderboote auf dem Quidi Vidi Lake gleiten schnell dahin. Ein Team von Frauen mit gelben Kappen hält die Ruder über Wasser. Sie beugen sich vor, beugen sich zurück. Ein funkelndes Aufsprühen von Gischt am Bug. Die letzte Ruderin hebt die Hand an die Wange und ist dann im Gleißen nicht mehr zu sehen.

Der Marienkäfer auf Eleanors Jackett sitzt immer noch fest. Sie ist hier irgendwo, die Frau, mit der Philip was hat.

Eleanor schließt die Augen. Der Nachmittag schwankt, der Rasen, die Stimmen. Der Sommer ist fast vorbei. Sie kann den Herbst schon riechen. Im Ship Inn hat ihr Glenn Marshall mal die Hand aufs Kreuz gelegt. Sie hatte in einem schwarzen Minikleid getanzt, und die Baumwolle war feucht.

Er fragte: Was machst du?

Ein Bier holen. Und du?

Es ist gefährlich, mit dir zu reden.

Gefährlich?

Du hast schöne Beine.

Das war letzten Sommer gewesen, die gleiche Andeutung von Herbst. Nur das, seine Hand auf ihrem Rücken, die Baumwolle feucht vom Schweiß. *Du hast schöne Beine.* Sie war vor ihm, drängte sich an den dicht besetzten Tresen, ihre eine Ferse hob sich aus dem Schuh. Er stützte sie.

Sie sieht Philip im Fenster des Wintergartens, er hört einer Frau mit blondem Pferdeschwanz zu. Das muss sie sein. Sie steht auf Zehenspitzen, er neigt ihr das Ohr zu. Eleanor sieht, wie er an seiner Krawatte zerrt. Ihr Mund ganz nah an Philips Ohr. Dann schiebt sich eine Wolke vor die Sonne, verdunkelt das Fenster, und sie sieht ihn nicht mehr.

Was macht Philip eigentlich, fragt sie Glenn Marshall.

Philip amüsiert sich prächtig. Glaub mir.

Sie spürt, wie sich die Erde dreht. Die Absätze ihrer Sandalen versinken im matschigen Boden unter dem nassen Gras. Sie hat einen Reissalat mit Sesamöl und roter Paprika mitgebracht. Gestern Abend hat der Taxifahrer gesagt: Schauen Sie sich mal diesen Mond an – was für ein Wetter. Ich hatte mal eine Frau, die konnte aus nichts ein Essen zaubern. Man hatte Elche, man hatte einen Garten. Jetzt hab ich eine andere Frau, vollkommen anders.

Eleanor forderte alle auf, von dem Moment zu erzählen, in dem sie dem Tod am nächsten gekommen waren.

Ich mag Momente, sagte sie, Momente jeder Art. Auf den Höhepunkt zugespitzt.

Glenn Marshall hatte mal in einem Hubschrauber gesessen und mit einem Betäubungsgewehr auf einen galoppierenden Elch gezielt, während sie sich einem Kliff näherten, und weiß der Himmel, was mit dem Wind los war, jedenfalls sackte der Hubschrauber plötzlich für zehn Sekunden nach unten. Er erzählte die Geschichte, während er sich ein Brötchen schmierte. Wendete die Messerklinge hin und her, um sie auf beiden Seiten am Brot blank zu wischen. Die Rotorblätter, sagte er, drehen sich bei solchen Unfällen immer weiter, die bohren sich ein wie ein Korkenzieher und köpfen die Passagiere.

Eleanor erzählte von dem Unfall mit dem Reisebus in Nepal, das eine Vorderrad hing über dem Abgrund, aus den Fernsehern, die an der Decke festgeschraubt waren, dröhnte weiter irgendein indisches Musical, ein ganzer Harem von Tänzerinnen balancierte auf einem dreistufigen Springbrunnen, und alle kratzten auf Minigeigen herum. Große Brüste, mollige Hüften. Als auch das zweite Rad über die Kante rutschte, sprudelte der Springbrunnen seitwärts, und die Tänzerinnen blieben gegen alle Regeln der Schwerkraft stehen und fiedelten strahlend weiter, in fröhlichem Technicolor. Durch das Fenster neben ihrer Schulter hatte sie Flammen über die stählerne Buswand lecken sehen. Der Bus brannte. Sie und Sadie unter einem gemeinsamen Laken. Die Windschutzscheibe zersprang und fiel ihnen in den Schoß. Die bläulichen Glasscherben purzelten in die Falten des Lakens, verfingen sich in ihren Haaren. Sie hatten die Arme gehoben, um ihr Gesicht zu schützen.

Da waren sie nun, in Nepal. Diese Opulenz, diese Stille. Die drängelnden Menschen zerquetschten sie fast, hoben sie von den Füßen. Sie wurden aus dem Bus getragen, fielen auf die Knie, standen ganz schnell wieder auf.

Nur weg von dem Bus, weg, bevor er in die Luft geht.

Morgendämmerung; eine Frau im Sari auf einer staubigen Straße mit einem Wasserkrug auf dem Kopf, hinter ihr die aufgehende Sonne. Der eigentliche Moment ist das Flattern ihres Saris. Das Knallen und Flappen des Stoffs im Wind. Die Stille. Jemand zog eine Landkarte hervor, die in der heißen Luft knisterte, wie wenn man Eierschalen zerdrückt. Aber Eleanor erzählt nur bis zu dem Moment, als das zweite Rad über die Felskante rutscht.

Man muss das Publikum in Atem halten.

Sie sagte: Unten konnte man die Busse sehen, die schon abgestürzt und auf den Felsen zerschellt waren. Dann rollte das zweite Rad über die Kante, und wir spürten, wie der Bus schwankte.

Glenn lehnte sich zurück und legte den Arm auf ihre Stuhllehne. Sie roch seinen dampfigen, frühlingshaften Schweiß. Die Nähe seines Arms ließ sie erröten.

Sie dachte: Und Philip will mich verlassen.

Es gab verschiedene Kategorien von Momenten: die berühmteste Person, der man je begegnet war, der romantischste Moment, den man je erlebt hatte, der peinlichste. Die früheste Erinnerung. Der größte Glücksfall. Das letzte Mal, dass man in die Hose gemacht hatte.

Constance erzählte, wie sie als Siebenjährige mal auf einer Weide aufgewacht war, auf der ein Bulle Gras kaute und ihr

Tröpfchen ins Gesicht schnaubte, seine Hörner vergilbt wie eine alte Toilette. Wie sie gerannt war, während ihr heiße Pisse die Beine hinunterlief, gelb auf ihren weißen Söckchen. Als sie über den Zaun geklettert war, blieb sie stehen, um Luft zu holen, beugte sich vor, um sich zu übergeben, und konnte in den schwarzen Lacklederschuhen, die ihre Tante ihr aus St. John's geschickt hatte, den blauen Himmel und die Wolken sehen. Sie zündet sich eine Zigarette an und bläst sich den Hochzeitsschleier aus dem Gesicht.

Kann mir mal jemand aus diesem Ding heraushelfen?

Constance ist an der Bay aufgewachsen, ein Einzelkind, von der Großmutter aufgezogen. Sie behauptet, sie sei in der Küche in einer großen verzinkten Wanne vor einem Holzofen gebadet worden. Kann das stimmen? Sie erinnert sich noch daran, wie das Fernsehen nach Neufundland kam. Alle versammelten sich in einem Haus, um zusammen zu gucken. Sie ist Köchin und hat einen Master in Religionswissenschaft. Hexen im Mittelalter. Magie, schwarze und weiße. Eleanor hat Constance schon dabei zugesehen, wie sie Teigzöpfe mit geschmolzener Butter bestrich, Kaninchen häutete, mit einem Holzlöffel frische Schlagsahne in eine Schokoladenmousse gab.

Einmal hatte Philip Eleanor gesagt, sie solle den Mund auf- und die Augen zumachen. Er hatte Kerzen angezündet, sie hatten was geraucht, und jetzt suchte er unter dem Bett herum. *Augen zulassen.* Eine Kugel klapperte in der Metalldose, die er schüttelte, *Augen zulassen, hab ich gesagt*, dann das Spotzen und Zischen, und ihr Mund war voll Sprühsahne. Kringel aus Reddi Wip um die Brustwarzen, um Kinn und Nase, in den Haaren.

Constance sieht in ihrem Kleid aus wie Zuckerwatte. Eleanor kann sie sich gerade gar nicht anders angezogen vorstellen. Sie ist für dieses Hochzeitskleid geschaffen. Vollbusig, rosige Wangen. Satin ist ideal für sie, eisbergkühl und lustbetont. Eigentlich ist sie dafür geschaffen, eine Figur in einem russischen Roman zu sein – eine Küche mit einem Herd so groß wie ein Bett, der Wildhüter klopft mit einem Holzstock an die Tür, zwei Wachteln über der Schulter, und da ist Constance und waltet über die Blutwurst, während ihre vier Kinder in Musselin gewandet durch den rosa Kirschgarten spazieren.

Das Hochzeitskleid schwingt raschelnd hin und her, als sie jetzt Blätterteigtaschen mit Brie und karamellisierten Zwiebeln verteilt. Ihre kastanienroten Locken rutschen aus den Kämmchen. Der tiefe Halsausschnitt. Sie hat die ganze Hochzeit allein auf die Beine gestellt, ohne ein Wort der Klage. Es hat ihr Spaß gemacht. Constance weiß, wie man auch mittellos über die Runden kommt, sie und Ted, die vier Kinder und der räudige, haarende Husky mit den entzündeten Augen – sie sind permanent pleite. Aber wenn es um eine Party geht, ist Constance gern mal extravagant. Wozu ist Geld schließlich da? Ein winziges Röhrchen Safran, in einem Spezialitätengeschäft aufgegabelt, als sie vom Secondhand-Laden der Heilsarmee kam, wo sie den Mädchen Jeans gekauft hatte.

Gestern war Eleanor bei ihnen gewesen, da hatte Constance am Küchentisch gesessen und geraucht (eine orange Seidenbluse, so was trägt sie normalerweise), die Wange in die

Hand gestützt, die ganze Arbeitsfläche voller Brotlaibe, die von Butter glänzten. Weiterer Teig ging noch auf. Sie saß vor dem Fenster und machte eine Pause. Kochte Eleanor eine Tasse Tee. Die Ruderboote auf dem See glitten an ihrer Schulter vorbei. Gestern war das Wasser still gewesen, und die Ruder waren ein- und wieder aufgetaucht, ohne dass es spritzte. Die Kätzchen hatten den Pfennigbaum umgeworfen. Riesige Wäscheberge. Ein Stapel Bücher über die Pest, einer über Alchemie. Sie hatte vier Kinder bekommen, jeweils im Abstand von einem Jahr. Mit Alchemie kannte sie sich aus; mit der Pille gab sie sich nicht ab.

Eleanor fragte: Wie kriegst du das nur hin? Das Brot. Constance machte eine wegwerfende Handbewegung zur Arbeitsfläche hinüber.

Das Brot bäckt sich von allein, sagte sie. Brot backen ist simpel. Das Lamm dagegen. Sie schlug eine Zeitschrift auf und schob sie Eleanor hin, damit sie das Rezept lesen konnte.

Wer weiß – wenn ich kochen gelernt hätte, sagte Eleanor vage, während sie rasch die Zeitschrift durchblätterte. Bei einer Parfumreklame hielt sie inne, der Verschluss eines Kristallflakons, der über den Hals einer Frau mit leicht geöffneten, aufgeworfenen Lippen fuhr.

Oder wenn ich Parfum benutzen würde.

Constance kniff die Augen zusammen, riss sie dann weit auf und klopfte energisch ihre Zigarette ab.

Nicht auf Gnade hoffen, sondern die Würde bewahren, das ist mein Rat, sagte sie.

Würde ist langweilig.

Trotzdem.

Du könntest sie wieder ausladen, sagte Eleanor.

Diese Genugtuung verschaffe ich ihr nicht.

Und jetzt ist Constance mit Ted verheiratet. Der Traugottesdienst auf dem Signal Hill, wo ihr der Wind den Schleier zur Hochfrisur aufwehte, bis die Brautjungfer ihn zu fassen bekam und gefügig machte. Der Priester ist der Mann, der die Fensterscheiben der Kirche, die man vom Highway aus sieht, eingeschossen hat. Mit roter Farbe auf den weißen Holzbrettern: »Fenster von einem katholischen Priester eingeschossen.«

Eleanor öffnet ihre Handtasche, lässt ihr Ansteckbukett hineinfallen und schließt den Schnappverschluss wieder. Sie hebt den Kragen ihres Jacketts an. Der Marienkäfer ist weg. Sie wollte ihn ihrer Tochter Gabrielle zeigen. Vor Monaten hatten sie nach einem Ausschau gehalten, damit sie sich etwas wünschen könnte.

Jetzt redet Frank Harvey. Frank erzählt, er habe irgendwann festgestellt, dass er voll auf dem Ehemanntrip war. Ein gemauerter Kamin im Souterrain, ein paar Installationsarbeiten, andere Paare, mit denen man am Freitagabend über diesen Tapetenfarbton oder jene Erweiterung für den Gasgrill plauderte, und die ganze Zeit habe er sich dafür gehasst.

Man stellt fest, dass man ein Arschloch ist, sagt er. Er schüttelt sich. Kippt die Zitronenscheibe in seinem Gin hin und her.

Ein Arschloch, sagt er. Das ist mir passiert. Es war schrecklich. Ich habe mit Yoga angefangen.

Der Moment, in dem man seiner schlimmsten Angst ins Auge sieht, sagt Eleanor.

Sie erzählt, wie ihre Mutter mal mit einem weißen Wiesel oder Mink im Wohnzimmer festsaß. Nach dem Tod von Eleanors Vater. Sie selbst war damals siebzehn, in Stephenville im Schneesturm unterwegs, an einem ehemaligen Gemischtwarenladen schlug eine riesige hölzerne Eistüte immer wieder gegen die Wand. Sie versucht das gerade in das Drehbuch, an dem sie schreibt, einzuarbeiten – die hölzerne Eistüte an den quietschenden Scharnieren. Ihre Wimpern vereist. Später im Studentenwohnheim klingelt das Telefon im Flur, sie rennt hin, und es ist ihre Mutter, die in ihrer Küche in St. John's auf der Arbeitsplatte steht. Irgendwie war ein Tier, so dick wie ihr Oberschenkel und so lang wie ihr Arm, ins Haus gelangt.

Ein weißes Wiesel oder ein Mink, der wie irr über den grüngoldenen Flauschteppich flitzte. Eleanor konnte sein schrilles Quieken hören. Ihre Mutter, eine große Frau, mit verrenktem Hals, den Hinterkopf an der Stuckdecke. Der Gipsputz in Wischtechnik gestrichen, damals noch eine neue Idee. Sie hatten eine Wendeltreppe, eine getönte Spiegelwand mit Kamin. Sie hatten einen offenen Wohnbereich im ersten Stock, einen See, und im Winter wirbelten Schneeschleier über das dunkle Eis. Der Schnee reichte ihrer Mutter oft bis zur Taille, und Howard, ein geistig Behinderter, der in der Nähe wohnte, kam zum Schneeschippen. Eleanors Mutter brachte ihm eine Pepsi mit Eis, und er machte Pause, um sie auszutrinken, sein Atem in frostigen Wölkchen, die neonorange Mütze. Nur sie zwei, sonst weit und breit kein Mensch. Ihre Mutter blieb neben ihm stehen und wartete auf das Glas. Das wurde das Leben ihrer Mutter, nachdem ihr Vater gestorben war; nur ab und zu bekam sie Angst, wenn aus den Augen des Minks unter dem Esstisch das fremde Grün in der Falle sitzender Tiere blitzte, und dann wieder Schwarz.

Der erotischste Moment ohne Berührung. Der Korken einer Weinflasche, der unter Glenn Marshalls Handfläche über eine verwaschene gelbe Rose auf dem Tischtuch rollte. Seine Hand auf ihrem Rücken. Womöglich war das ein Gnadenmoment gewesen. Das Ship Inn an einem Sommerabend, rappelvoll, nur noch Stehplätze, irgendeine Veranstaltung in The Hall, deren Teilnehmer hier weiterfeierten, die Band ohrenbetäubend, Sommerkleider, gebräunte Gesichter. Wie das Licht den Himmel über den South Side Hills langsam indigoblau, gelblich, hellblau getönt hatte. Der Wunsch, weiterzumachen, in eine andere Bar oder zu jemandem nach Hause zu gehen, die neue Sandale kaputt. Der Bürgersteig in der Duckworth Street. Ein Streifenwagen verlangsamte neben ihnen, fuhr weiter. Glenn Marshall hatte ihr etwas ins Ohr geflüstert, ich würde gern mit zu dir nach Hause. Sie war sofort zur Vernunft gekommen. Die kühle Brise vom Hafen. Der Geruch des Meers.

Ich würde dich gern ein bisschen verwöhnen, hatte er gesagt. Wie anzüglich und zärtlich das geklungen hatte. Auf liebenswürdige Weise daneben. Kitschig und dreist! Die tugendhafte Inbrunst, mit der sie ihm daraufhin erklärte, sie könnte ihrem Mann niemals wehtun.

Frank Harvey redet immer noch über den Moment, in dem man merkt, dass man ein Arschloch ist. Ein Sonntagnachmittag im Bannerman Park, erzählt er, verkatert, angeschlagen, die Kinder bringen das Sprungbrett zum Vibrieren, Wind in den Blättern, und da wurde es mir schlagartig klar. Es war eine echte Läuterung, und eine Riesenerleichterung. Er lächelt in die Runde. Frank Harvey hält Hof. Die Sonne scheint auf seine beginnende Stirnglatze. Sie glänzt, als strahlte er seine neue Weisheit körperlich aus. Er ist ein guter Hochzeitsgast, er unterhält die Leute.

Eleanor denkt: Wie gefährlich es wäre, sich in Frank Harvey zu verlieben. Aber es wäre eine Option, wenn Philip sie verlässt. Es würde eine *hitzige* Beziehung werden. Ja, mit Zoff in aller Öffentlichkeit, zerschmettertem Geschirr, Sex im Freien, im Kino, im Flugzeug. Mit Radtouren durch Kanada, Magerkeit, Abhärtung, freiwilliger Armut. Sie würde sich den Kopf rasieren oder Vegetarierin werden müssen. Auf einer mechanischen Schreibmaschine tippen. Vielleicht anfangen zu rauchen. Sie könnte ein weiblicher Ernest Hemingway werden, sich einen Bart wachsen lassen. Es wäre äußerst belebend. Philip kopfschüttelnd bei irgendeinem Lunch, perplex. Er würde seine Blondine bereuen. Aber Eleanor ist zu alt für Frank. Seine Geliebten sind alle unter fünfundzwanzig, gickelig und grazil, und haben asymmetrische Frisuren. Eleanor hat überhaupt keine Frisur.

Versteht ihr, sagt Frank Harvey, wenn man ein Arschloch ist, kann es eigentlich nur besser werden, oder? Ich war hocherfreut. Nee, echt. Es war so eindeutig – mein Arschlochsein. Die Wolkendecke riss auf, und die Sonne strahlte herab und läuterte mich. Ich war geläutert.

Frank nimmt sich einen Moment Zeit, um die Augen zu schließen und die Handflächen und sein schönes Gesicht zu der wie auch immer gearteten Macht zu heben, die ihn geläutert hat. Zu zweiundneunzig Prozent ist das Show, aber der Inhalt ist echt. Er meint, was er sagt. Von Timing versteht er was. Er parodiert sich selbst beim Parodieren seiner selbst. Er meint es todernst. Er macht die Augen wieder auf und sagt geradezu heftig: Ich war funkelnagelneu.

Ist Frank Harvey das, was man bipolar nennt? Oder ist er tatsächlich der Erleuchtung sehr, sehr nah? Wie Erleuchtung aussieht: Seine Augen sind unglaublich klar. Er strotzt vor Gesundheit. Ist unglaublich sexy. Eleanor kommt zu dem Schluss, dass die Erleuchtung zu viel Kraft erfordern würde. Und große Ehrlichkeit. Eleanor ist fast nie unehrlich – sie sieht sich selbst vor sich, wie sie in einem riesigen Feld mit einer großen Machete einen Pfad der Wahrheit freihaut und nur gelegentlich innehält, um sich den Schweiß von der Stirn zu wischen.

Philip dagegen hält es für seine Pflicht zu lügen, wenn das Leben dadurch einfacher wird. Eleanor stellt sich eine Luftaufnahme von sich selbst vor, sieht den Weg, den sie freihackt, im Kreis verlaufen, eine Spirale. Dann erlaubt sie sich kurz, sich Frank Harveys Penis vorzustellen. Das Wort Schwengel fällt ihr ein, etwas Großes, Freundliches. Ein schöner tiefer Klang, wie von einer Glocke oder den Becken am Eingang der Verbotenen Stadt. Ding dong, ying yang. Mit Frank könnte sie sich verblümt ausdrücken, wie die Heldin in einem historischen Schundroman, *nimm mich*, Frank.

Es riecht nach Zimt von einem Tablett, das Constance ihr unter die Nase hält, und prompt ist Eleanor wieder mit Sadie in Indien, vor zehn, nein, zwölf Jahren. Eisige Klimaanlagen, das Flappen von Deckenventilatoren. Wie greifbar das manchmal wieder für sie wird. Sie kann es riechen. Sie wurden damals gefragt, ob sie als Statistinnen in einem Film mitspielen wollten. Zwei zwielichtig wirkende Männer vor dem Hostel der Heilsarmee in Bombay. Sie sagten: Seid morgen früh um fünf hier. Wir fliegen mit euch nach Bangor. Ihr werdet bezahlt. Eleanor voller Angst, Sadie Feuer und Flamme.

Ist das wirklich so eine gute Idee?

Sadie: Machst du Witze? Das ist *Kino*.

Yoga, sagt Frank Harvey, ist mit unheimlich viel Schmerz verbunden. Ich habe versucht, meinen Selbsthass in Schmerz zu ertränken. Und die Yogalehrerin war wirklich gut. Sie hat mir ordentlich wehgetan.

Die indischen Filmagenten holten Sadie und Eleanor um fünf Uhr morgens ab. Fuhren mit ihnen in einen Randbezirk der Stadt und dann weiter, in eine trockene Landschaft, fast eine Wüste. Wie war Sadie so mutig geworden? Irgendwie tritt Eleanor diese Fahrt, während deren sie überzeugt war, ihr dreiundzwanzigjähriges Leben gehe nun zu Ende, und während deren Sadie für die zwei Männer, die sie entführt hatten, Joni-Mitchell-Songs sang, die Ellbogen über die Lehne des Vordersitzes gelegt – *he bought her a dishwasher and a coffee percolator –*, voller Inbrunst sang, obwohl sie zu jung waren, um zu verstehen, wie traurig und wie praktisch eine Spülmaschine sein kann – irgendwie tritt ihr das alles gerade höchst lebendig vor Augen. Sie erinnert sich sogar an den Sprung im Fenster, an den hüpfenden Plastik-Ganesh (warum war er blau?), der an einem Gummiband vom Rückspiegel hing. Das war sie einmal: eine Frau auf der Rückbank eines Autos in der

Wüste, die kurz davor war, umgebracht zu werden/in einem Bollywoodfilm mitzuspielen.

Und was ist sie jetzt? Vielleicht geht Philip wirklich. Wie soll sie Gabrielle und sich über Wasser halten? Sie muss ihr Drehbuch fertigschreiben. Sie könnte mindestens drei- oder viertausend für die Projektentwicklung kriegen, wenn sie sich darum bemühen würde. Viertausend, selbst wenn der Film nichts wird. Es gibt Mittel und Wege. Ein kleines Low-Budget-Video-Dings. Eine Siebzehnjährige, die in Stephenville die Kunsthochschule besucht, alte Armeebaracken, unter dem Schnee vergraben, die El-Dorado-Lounge, der Sensenmann, der Verlust ihrer Jungfräulichkeit, der Tod ihres Vaters.

Der erotischste Moment ohne Berührung: diesem Neunzehnjährigen, dem ersten Jungen, mit dem sie geschlafen hat, dabei zuzusehen, wie er aus Ton einen Torso formte. Wie er aus einem Schwamm Wasser über die Brüste drückte, sodass der Ton glänzte wie abgeleckte Schokolade, ein Tropfen hängt an der Brustwarze, das Plätschern, als er den Schwamm tränkt, das Pladdern der Wassertropfen auf dem Ton. Er redet mit ihr, während seine tonverschmierten Hände die Muskeln am Bauch des Torsos glätten, die Rippen, das Schlüsselbein. Er wischt mit dem Schwamm über die Halsbeuge, und Eleanors Hand wandert verstohlen an ihren eigenen Hals, sie merken es beide und lachen. Sie lachen, aber sie errötet, ihr ist heiß.

Sie braucht ewig für dieses Drehbuch. Die vorletzte Szene, eine Halloweenparty in einer weitläufigen Bar. Das allein ließe sich ja preiswert drehen. Manchmal denkt sie immer noch an die Machbarkeit. Früher hat sie ständig daran gedacht. Aber je wahrhaftiger das Drehbuch wird – je besser es ihr gelingt, ihre Verlustgefühle beim Tod ihres Vaters zu beschreiben –, desto weniger interessiert es sie, ob das Ganze machbar ist. Sandra, die Hauptfigur, ist in der vorletzten Szene betrunken. Sie hat sich entschlossen, ihre Jungfräulichkeit zu verlieren. Die Stadt liegt unter Schneewehen begraben; es ist ein weißer Film. Weiß. Ach, das junge Mädchen, das Eleanor sich in der Hauptrolle vorstellt. Schön, weil sie diese seltsame Mischung aus Kind und Erwachsener ist, ein Wechselbalg, wie alle Sechzehnjährigen, aber zugleich auch nichts Besonderes. Die Kamera wird ihr Gesicht immer in Nahaufnahme zeigen. Der Junge, mit dem Sandra schlafen will, ein Kommilitone, ist als Sensenmann verkleidet. Er geht zur Bar, um Bier zu holen, und ein anderer Sensenmann kommt an ihren Tisch und packt sie am Handgelenk.

Eleanor hält nach Sadie Ausschau, die eigentlich auch auf dieser Hochzeit sein sollte, aber immer zu spät kommt. Immer. Der Schnitt sei beendet, hieß es auf ihrem Anrufbeantworter. Der Film, an dem sie arbeitet; der Endschnitt steht. Sie wird bei der Gartenparty nicht fehlen, verspricht sie. Ich werde da sein, keine Sorge. Sie wollte doch Pfirsich Melba mitbringen, oder? Wie kann sie bei der Gartenparty fehlen? Aber die Party ist schon fast vorbei, und keine Sadie weit und breit.

Sadie und sie waren nicht von Talentsuchern in der Wüste umgebracht worden, wie sie es befürchtet hatte. Stattdessen wirkten sie als Statistinnen in einem Bollywoodfilm mit. Sie lernten einen Harem von Tänzerinnen kennen. Frauen, die seit ihrem fünften Lebensjahr in der Kunst des klassischen indischen Tanzes ausgebildet worden waren. Frauen, die dickes Puder-Make-up trugen, damit ihre dunkle Haut heller aussah. Kajal um die Augen. Dralle, üppige Frauen, die um ein Uhr mittags auf Holzbänken einschliefen, in Morgenmänteln aus braunem Kattun. Der Vamp (in der Tanznummer lugt sie neckisch hinter einer Palme hervor und hält Ausschau nach dem Prinzen, den sie gleich von seiner tugendhaften Frau weglocken wird) hatte Sadie durch den Umkleideraum gejagt. Sadie war quiekend über Bänke gesprungen, während der Vamp versuchte, ihr in den Hintern zu kneifen, und die anderen Tänzerinnen gackerten und kreischten. Sadie brachte ihren Hintern in einer Ecke des Raums in Sicherheit, bog sich vor Lachen. Im nächsten Moment drängten sich die Tänzerinnen zusammen, wisperten und wandten sich ihr dann gesammelt zu. Was ist?, wollte Sadie wissen. Der Vamp trat vor: Du musst deine Achseln rasieren, das ist doch furchtbar. Sich so in einem Film zu zeigen. Hast du denn kein Schamgefühl?

Es hatte eine Szene am Pool gegeben: Die Tänzerinnen in einer langen Reihe, sie hielten sich gestreifte Strandbälle über den Kopf und fielen dann eine nach der anderen seitlich ins Wasser, wie Dominosteine. Sadie und Eleanor waren auch dabei, die Arme über den Kopf gereckt. Herrlich behaarte Achseln. Sie standen in einer Reihe, der Geruch nach Chlor, die stechende Sonne, die Musik dröhnte los, der Vamp tänzelte an den Beckenrand, schwang das hinreißende schwarze Haar, die verführerisch blickenden Augen zu Schlitzen verengt, und dann fielen die Tänzerinnen eine nach der anderen ins Wasser. Keine von ihnen konnte schwimmen. Sie begannen, um ihr Leben zu kämpfen, sobald sie im Wasser waren, die hochgeputschte, hysterische Musik verstummte dröhnend, langes schwarzes Haar trieb auf dem Wasser, Würgen, Husten, Panik. Die Kameramänner hielten Stangen über den Pool. Sadie und Eleanor zogen die jungen Frauen an den Rand, retteten ihnen nach jedem Take das Leben.

Eleanor geht über den Rasen zum Haus. Sie hört Dawn Clarks Stimme über alle anderen hinweg: Ich kenn mich aus mit dem Internet. Neunzehn Jahre alt und männlich, das ist die demografische Gruppe, willst du denen Gehstöcke verkaufen oder was? Wohl eher nicht.

Eleanor geht hinein, holt sich noch ein Bier aus dem Kühlschrank. Sie denkt: Dieses Bier gibt mir den Rest. Aber es ist kalt, und die wie leichter Rauch vom Flaschenhals aufsteigende Kälte muntert sie auf. Da ist Philip. Sie geht zu ihm, legt ihm die Hand auf den Nacken. Er dreht sich um und schaut sie an, lächelt, während er weiterspricht. Für den Augenblick hat er vergessen, dass er sie verlassen will. Was immer er Constance gerade erzählt, ist wichtiger. Eleanor und Philip sind als Paar auf der Gartenparty. Vielleicht sind sie noch ewig zusammen. Sie sind von Freunden umgeben. Auf dem See gleiten die Ruderer vorbei. Das Zimmer ist voller Blumen. Die Kinder spielen in ihren feinen Kleidern. Gabrielle winkt ihr vom Rasen aus zu, das lange Gras streift über ihr gelbes Kleid.

Philip erzählt Constance von seinem Buch. Constance hat den Ellbogen aufgestützt, die Stirn in der Hand. Sie tippt eine Zigarette auf den Tisch. Sie lauscht der Globalisierung, nach wie vor im Hochzeitskleid.

Die Schweden haben über Nacht von Links- auf Rechtsverkehr umgestellt, sagt Philip, einfach so. Manchmal ändern sich Dinge über Nacht.

Eleanor verspürt den kaum bezwingbaren Drang, Philip ihr Bier hinten in den Kragen zu kippen. Wie kann er es wagen, auch nur daran zu denken, sie sitzenzulassen. Sie hat ihm zuliebe aufgehört, mit Sadie durch die Welt zu reisen. Sie hatten einander versprochen, ihr Leben lang miteinander zu reisen, Sadie und sie, komme, was da wolle. Sie hat den Dschungel aufgegeben, Schlauchbootfahrten über trübe Lagunen, die Pyramiden. Warum bloß hatte sie aufgehört, die zu sein, die sie war, um Philip zu lieben? (Er weiß alles, einfach alles, und er sieht gut aus, seine großen Hände auf ihren Pobacken, letzte Woche ist sie aus einem Sturzregen heimgekommen, dessen Tropfen vom Bürgersteig hüpften, als wäre ein Kugellager geplatzt, und da dröhnte das ganze Haus von Glenn Gould, so laut, dass man es spüren konnte, im Geländer, im Linoleum, die Goldberg-Variationen, sie schrie seinen Namen, wartete, schrie noch einmal, aber er hörte sie nicht wegen der Musik, der Dusche, dem Regen, die Treppe hoch, immer zwei Stufen auf einmal, Jacke, ein Stiefel, die Socke, ihr Hemd, die Jeans – sie ließ beim Hochgehen eins nach dem anderen fallen –, der andere Stiefel, die Socke, Unterhose, BH, und dann stand sie vor dem Duschvorhang, wartete, lauschte, das Badezimmer heiß und dampfig, die Blätter der Grünlilie bebten von der Musik, sie stieg lautlos in die Dusche, er stand mit geschlossenen Augen da, die Hände auf der Brust, sie umfasste seine Eier, und er riss die Augen auf und schrie. Das erschreckte sie so, dass auch sie aufschrie, sie standen da wie elektrisiert, ihre

Hände auf seinen Eiern, schrien beide, lachten dann, vögelten, das Klatschen ihrer nassen Körper.) Er findet es falsch, in einer Beziehung zu bleiben, wenn man in jemand anderen verliebt ist. Er glaubt nicht an *Krisen durchstehen* oder *für die Kinder* oder *weil man es versprochen hat*. Er glaubt schlicht und einfach daran, zu tun, was man will.

Eigentlich glaubt Philip an gar nichts. Er glaubt sehr entschieden daran, an nichts zu glauben. Er glaubt, Eleanors ganzes Problem bestehe darin, dass sie unbedingt will, dass es ein Richtig und ein Falsch gibt. Sie sei eine zu große Schisserin, um den letzten Überrest ihrer katholischen Erziehung über Bord zu werfen: den Wunsch nach einem universellen moralischen Kodex, der einen, wenn man ihn erst einmal erkannt hat, nur noch vor die geringfügige Aufgabe stellt, ihn in die Tat umzusetzen. Wenn Philip an irgendetwas glauben sollte, dann wäre es: Gestehe ein, was du willst; nimm dir, was du willst. Diesem Grundsatz zu folgen erfordert jede Menge Mut. Es ist offenbar nicht so einfach, wie man denkt. Aber sich anders zu verhalten, glaubt Philip, heißt eine Folge von Handlungen und Ereignissen in Gang setzen, die nicht nur das eigene Leben vermurksen, sondern auch das aller anderen Beteiligten. Sich anders zu verhalten heißt unaufrichtig sein.

Diese unverhohlen egozentrische Haltung hat etwas so Radikales und Überzeugtes, dass Eleanor ihn dafür nur noch mehr liebt. Sie weigert sich, ihn weniger zu lieben. Er hat sie am Hals. Er ist genau das, was sie will.

Eleanor geht wieder hinaus auf den Rasen. Glenn Marshall steht noch da, wo sie ihn hat stehen lassen. Sie wird Glenn Marshall vom Taj Mahal erzählen, von dem warmen Marmor und dem Geruch all der Füße. Vor dem Taj Mahal hatten sie einen Mann levitieren sehen.

Aber Glenn liebt Neufundland. Er mag die Hitze nicht, zieht kühleres Wetter vor. Er würde nicht oben auf dem rosa Palast stehen wollen, von gelenkigen Affen umgeben. Sie hat ihm das schon mal erzählt, fällt ihr plötzlich ein. Hat ihm die Geschichte von dem Bollywoodfilm schon erzählt. Glenn Marshall war mäßig interessiert gewesen. Er hatte zugehört, aber den Kopf geschüttelt und gesagt, er würde da niemals hinfahren. Warum sollte er? Er liebt Neufundland. Als gäbe es nur diese beiden Alternativen: das Taj oder die Little Island Cove. Er ist gern allein im Wald, hat eine Hütte, kann einen Unterstand bauen, Fallen stellen; er geht ab und zu eisfischen, mag die Stille.

So ein Quatsch, sie könnte Glenn Marshall niemals lieben. Aber wenn sie mit ihm schliefe. Vielleicht, wenn sie mit ihm schliefe. Manchmal ändern sich Dinge über Nacht. Ganz Stockholm, war das nicht so? Fährt auf der anderen Straßenseite, als wäre es schon immer so gewesen.

Frank Harvey sagt: Und dann hatte ich eine Erleuchtung, an einem Sonntagnachmittag allein im Bannerman Park. Ich begriff, dass es *okay* war, ein Arschloch zu sein. Ich bin sofort nach Hause gerannt, um meiner Frau von den Affären zu erzählen, die ich gehabt hatte, versteht ihr, ich hatte mir selbst bereits verziehen.

Was war Glenn Marshalls erotischster Moment ohne Berührung? Eleanor kann sich nur den galoppierenden Elch vorstellen. An Silvester hatte er sie geküsst und gefragt: Und, wie gefällt dir so ein Schnurrbart?

Ted sagt: Constance hat mir mitten im heftigsten Regen Blumen geschickt – jemand hat es im Buchladen über die Sprechanlage durchgesagt. Ich war gerade im Hinterzimmer und habe die Deckblätter von alten Harlequin-Liebesromanen abgerissen. Eine große Schachtel weiße Rosen.

Elfenbeinfarben, sagt Constance.

Die Verkäuferinnen haben sich schier überschlagen, um eine Karte zu finden, sagt Ted.

Die erste Nacht, die Eleanor in Philips Wohnung verbrachte: Wie sie den steilen Hang vom Kibitzer's hochgelaufen waren, am Straßenrand die glitzernden Scherben zerbrochener Bierflaschen, an einer Leine flatterten weiße Bettlaken. Sie ging unter den Laken hindurch, die feuchte Baumwolle, steif von der Kälte, streifte ihr Gesicht. Sie drehte sich nach ihm um, eine große Hand schlug sich den Weg frei, die Wäscheklammern flutschten in die Luft, dann erschien sein restlicher Körper, er taumelte, fiel. Sie waren dreiundzwanzig, und er hatte eine dreijährige Tochter. In der Häuserreihe mit Sozialwohnungen ging ein Licht an, dann noch eins. Sie rollten in dem Laken den Hang hinunter. Gras, Matsch, Steine, Himmel, Sterne. Das Laken um sie herum wie ein Kokon, aus dem sie sich gemeinsam herauswanden.

Ein verschneiter Nachmittag um vier; sie gingen am Kriegerdenkmal vorbei, Eleanor hatte seine dreijährige Tochter auf ihren Schultern, zählte Münzen für ein Stück Käse ab. Die Makkaroni hatten sie schon. Über Nacht waren sie eine Familie geworden, so eine Art Familie jedenfalls. Die Münzen in ihrer Hand reichten genau! Unter ihrem Kinn die glänzenden roten Stiefel des Kindes. Die Abenddämmerung senkte sich über die Duckworth Street, das Antiquariat war noch erleuchtet. Schneematsch drang in ihre Stiefel. Sie hielt die Beine des Kindes ganz fest. Später, während in der Küche Dampf aus dem Topf aufstieg, malten das Kind und sie Fische auf den durchsichtigen Duschvorhang. Wer-sie-war verschwand wie im Fluge, wurde verschluckt von Wer-sie-ist.

Frank Harvey erzählt, seine Frau sei vor Eifersucht schier durchgedreht, als er ihr von seinen Affären erzählte.

Seither meide ich solche Frauen, eifersüchtige Frauen. Ich rieche das hundert Meter gegen den Wind, und dann mache ich mich sofort aus dem Staub.

Das klingt so richtig, was er sagt, denkt Eleanor. Sie meint zu wissen, dass alles, was Frank Harvey sagt, durch das Schweigejahr geprägt ist, das er in einem Kloster in Korea verbracht hat. Frank Harvey, der Pantomime, hat ein ganzes Jahr lang nicht gesprochen. Es hat geholfen, hatte er danach gesagt, dass niemand dort Englisch konnte. Hat meinen Drang, loszusprudeln, verringert. Man entwickelt einen Sinn für die sublime Schönheit von Geplauder, für die fragmentierte, absurde, chaotische, wilde Bedeutungslosigkeit all dessen, was wir so reden. Was immer sich sonst über Frank Harvey sagen lässt, er ist ein begnadeter Pantomime. Natürlich beherrscht er die

Nummer mit den Glaswänden und Michael Jacksons Moonwalk, aber er kann auch auf der Stelle in Zeitlupe rennen, als würde er in einem Albtraum gejagt, als schmölzen seine Knochen und im nächsten Moment würde er von einem namenlosen Monster, das man geradezu riechen kann, geschnappt und verschlungen. Er kann unsichtbare Tiere in den Händen halten, sie bezähmen, wenn sie sich freizuwinden versuchen. Sie findet es toll, wie überzeugend Frank Harvey ist. Überzeugend zu sein ist das Entscheidende, beschließt Eleanor – worin oder womit man überzeugend ist, spielt keine Rolle.

Ich habe das Reden lieben gelernt, sagte Frank Harvey, heute lebe ich dafür. Und ich habe auch gelernt, wie man einen Witz erzählt. Man darf die Pointe nicht ankündigen. Das Material muss die Arbeit tun. Bei dem besten Witz, den ich je erzählt habe, hab ich mir mit der Pointe ein Jahr Zeit gelassen.

Was war das denn für ein Witz?, fragt Tiffany White. Tiffany ist eine gescheite Krankenschwester, die aus Thunderbay neu hierhergekommen ist. Eleanor wird klar, dass sie Frank ernst nimmt.

Das war der Witz, sagt Frank Harvey. Nicht kapiert?

Was war der Witz?

Der Witz war, dass es ein Jahr gedauert hat, den Witz zu erzählen.

Frank wendet sich wieder Eleanor zu. Danach haben wir uns getrennt, er meint sich und seine Frau. Da war nichts mehr zu retten.

Das ist so eine buddhistische Vorstellung von Frank, denkt Eleanor, dass wir einander nicht besitzen können. Wir sollten es nicht einmal wollen. Sie spürt einen Schmerz in der Brust, als wäre sie Frank Harveys Frau, die Frau, die er tausendmillionenmal betrogen hat. Sie will sich gegen sein hieb- und stichfestes Argument wehren, dass Eifersucht schändlich ist. Welcher Mann redet denn ein Jahr lang nicht?

Constance zieht ein Blech mit Knoblauch-Frikadellen aus dem Ofen. Die Frau mit dem blonden Pferdeschwanz sitzt neben Philip. Amelia Kerby aus British Columbia, sie promoviert über kanadische ökofeministische Romane. Ein Kleid aus goldenem Lamé: Sie war in Griechenland Leonard Cohen begegnet und hatte es irgendwie hingekriegt, nach einem Konzert in seine Limousine eingeladen zu werden. Als sie aus der Garage rausfuhren, rissen sich weibliche Fans die Blusen auf und pressten ihre Brüste gegen die Autofenster.

Sie sagt: Ich habe ihm die Hand in den Schritt gelegt, er hatte eine schwarze Lederhose an, und von der Sonne, die durchs Fenster reinschien, wurde das Leder heiß. Ich konnte nicht anders.

Eleanor: Deine Hand in seinem Schritt, das ist nicht ohne Berührung. Es soll ein erotischer Moment ohne Berührung sein.

An dem Abend bevor Philip und sie das erste Mal miteinander schliefen, saßen sie in einer gemütlichen Bar in der Innenstadt, er in einem Sessel und sie auf der verschlissenen Armlehne. Auf einem Bildschirm, der mit Bolzen an der Wand über der Bar befestigt war, eine krisselige Wiedergabe von *Der letzte Tango in Paris*. Brando mit der Butter. Maria Schneider, diese Brüste. Die leere Wohnung. Die Franzosen wohnen immer in irgendwelchen leeren Zimmern mit hoher Decke und offenen Fenstern, Vorhängen.

Maurice, Sadies Freund, hat auch so eine Wohnung. Er spaziert den ganzen Tag mit einem Glas Irgendwas darin herum, seufzt, schreibt etwas auf, spaziert weiter. Dafür bekommt er gar nicht so wenig Geld. Soweit Eleanor es beurteilen kann, ist das alles, was er tut, aber Eleanor spricht kein Französisch, also wer weiß. Schneiders Absätze klappern auf den Fliesen, die Butter. Der letzte Film, der jemals über Lust gedreht wurde, ausufernde, extravagante, teure, wutbefeuerte, gefährliche Lust. Oder Leid. Da ist sie sich nicht mehr so sicher.

Eine Nacht in einem Hotel in Südindien, Bangor, der Monsunregen tackerte das Wellblechdach fest, eine Woche nach den Dreharbeiten; Sadie rüttelte sie wach. Sadie hatte eine leere Seite ihres Tagebuchs aufgeschlagen. War sich mit den Fingern durchs Haar gefahren, und Läuse waren auf das weiße Blatt gefallen. All die ertrinkenden Tänzerinnen hatten Läuse.

Jetzt haben wir sie auch, sagte Sadie.

Lange glänzend schwarze Haarsträne, die auf dem aquamarinblauen Wasser trieben und sich über Eleanors Gesicht und Arme legten, wenn sie die ertrinkenden Tänzerinnen nach jedem Take wieder an den Beckenrand bugsierte.

Du hast sie, sagte Eleanor. Ich nicht.

Am nächsten Tag waren sie im Bahnhof. Eleanor ging noch etwas zu trinken holen, und der Zug fuhr ohne sie los. Er war schon halb aus dem Gebäude, nahm langsam Geschwindigkeit auf. Sadies Stimme aus einem dunklen Fenster, bereits im weißen Sonnenlicht der Felder: Spring auf, spring auf!

Eleanor rannte los, und ein Soldat in Khaki und mit Gewehr beugte sich aus dem letzten Wagen und reichte ihr die Hand. Er zog sie an Bord, und sie brüllte über die Reisfelder, die in der Sonne glitzerten: Ich bin im Zug, Sadie. Dann setzte sie sich auf einen Sack Getreide, ließ den Kopf hängen, spürte ihr heftig pochendes Herz und im Nacken die krabbelnden Läuse.

Eleanor öffnet die Augen und zieht langsam den Absatz ihrer Sandale aus dem Matsch. Sie war den größten Teil des Nachmittags hier draußen auf dem Rasen. Sie spürt das Glühen eines spätsommerlichen Sonnenbrandes. Sie dreht sich um, schaut zum Schlafzimmerfenster hoch.

Constance und Ted sind verschwunden. Und das, denkt sie, ist Teds Geschichte. Als er vierzehn war, weckte ihn sein Stiefvater, indem er ihm die Spitze eines Küchenmessers an die Luftröhre presste. Ted hatte sich rücklings an der Wand hochgeschoben, ganz langsam, die feuchten Hände waren quietschend über die geblümte Tapete gerutscht, bis er schließlich auf Zehenspitzen stand, das Messer immer noch an der Kehle. Der beängstigendste Moment.

Ted sagt: Mein Vater ist gestorben, als ich drei war. Unter meinem Stiefvater durften wir nicht mehr zu meiner Mutter ins Schlafzimmer. Deswegen dürfen unsere Kinder bei uns schlafen, wann immer sie wollen. Sie quetschen sich einfach alle zu uns ins Bett, die vier und der Hund noch dazu. Constance kann das nicht leiden.

Sie hat schon seit über einer Stunde weder Ted noch Constance gesehen. Wahrscheinlich lieben sie sich gerade. Vollziehen die Ehe. Die Gäste auf dem Rasen schlagen sich den Bauch voll. Das Hochzeitskleid auf dem Holzboden, eine in sich zusammenfallende Biskuittorte.

Teds Bruder Earl, ein bulliger Rugbyspieler, beugt sich über die Verandabrüstung, in seinen riesigen knorrigen Händen ein Champagnerglas, das so zart und unpassend wirkt wie ein Eiszapfen. Earl war nach einem Bankrott mit seiner Frau nach New Brunswick gezogen, fünf Kinder. Er war eine Weile in einer Cola-Fabrik angestellt gewesen, wo er einen fast tödlichen Stromschlag erhalten hatte, als er irgendein Gerät umstellen wollte. Genug Strom, um ihn vom Boden zu reißen, durch die Luft zu schleudern und gegen eine Wand zu knallen. Der Moment, in dem man dem Tod am nächsten war.

Er sagt: Ich habe überlebt, weil ich die Augen offen gelassen habe. Hätte ich die Augen zugemacht, dann hätte ich den Stromkreislauf geschlossen und mich selbst entzündet, und das ist die Wahrheit, ob das nun wissenschaftlich korrekt ist oder nicht.

Als Earl sich wieder erholt hatte, kaufte er sich einen kleinen Holztisch, an dem er dann saß und Gedichte schrieb. Er verfasste mehrere Gedichte am Tag; er ging davon aus, dass sein Interesse an Lyrik durch den Stromschlag entfacht worden war. Spätabends rief er Constance an und las ihr per Ferngespräch seine Gedichte vor, und sie packte ihren gesamten Eliot in einen Karton und schickte ihn Earl.

Seit Eleanor die Geschichte zum ersten Mal gehört hat, stellt sie sich vor, dass diese elektrische Ladung durch Earl hindurch und zurück in die Vergangenheit gejagt ist, die Energie für Earls einstiges Restaurant und die Jobs geliefert hat, die er damals an seine Freunde vergab, auch an Eleanor (die einer anderen Bedienung mal eine Schüssel dicke Fischsuppe über den Rücken kippte), ja dass sie bis zu dem Moment zurückschoss, wo der Stiefvater Ted ein Messer an die Kehle hielt, und Ted durch ein Netz aus zuckendem blauen Licht beschützte. Denn Earl mit seinen rund zwei Metern und seinem felsblockartigen Brustkorb war keiner, der groß redete. Ted studierte Philosophie, Chad, der Jüngste, trampte durchs ganze Land und wurde Modedesigner, und Earl war der Beschützer, wie auch jetzt wieder, als er an der Verandabrüstung lehnt, das Glas geneigt, die Augen zum Schutz vor dem gleißenden Licht vom See zugekniffen.

Eleanor fragt: Wie stellst du dir den Zustand der Gnade vor, Glenn?

Sie denkt, wenn sie nur einen Moment der Gnade erleben würde, könnte sich alles fügen. Die Szenen ihres Drehbuchs würden sich richtig zusammenfügen, wie die Steine eines Zauberwürfels, ihrem Mann würde es wie Schuppen von den Augen fallen, was er an ihr hat, Frank Harvey würde zu seiner Frau zurückkehren, oder zumindest würde er sie anrufen und ihr sagen, dass sie recht gehabt hatte. Alle Frauen würden recht haben. Auch Glenn beobachtet Earl. Er sagt nichts, bis Earl sich umdreht und hineingeht, wobei er die Fliegengittertür mit den Fingerspitzen abfängt, damit sie nicht gegen den Türrahmen knallt.

Unter dem Fenster von Constances Zimmer das Fenster

des Wintergartens. Sie sieht einen weißen Fleck, der Philips Hemd sein könnte.

Weiße Wiesel gibt es nicht, sagt Glenn.

Das bei meiner Mutter war aber weiß. Vielleicht war es ein Mink. Wie vergossene Milch. Meine Mutter hat in der Küche auf der Arbeitsplatte gestanden, und das Tier ist zwischen den Querstäben der Esstischstühle durchgeschlüpft.

Das glaube ich nicht, sagt er.

Aber das mit Leonard Cohen und den plattgedrückten Brüsten glaubst du? Du glaubst Amelia Kerby?

Amelia, das hat Eleanor aufgeschnappt, als sie sich in der Küche ihr Bier holte, hat ein kleines Vermögen mit der Entwicklung eines aromatherapeutischen Zerstäubers verdient, mit dem man Babys, die eine Kolik haben, das Gesicht bespritzt (benetzt war das Wort, das Amelia verwendete), damit sie aufhören zu brüllen (zur Gelassenheit finden, sagte Amelia). Das goldene Lamékleid hatte sie sich aus Paris schicken lassen, es war unter Schutzatmosphäre verpackt gewesen.

Und was ist in diesen Zerstäubern drin, fragte Constance, Agent Orange?

Amelias Onkel ist Meeresbiologe. Sie hat einen Roman über umweltbewusste Cyborgs geschrieben, eine moralische Erzählung, bisher unveröffentlicht, offenbar weil Amelia sich noch nicht entschieden hat, zu welchem Verlag sie möchte. Sie ist schon in einem Zweipersonenfahrzeug auf dem Grund des Atlantiks herumgeholpert. Gab nicht viel zu sehen da unten, sagte sie. Es war dunkel.

Eleanor möchte Glenn Marshall gern erzählen, dass sie sich daran erinnert, wie er sie im Ship Inn am Rücken berührt hat. Ob er sich auch daran erinnert? Seine Hand auf ihrem Rücken, pulsierendes Neonlicht, das ihre Knochen leuchten ließ, ihre Hüfte, ihren Knöchel, durch und durch. Sie hat Leonard Cohen mal all denen ein Lied widmen hören, die ein Kind gezeugt haben, während seine Musik lief. Was für eine formvollendete Arroganz. Aber auch Gabrielle war so gezeugt worden. Ein Dachzimmer in Toronto während einer Hitzewelle, ein Spannbettlaken, das langsam von einem kaffeebraunen Futon rutschte, sie und Philip vom seidigen Schweiß eines Tags in Toronto bedeckt. Sie waren den ganzen Tag in der Yonge Street unterwegs gewesen, Scharen von Leuten, laute Musik, Auspuffgase, Neonlicht mitten am Tag, Sexshops mit Sachen, die sie noch nie gesehen hatten, batteriebetriebene Vaginen, die eine Zigarette rauchen konnten, der Geruch von den Hotdog-Ständen. Eine Essensverpackung wehte ihr ans Bein, ein Schnörkel Ketchup. Konditoreien. Sogar der Wind war heiß. Der Bürgersteig vor dem Haus, in dem sie wohnten, von Blütenblättern übersät. Es ging alles in den Liebesakt mit ein, auch Leonard Cohen, der über Jeanne d'Arc sang. *Make your body cold, I'm going to give you mine to hold.*

Sie hatten einen winzigen, ins Fenster gequetschten Ventilator, der nichts bewirkte, aber so dröhnte, dass sie es in den Zähnen spürte. Dies war der Zement ihrer Liebe zu Philip: dieses Dachzimmer, die Bruthitze des Sommers, Neufundland Lichtjahre entfernt.

Sie war mit ihm mitgegangen, um ihr erstes Drehbuch zu schreiben. Sie hatte von einem nackten Fallschirmspringer geschrieben. Wie ein träges Pendel schwang er unter der riesigen roten Wölbung des Fallschirms, der Himmel ringsum tiefblau.

Sie hatte von einem Fallschirmspringer geträumt, und er hatte sie dazu getrieben, ihn wahrzumachen. Das Zimmer, das Philip und sie sich teilten, war so klein, dass ihre Stuhllehnen sich berührten, wenn sie beide an ihren Schreibtischen saßen. Er war tagsüber an der Uni, und wenn es draußen langsam dunkel wurde, horchte sie nach seinen Schritten auf dem Bürgersteig vor dem Fenster. Horchte nach seinem Schlüssel, nach dem Geräusch des Rucksacks, der auf dem Boden landete, dem Reißverschluss seiner Jacke, den Klettverschlüssen seiner Sneakers, den Katzen, die sich an seinen Beinen rieben. Sie nahm ihn vorweg. Versuchte sich zusammenzustückeln, wer er war, und er war dies: das rissige Leder des Rucksacks, die Abenddämmerung, die Schwüle, das Geräusch der Kaffeebohnen, die in der Küche gemahlen wurden. Das unablässige Verlangen zu vögeln. Den ganzen Tag hatte sie fest vor, auf die kleinen Dinge zu warten, auf den Kuss, wollte sein Ohrläppchen zwischen die Zähne nehmen, sein Hemd aufknöpfen, sich zwischen den einzelnen Knöpfen viel Zeit lassen – aber ihre Begierde setzte sich über alles hinweg, und sie wollte ihn nur noch in sich spüren, konnte es nicht abwarten.

Glenn?

Vielleicht war er eingeschlafen. Die Kinder spielen am Seeufer Frisbee.

Eleanor sagt: Ich wäre gern von Gnade erfüllt. Dann schämt sie sich. Was redet sie da, auf einer Hochzeit? Sie ist eindeutig betrunken. Sie mahnt sich: Man kann nicht gleichzeitig sexy und gefühlsduselig sein.

Glenn sagt: Gnade wird einem zuteil, die kann man nicht erzwingen.

Gnade wird einem zuteil. Alles, was irgendetwas wert ist, denkt sie, ist so. Man kann nicht einfach wissen, was man will, und es sich dann verschaffen, wie Philip behauptet. Man wartet. Sie schließt die Augen. Betrachtet durch ihre Wimpern den See. Man wartet, bis es zu einem kommt. Sie sieht die Kinder, ihre Silhouetten, sie stehen am Rand des Sees, als wollten sie ihn hochkant kippen. Es ist erst später Nachmittag, der Abend steht noch bevor, und mit ihm weiteres Trinken. Ausgiebiges Trinken.

Frank Harvey sagt: Es hat etwas mit Identität zu tun. Meine Frau hat irgendwann angefangen, von sich als *wir* zu denken. Was wir zusammen ergaben.

Frank hat recht. Man muss allein sein können. Wenn sie doch nur mit einem anderen schlafen könnte. Damals im Ship Inn hätte sie mit Glenn Marshall nach Hause gehen können. Bei jenem ersten Mal mit Philip hatte sie gedacht: Ich werde den Rest meines Lebens mit ihm verbringen. Sie denkt: Ich habe das nie in Frage gestellt und habe mich entsprechend verhalten. Ich habe ein verschlungenes organisches Leben um die Annahme herum aufgebaut, Philip sei für mich bestimmt. Sie stellt sich das große Korallenriff rund um Australien als ihr Leben vor – als wäre Philip Australien und sie hätte sich an seinem Dasein angelagert. Korallen lagern sich an.

Aber sie hat Angst vor dem Alleinsein. Gabrielle hatte gestern Abend auch Angst. Warum wohl? Ahnt sie womöglich, dass ihr Vater sie beide verlassen will? (Wobei er Gabrielle nicht verlassen wird, das hat er Eleanor mehrmals geduldig erklärt, sie vergisst es nur immer wieder. Aber du gehst, oder? Es kann sein, dass ich gehe, ja. Es kann sein. Ja, und Gabrielle wird die Hälfte der Zeit bei mir sein. Gabrielle wird bei dir sein? Du gehst, und Gabrielle geht mit. Klar, sie kann die Hälfte der Zeit bei mir sein. In irgendeiner Wohnung. Ja. Du verlässt also mich. Es kann sein, dass ich dich verlasse, ja. Und meinst du, dass das gut für Gabrielle ist? Er zuckt die Achseln. Gut wird es nicht sein, sagt er, aber vielleicht notwendig. Gabrielle packt das schon, sagt er. Er wendet sich wieder dem Computer zu. Bei ihm kommen sich die Dinge nicht in die Quere. Es kann sein, dass er geht, aber jetzt muss er erst mal an seinem Buch über die Globalisierung arbeiten.)

Gabrielle, schluchzend am Fußende von Eleanors und Philips Bett, ihre Oberlippe glänzte vom Rotz. Eleanor ließ sich von ihr durch den Flur zerren. Dann standen sie in der Tür, sie und ihre siebenjährige Tochter. Eleanor sah, wie das Licht der Straßenlampe direkt auf das stumpfe Glasauge des Steckenpferds fiel. Sie sah ein rostbraunes Flackern darin, nadeldünn. Unheimlich und pulsierend. Gabrielle voller Angst. Es lebt. Es *denkt*. Ein Pferdekopf auf einem Stock. Draußen ging ein kräftiger Wind, die Fensterscheibe klirrte, und das wilde Leuchten im Knopfauge des Steckenpferds wurde matt und erlosch. An der Wand über dem Bett die Schatten von Blättern, durcheinanderwirbelnd wie galoppierende Hufe, eine Spukherde, die mit einem Mal geschlossen kehrtmachte. Gabrielles schweißfeuchte Hand in ihrer, ihr Gesicht war nass, ihre Nase lief.

Eleanor denkt: Ich bin so *dämlich*. Sie empfindet eine so gewaltige Scham, dass sie den ganzen Rotwein, den sie getrunken hat, rauskotzen könnte, und das Bier und diese Ziegenkäsedinger noch dazu. Sie könnte über das rote Kleid mit all seinen Falten und Perlen kotzen. Sie beschließt, reinzugehen und Amelia Kerby zu treten und mit den Fäusten zu bearbeiten, bis ihr die Zähne wackeln. Ich werde sie in Stücke reißen und eins dieser Stücke an einer Schnur um den Hals tragen, bis es anfängt zu verwesen. Ich werde nicht mit ihr reden, sie nicht beachten, ich werde reserviert sein, herablassend freundlich, ich werde sie zu Diners einladen, mich über alles erheben, mich mit ihr anfreunden. Ich werde selbst mit ihr schlafen.

Ihr wird kalt auf der Haut, und im nächsten Moment denkt sie: Es ist nicht so schlimm. Ich gehe nach China. Da weiß keiner, dass Philip mich verlassen hat. Ein sauberes, schlichtes Leben in China. Niemand hier wird je wieder von mir hören. Irgendwer war doch schon nach China gegangen, dieser Arzt, den seine Frau verlassen hatte. Man munkelte, er habe wieder geheiratet, sei glücklich, habe noch einmal Kinder bekommen. Chinesische Kinder. Die Ruderer sind neben den Bojen in Stellung gegangen. Ein Frauenteam in orangen Trägerhemden. Sie sitzen einfach da, während die Steuerfrau auf sie einredet. Ein schriller Pfiff. Eleanor denkt: Es ist sehr unwahrscheinlich, dass ich nach China gehen werde. Vielmehr. Nach und nach, mit der Zeit, werde ich über Philip hinwegkommen. Meine Leidenschaft für Philip wird erkalten. So läuft das. Man *kommt darüber hinweg*. Irgendwann kommt man darüber hinweg. Und das ist das Schlimmste: sich Normalität ohne ihn vorzustellen.

Jemand legt Eleanor die Hände über die Augen. Eleanor fasst nach den Handgelenken. Sadie! Eleanor ist so froh, dass ihr Tränen in die Augen schießen.

Du bist da.

Hab ich was verpasst?

Amelia Kerby. Sie ist da drüben und kippt sich Sekt hinter die Binde.

Echt dreist.

Goldlamé, Pferdeschwanz.

Sieht ziemlich klein aus. Hab ich recht?

Ökofeministin.

Stämmig, würde ich sagen.

Ist mit einem Stipendium hier.

Und dieses Lamettakleid – Walmart pur.

Findest du?

Aber hallo.

Sie steht auf Aromatherapie.

Natürlich.

Und Bungeejumping.

Die wird er bald leid sein.

An der Westküste springen sie nackt Bungee.

Sehr bald.

Eleanor hatte die Szene mit dem nackten Fallschirmspringer nicht zum Pitch Meeting mitgebracht. Sie hatte einen Styroporbecher mit Kaffee dabei, und als die Produzenten einander ansahen und ihr dann so freundlich wie möglich erklärten, dass *ein großer Plattenproduzent vom Festland, der das Herz eines Mädchens hier aus der Gegend im Sturm erobert,* ein Klischee sei, zitterte der Becher in Eleanors Hand. Heißer Kaffee schwappte auf ihren Daumen. Und dann hatte sie mit einer komischen Stimme gesagt: Also, ursprünglich war das kein Filmproduzent. Nein? Nein, ursprünglich nicht. Was war er denn ursprünglich? Ach, das ist zu albern. Sagen Sie es uns. Es ist teuer. Sagen Sie es uns. Es ist unausführbar und gefährlich, man würde niemanden finden, der das macht. Aber ursprünglich hatten Sie etwas anderes? Na ja, ich sehe ihn aus dem Himmel fallen. Einen schönen Mann. Er ist attraktiv, seltsam attraktiv, nicht normal attraktiv, und er hat einen schönen Körper. Schönheit ist immer gut. Wir sollten die Schönheit feiern, und er ist nackt, das ist das Schwierige an der Sache, er ist nackt. Nackte Fallschirmspringer, das gibt es. So was wird gemacht. Da war mal eine Anzeige im *Telegraph*, und meine Freundin Sadie hat beschlossen, so einen Fallschirmsprung zu machen, als sie die Anzeige gesehen hat. Sie wollte was Großes, Gefährliches. Nur der Hintern und der schwebende Fallschirm hintendran, so war das in der Zeitung, eine Reklame. Sadie musste einen eintägigen Kurs machen, wie man landet, in die Knie geht, und dann war es so weit, sie hält sich an der Tragfläche fest, und der Typ im Flugzeug brüllt: Spring! Und sie brüllt zurück: Jetzt? Und er brüllt: Spring! Und sie wieder: Jetzt? Schließlich hat sich der Typ im Flugzeug vorgebeugt und ihre Füße einfach mit der Seite seiner Schuhe vom Tritt-brett geschoben, im Prinzip hat er sie rausgeschubst, sie hat losgelassen, und das war's dann. Sally – meine Figur, Sally – ist also auf der Landstraße unterwegs, und sie hält an, weil sie etwas sieht, sie steigt aus und stellt fest, dass es ein nackter Fallschirmspringer ist. Es geht um Schicksal. Ein großes Thema, Schicksal. Sally hat das Gefühl, vom Schicksal zu ihm geführt worden zu sein. Sie beobachtet, wie er herunterkommt, hält sich zum Schutz vor der Sonne die Hand über die Augen. Er landet, rollt ein Stück, rafft den Fallschirm zusammen und kommt mit großen Sprüngen auf sie zu, ja, mit großen Sprüngen. Er ist außer Atem. Und splitterfasernackt. Nackt wie ein Säugling. Hinter ihnen ein weites Feld, und die Sonne, also, ein Sonnenuntergang.

Die Produzenten schauten erst einander, dann Eleanor an. Das könnten wir machen. Echt? Ja, das könnten wir machen. Einen nackten Fallschirmspringer? Doch, ja, das könnten wir machen.

Gabrielle kommt um die Hausecke, schlägt mit einem abge-brochenen Besenstiel auf das Gras ein. Jeder Schlag ein Schrei nach Aufmerksamkeit. Sie hat einen der goldenen Ohrringe verloren, die ihre Großmutter ihr geschenkt hat. Sie will Abso-lution erteilt bekommen. Sie lehnt sich an Eleanor, wiegt sich sanft hin und her.

Wie geht's meiner Kleinen?, fragt Sadie.

Was gibt's, fragt Eleanor Gabrielle. Was willst du? Hm? Gabrielle will den verlorenen Ohrring nicht erwähnen. Wir haben genug von dem Ohrring gehört, denkt Eleanor. Sie war zu jung für Gold. Eleanor ist ihrer Tochter müde. Sie ist der Hochzeit müde. Sie ist es müde, Dinge zu verlieren. Sie will, dass schon morgen ist. Ihr Hals ist müde, merkt sie, ihr Nacken.

Hallo Sadie, sagt Gabrielle. Dann umschlingt sie mit plötzlicher Leidenschaft Sadies Taille und vergräbt ihr Gesicht.

Ich hab dich so lieb, sagt Gabrielle.

Gefällt's dir auf der Hochzeit, Schätzchen?, fragt Sadie.

Gabrielle wiegt sich heftiger, stampft mit dem Fuß auf.

Eleanor sagt: Was ist denn?

Nichts.

Sag es mir.

Nichts. Mein Ohrring, wimmert sie dann.

Du bist unmöglich, sagt Eleanor. Philip kommt heraus und setzt sich zu ihnen.

Was ist denn mit ihr los?

Der Ohrring, den deine Mutter ihr geschenkt hat. Philip reibt sich das stoppelige Kinn.

Die Franzosen, sagt er, haben manchmal nur Scheiße im Kopf. Denkst du das auch manchmal?

Scheiße ist das?, fragt Sadie.

Philip sagt: Aber ich bin wie du, Sadie, mir sind die Franzosen lieber.

Wo ist denn Maurice?, fragt Eleanor.

Er zeigt Constance das Gericht, das er für die Hochzeit gemacht hat. Irgendwas mit Algen.

Wir müssen Algen essen, sagt Eleanor, wie deprimierend.

Niemand muss essen, was er nicht essen will, sagt Sadie. Da ist er konsequent, das ist sein Ding. Er findet es völlig daneben, aus Höflichkeit zu essen. Und man lügt auch nicht und gibt keine Versprechen, das gehört auch dazu.

Wir haben alle unser *Ding*, sagt Eleanor. Wenn jemand was kocht, dann isst man es – das ist *mein Ding*.

Philip sagt: Ich esse keine Algen.

Oder aus praktischen Gründen heiraten, sagt Sadie, das macht man Maurice zufolge auch nicht, selbst wenn man die örtliche Staatsangehörigkeit benötigt, um einen Job zu finden, damit man im Land und bei seiner Geliebten bleiben kann, die man angeblich liebt.

Ich probier sie, sagt Eleanor.

Oder überhaupt heiraten. Oder Kinder kriegen, denn das ist ein Versprechen in sich. Und Versprechen zu geben ist ganz entschieden nicht Maurices Ding. Dabei liebt er Kinder, sagt Sadie.

Ich liebe Kinder auch, sagt Eleanor, Kinder sind auch mein *Ding*. Und verheiratet bleiben. Und überhaupt nett zu anderen Leuten sein. Ich halte viel vom Nettsein.

Philip greift sich Constances Hund, der gerade vorbeitrottet, und sieht ihm in die Augen.

Dieser Hund will mir etwas sagen.

Die Kinder von anderen Leuten liebt Maurice auch, sagt Sadie. Zum Beispiel liebt er dieses kleine Mädchen hier. Sie drückt Gabrielle noch mal extra.

Philip sagt: Ich finde, dieser Hund sieht langsam aus wie Nicolas Cage.

Eleanor sagt: Neues ausprobieren, darum geht's doch? Oder, Philip? Mein Gott, da draußen ist ein ganzes Meer voll Algen.

Die Fallschirmszene wurde während eines Schneesturms auf dem Bally-Halley-Golfplatz gedreht. Der Mann, den sie für die Rolle verpflichtet hatten, war außergewöhnlich schön. Eleanor sagte zu ihm: Sie haben ein schönes Gesicht. Er war überrascht, das zu hören. Er sei früher Gewichtheber gewesen, habe einen Taillenumfang von 72 Zentimeter gehabt, keine passenden Hosen finden können. Sein Körper sei etwas Eigenes, Abgetrenntes, sagte er, während er sich etwas Cäsarsalat in den Mund schob. Er war als Schauspieler nicht erfolgreich gewesen und hatte sich der Reparatur von Kühlschränken zugewandt, was auch sein Vater schon gemacht hatte. Ab und zu krieg ich mal eine Rolle, sagte er. So eine wie diese. Sie merkte, dass er nicht viel davon hielt, nackt Fallschirm zu springen. Den eigentlichen Sprung übernahm natürlich ein Stuntman. Aber der Schauspieler musste ohne Kleider übers Feld rennen.

Die Kostümabteilung hatte kleine Heizkissen in die Gurte des Fallschirms eingenäht, aber er war nackt, im Schneesturm. Das ganze Filmteam in knielangen Daunenjacken, der Schauspieler splitterfasernackt, so rannte er durch den Schnee, raffte den Fallschirm hinter sich zusammen. Einen Sturm hatte Eleanor nicht ins Drehbuch geschrieben, aber da war er nun. Der Dreh war verschoben worden, und jetzt stürmte es. Zwei Frauen warteten außer Reichweite der Kameras mit dicken Decken. Der bullige Schauspieler zitternd und halb erfroren. Alle vermieden es, auf seinen dunkelroten Pimmel zu schauen. Der Regisseur schrie: Schnitt!, die Mädels rannten zu dem nackten Schauspieler und hüllten ihn in die Decken, und dann wurde beraten.

Was zum Teufel ... das war doch gut!, rief er vom Feld

herüber, während er von einem Fuß auf den anderen hüpfte. Jemand putzte ihm die Nase.

Rotz? Rotz auf meinem verdammten Gesicht? Ich liefere hier die beste Vorstellung meines *Lebens*, und dann heißt es, ich hab *Rotz* im Gesicht. Los, wir ziehen das jetzt durch, wir ziehen das durch, brüllte er.

Das erste Mal, dass Philip sie betrog, sofern man es so nennen kann, wenn mit offenen Karten gespielt wird, wenn eine Übereinkunft besteht: Eleanor und Philip waren zusammen im Kino gewesen und saßen noch im Auto, das gegenüber von ihrem Haus geparkt war. Es regnete, und die gelben Verschalungsbretter des dreistöckigen Gebäudes waberten und wellten sich.

Philip sagte: Ich hab vergessen, dir was zu erzählen. Als ich vor zwei Jahren in Montreal auf dieser Konferenz war. Ich hab dir ja von dem Jazz erzählt und vom Wetter.

Ja, hast du, sagte sie.

Am letzten Abend wollten wir alle zu einer Party in einem Hotelzimmer. So eine Frau und ich, eine bildschöne Frau, sind zusammen in den Aufzug gestiegen. Es war spät am Abend. Wir sind im falschen Stockwerk ausgestiegen. Wir haben uns unterhalten, über die Konferenz, über die Vorträge, die wir gehört hatten. Und plötzlich standen wir vor einem riesigen Fenster, die ganze Wand war verglast. Vor uns die Stadt, so weit das Auge reichte, mit all den Lichtern. Wunderschön. Es ging mir durch und durch. Ich habe gesagt: Ist das schön. Und diese Frau hat meine Hand berührt und gesagt: Komm, wir nehmen uns ein Zimmer.

Er schaltete den Motor an, ließ die Scheibenwischer zweimal laufen, und das Haus war wieder stabil, die Bretter gerade, Musik erfüllte das Auto, das Radio war voll aufgedreht, Jazz, mehrere Bläser, vielleicht Miles Davis, er schaltete den Motor wieder aus. Das Haus wurde wieder weich, zerschmolz. Sie sah ihn im Licht der Straßenlampe an. Die Schatten platschender Regentropfen wanderten über seine Nase, seine Wangen. Die Hand noch am Zündschlüssel, den Blick geradeaus gerichtet.

Inwieweit verändert dieses Geständnis etwas? Das gelbe Haus ist immer noch gelb, dahinter der Hafen, der Atlantik, der Regen prasselt so heftig auf die Straße, dass er unter den Straßenlampen wie ein silbriger Pelz aussieht. Es macht Philip zu einem Fremden, denkt sie. So wie am Anfang, als sie im Kibitzer's auf dem zerschlissenen Sessel saß und mit zu ihm wollte, aber Schiss hatte. Maria Schneider, die sich ohne Berührung selbst zum Orgasmus bringt – sie sagen einander ihre Namen nicht, sie und Brando, sie vögeln einfach, während seine Frau im Sarg liegt.

Und du hast vergessen, mir das zu erzählen.

Ich habe beschlossen, es dir nicht zu erzählen. Ich habe beschlossen, es dir nicht zu erzählen, und dann habe ich vergessen, es dir zu erzählen.

Aber an diesem Abend, als du mich aus Montreal angerufen hast, sagt sie. Sie versucht sich an den Abend zu erinnern. Er hatte jeden Abend angerufen, sie geweckt. Sie liebte es, aus den Tiefen des Schlafs hochgeholt, ins Schlafzimmer gezerrt zu werden. Ich war was trinken, hatte er gesagt. Noch ein paar Neufundländer auf der Konferenz, und sein Vortrag war gut gelaufen, er hatte angerufen, um ihr irgendwas von Blumen und Sternen zu erzählen. Sie waren draußen etwas trinken gewesen, und er rief von einem Münztelefon im Freien an. Ihm waren Blumen ins Bier gefallen, oder Vogelscheiße. Es war Vogelscheiße. Nichts mit Sternen. Im Hintergrund hatte sie Gelächter gehört, und sie war wieder eingeschlafen, selig.

Mit einiger Mühe sagt sie zu Glenn Marshall: Letzten Sommer wollte Gabrielle unbedingt einen Marienkäfer finden, aber die sind wie die Gnade, man kann sie nicht herbeizwingen.

Glenn erhebt sich aus seinem Sessel, und sein Kognakschwenker zerschellt. Sie sieht ihn fallen, heißer Bernstein schwappt zum Glasrand hoch wie eine Qualle.

Man macht sich bereit für die Gnade, sagt er. Thomas von Aquin hat das gesagt. Das ist sein Rat, macht euch bereit.

Ja, denkt sie, man wartet. Sie schaut kurz zum Fenster hinüber, aber sie kann Philip nicht sehen, er ist in die Küche gegangen. Sie denkt an ihre Mutter und den weißen Mink und daran, was mit dem Tod ihres Vaters alles verloren ging.

Eleanor sagt: Es geht um ein Mädchen, das durch ein sexuelles Erweckungserlebnis seine Trauer überwindet.

Der Story Editor fragt: Was bedeutet das?

Sie sagt: Als mein Vater gestorben ist, denn im Grunde geht es in diesem Drehbuch um meinen Vater – also, Lust ist eine Art Verrat, Lust im weitesten Sinne, Lust zu verspüren nach einem Tod. Denn Lust ist lebensbejahend, und weiterzuleben, das Leben zu genießen, wenn jemand, den man liebt, gestorben ist, heißt, dessen Tod zu akzeptieren. Und dieses Akzeptieren ist eine Art Verrat, das ist mein Gedanke.

Das Drehbuch ist ein wildes Durcheinander. Ohne jedes System. Jede Menge Traumsequenzen (ausufernd, so der Story Editor), der Tod, Schneestürme, Schwangerschaft, ein Gefängnis, in dem Sandra einer jungen Frau, die jemanden mit einem Hammer angegriffen hat, Kunstunterricht gibt (natürlich stimmt das alles, das Drehbuch erzählt genau das, was passiert ist, ihre Mutter, die angestrengt versucht, den Rasenmäher in den Kofferraum ihres Wagens zu bugsieren, damit sie am Grab ihres Mannes mähen kann, und ihn schließlich in einer Anwandlung übermenschlicher, aus ihrer Trauer erwachsender Kraft gegen das Auto knallt).

Der Story Editor nimmt einen Filzstift und tritt ans Flipchart. Er malt einen Zeitstrahl.

Er sagt: Ein Drehbuch von einer halben Stunde hat vierundzwanzig Seiten. Ich möchte, dass bis Seite vier die Trauer voll ausgeformt ist. Bis Seite zwanzig sollte die Figur dreimal versucht haben, über ihre Trauer hinwegzukommen. Drei gescheiterte Versuche, aber jedes Mal kommt sie der Sache ein bisschen näher. Auf Seite zwanzig folgt das sexuelle Erweckungserlebnis. Und bis Seite vierundzwanzig hat sie dann alles durch.

Und, fragt der Story Editor, wer ist der Vater?

Wer ist der Vater?

Ich meine, wer ist er wirklich?

Sie erinnert sich daran, wie ihr Vater, als sie sieben war, mal einen portugiesischen Seemann zum Abendessen mit nach Hause brachte, damit sie eine fremde Sprache hören konnten.

Sie spürt in der Nase, wie ihr die Tränen kommen. Aber sie wird nicht vor dem Story Editor weinen. Im Fahrstuhl sind ihr sein schwarzer Rollkragenpullover, sein Raglanmantel, seine auf Hochglanz polierten Schuhe aufgefallen. Er hat den Deckel des Filzstifts abgezogen. Der Tod hat ihren Vater zu etwas Endlichem gemacht. Sie könnte auflisten, was er alles war. Alle anderen, dieser Mann mit dem Filzstift, Philip, der sie verlassen will, Sadie, die an ihrem Film arbeitet, alle anderen verändern sich.

Was war zum Beispiel sein Lieblingsessen, sagt der Story Editor, wen hat er gelesen. Wie hat er seinen Kaffee getrunken. Man muss diese Dinge über seine Figur wissen.

Welcher Autor war das noch gleich, den Eleanors Vater vor dem Schlafengehen gern las?

Harold Robbins. Eleanor sieht die erhabenen goldenen Buchstaben noch vor sich. Ihr Vater war jeden Abend mit dem aufgeschlagenen Buch auf der Brust eingeschlafen, nachdem er ein, zwei Seiten gelesen hatte.

Nach dem Tod von Eleanors Vater erlitt ihre Mutter einen Nervenzusammenbruch, und dann begann sie eine Beziehung mit Doug Ryan. Eleanor hat zum ersten Mal Harold Robbins gelesen, als ihr Vater noch lebte, nur zwei Seiten. Zwei verbotene Seiten, als sie dreizehn war.

Sie waren vom Anleger der Ryans ins Wasser gesprungen, mit angezogenen Beinen. Das laute Platschen. Man sank durch einen Tunnel von Bläschen hinunter in das trübe Dunkel am Seegrund, die moosbewachsenen Stützpfeiler des Stegs, unterirdische Quellen, durch die das Wasser hier und da wärmer war, die im Finstern zusammengeknäulten Aale.

Eleanor wusste damals natürlich schon seit längerem über Sex Bescheid, über die Fakten. Sie war schon geküsst worden. (Sie hatte ihr Pferd, einen zierlichen Passgänger, aus dem Stall geholt, die Stute hatte gebockt und sich aufgebäumt, mit den Vorderhufen nach den Wolken geschlagen, den Kopf herumgeworfen, war mit den Hinterbeinen durch den tiefen Schnee gestakst, und Eleanor erwischte das gelbe Nylonseil, als es sich an ihrer Jeans vorbeischlängelte, die Stute riss an ihren Armen, das Seil verbrannte ihre Hände, sie stemmte die Fersen in den Boden, ihre Mutter hatte Besuch, die Leute hatten ihren Sohn mitgebracht, er war drei Jahre älter als Eleanor, sechzehn, trank gerade eine Tasse Tee, die er aus dem Haus mit rausgenommen hatte, stand knietief im Schnee, sie hatte dieses Pferd geliebt, hatte ganze Winterabende bei der Stute in der Box verbracht, nur mit einer Taschenlampe, der Geruch des Leinöls, mit dem sie Sattel- und Zaumzeug reinigte, die Bürsten, sie kannte den Körper des Tiers, die glänzenden schwarzen Knie, wusste, wie man die Hufe anhebt und mit einem Auskratzer Steinchen daraus entfernt, ein Streifen Rosa in der rechten Nüster, das feuchte Schnuppern riesiger Lippen auf ihrer Handfläche, wenn sie einen halben Apfel darauf liegen hatte, der Geruch des Mists, die Melasse im Getreide, die dünne Eisschicht im Wassereimer, der blaue Salzstein, der Pferdegeruch in ihren Haaren, unter ihren Nägeln, die knarrenden Bäume, der dunkelblaue, sternenübersäte Himmel. Zwischen den Bäumen hindurch lief sie zum Haus zurück, und unterdessen ging die Familie bankrott, das Murmeln des Fernsehers, und ihr Vater, der auf der Rechenmaschine herumhämmerte, wieder und wieder, die Waschmaschine lief, vor ihm Stapel von Geld, ein Teller mit einem Schwamm zum Fingerbefeuchten, die Rechenmaschine, bis zum nächsten Morgen, als sie aufwachte und ihn an der Küchentheke lehnen sah, er schaute aus dem Fenster, in den Sonnenaufgang. Er hatte ihr eine halbe Grapefruit zum Frühstück hingestellt, mit einer Maraschino-Kirsche in der Mitte. Er trank seinen Pulverkaffee.

Sie kriegte das Nylonhalfter zu fassen, leuchtend grün vor dem blauen Himmel und den weißen Wolken, hatte das Pferd beruhigen können, das Weiße seiner Augen, und Danny Martin kam zu ihr und küsste sie auf den Mund, er ließ sich Zeit, sie spürte den Atem der Stute auf ihrem Handgelenk, er hatte die Tasse in der Hand und roch nach Tee mit Milch, dort in der Schneewehe an einem Frühlingstag, der Schnee zog sich von der Straße zurück, der glänzende Asphalt, das Pferd.

Noch Wochen, ja Monate später stellte sie sich beim Einschlafen diesen Kuss vor, und als ihr Vater sie eines Tages auf dem karierten Sofa Platz nehmen hieß, ihre Hände liebevoll in seine nahm und ihr erklärte, dass sie das Pferd würden verkaufen müssen, auch wenn es ihm schier das Herz breche, da konnte sie sich kaum mehr daran erinnern, warum sie je ein Pferd hatte haben wollen.)

Harold Robbins beschrieb, wie es war, hingerissen zu werden. Sexuell. Die Kontrolle zu verlieren. Dass Erwachsenen so was überhaupt passierte. Wo sie es doch waren, die für Stabilität im Leben sorgten. Selbst nach dem Bankrott, als es weniger Leckereien im Küchenschrank und lange keine neuen Kleider gab, hatte alles noch seine Verlässlichkeit.

Sie verstand, warum man ihr nicht erlaubte, Harold Robbins zu lesen. Ihre Eltern hatten nicht gewollt, dass sie davon erfuhr, und jetzt, wo sie es erfahren hatte, spürte sie, wie sie den Übergang vollzog, erwachsen wurde.

Sie hatte schreckliche Angst vor den Aalen, die eindeutig in dicken Knäueln unter dem Anleger hingen, strampelte heftig, um wieder an die gleißende Oberfläche des Sees zu gelangen: Aber sobald sie oben war, vergaß die dreizehnjährige Eleanor die Aale sofort wieder und kletterte die glitschige Leiter hoch, um erneut zu springen, ganz außer Atem.

Mr. Ryan bereitete gern frittierte Kabeljauzunge im Teigmantel zu, die er dann mit Sauce Tartar servierte.

Die Männer hatten jeder eine Spezialität, für die sie gepriesen wurden wie für kleine Wunder. Dougs Kabeljauzunge.

Irgendwo hatte sie mal folgende Geschichte gehört: Ein berühmter Verleger hatte Harold Robbins einen Vorschuss gezahlt, nachdem dieser die erste Hälfte eines Romans abgeliefert hatte. Als die zweite Hälfte kam, war es eine völlig andere Geschichte. Die Protagonisten hatten andere Namen, begingen andere Verbrechen, hatten andere Geliebte, befanden sich an anderen Orten. Aber Robbins weigerte sich, auch nur ein Wort zu ändern. Sein Verleger suchte ihn an der Riviera auf. Robbins weigerte sich, seine Yacht zu verlassen. Ein Champagnerglas in der gehobenen Hand, Frauen im Bikini. Der Verleger prophezeite, das werde das Ende von Robbins' Karriere sein, veröffentlichte den Roman so, wie er war, und kein Mensch bemerkte etwas. Das Buch verkaufte sich genauso gut wie all seine anderen. Die Leute wollten einfach Sex und Reichtum.

Glamour, denkt Eleanor, und ihr fallen Mr. Ryans Plastikzahnstocher ein, auf denen kleine Playboy-Bunnys thronten, Silhouetten mit Pferdeschwanz und vorstehenden Brüsten, die kleinen Pobacken direkt auf den Zahnstocher gepflanzt, so ragten sie aus den Kabeljauzungen empor. Mr. Ryan meinte das ironisch, er machte sich mit diesen Zahnstochern über sich selbst lustig, über seine Unfähigkeit, locker zu sein. Aber die Zahnstocher waren zugleich eine Parodie auf seinen Wunsch, locker zu sein; er hielt nichts vom Loslassen.

Mrs. Ryan schickte Eleanor ins Haus, Eis holen. Eleanor war vom Anleger weggeschlendert, durch die Himbeeren spaziert, hatte ein paar gegessen, die Zunge in die knubbeligen Früchte gedrückt. Im Schatten der Fichten zitterten Spinnweben, von den Tropfen eines frühmorgendlichen Regens beschwert. Ihre Schwester Fran stand stundenlang neben dem Rasensprenger, die feinen, harten Wasserstrahlen trafen auf ihren leuchtenden Badeanzug, erzeugten einen fransigen Sprühnebel (der Badeanzug war blau mit Bananen darauf – an was man sich alles erinnert!), wanderten über Frans zusammengekniffene Augen, über Hals, Brust, vorstehenden Bauch und Oberschenkel, trafen ihre spitzen Knöchel und verweilten dort wie silberne Sporen.

Es war zu sonnig. Das Haus der Ryans war leer. Sie öffnete den Tiefkühlschrank und nahm die Eiswürfelschale heraus. Im Wohnzimmer stellte sie die Schale auf dem Fernseher ab und zog einen Harold Robbins aus dem Regal. Sie schaute prüfend durch das Erkerfenster hinaus in den Garten. Sie konnte die Kinder der Ryans am Steg hören. Den Aufprall ihrer Körper auf dem Wasser, schrilles Gelächter.

Mr. Ryan war gleich nebenan auf der Veranda mit der Zubereitung der Kabeljauzunge beschäftigt. Ihre Eltern tranken schon am helllichten Nachmittag so viel, dachte Eleanor. Den ganzen Tag, draußen in der Sonne, die Weidenröschen wiegten sich, die leichte Brise hob Schleier von Samen in die Luft, zwischen den Ästen der dunklen Fichten blaue See-Bänder. Sie waren kurz reich gewesen, dann war das Bauunternehmen pleitegegangen. Das Wasser aus dem Rasensprenger erreichte die Füße ihrer Schwester, und dann versiegte es rätselhafterweise, irgendjemand hatte irgendwo den Wasserhahn zugedreht, und Eleanors Schwester machte die Augen auf und blinzelte ungläubig.

Es ist so ein Schock, wenn jemand stirbt, all die Energie, Angst, Sehnsucht, Erinnerung, Liebe, die schiere *Vorwärtsbewegung*, plötzlich für nichts und wieder nichts. Nur das soll ihr Drehbuch einfangen: diesen Schock.

Der Harold-Robbins-Roman: Eleanor an der Schwelle zur Pubertät, kleine Brüste, die Ohren durchstochen, nachdem die Ohrläppchen mit zwei Eiswürfeln betäubt worden waren, die Nähnadel, ein Tropfen Blut; im Spiegel waren ihre Ohrläppchen kirschrot, sie brannten, das leichte Pendeln der dunkelroten Steine in der Goldfassung, sie waren von ihrer Großmutter, das Pieksen der heißen Nähnadel im tauben Fleisch.

Aber ich hatte nie auch nur eine Zeile pornographische Literatur gelesen, denkt sie.

Sie schlägt die vorletzte Seite auf. Ein Mann mit Pistole hat eine Frau eingeholt, die er umbringen will. Eleanor begreift, dass er die ganzen vorherigen fünfhundert Seiten hinter ihr her war, sie hat ihn wieder und wieder betrogen, doch er kann nicht von ihr lassen, sie sind allein in einem Zimmer, er hat den Arm ausgestreckt, den Finger am Abzug. (Vielleicht sollte sie Philip erschießen, ihm mit einem Gewehr ein Loch in den Schädel pusten, Constances Hochzeit ruinieren.)

Ich werde unabhängig sein, denkt sie. Sie fühlt sich wach, strafft die Schultern, ein kalter Wind vom See, die Gartenparty geht zu Ende, sie ist allein auf dem Rasen, ist sie eingeschlafen? Sie überprüft, ob ihr Kinn versabbert ist. Sie fragt sich, ob Philip wohl einen bestimmten Zeitpunkt abwartet, um zu gehen, so wie Mrs. Ryan. Plant er schon die ganze Zeit, sie zu verlassen?

Es wurde keine Gnade gewährt, erkennt sie jetzt. Nichts. War es etwas, was Philip eines Nachts entschieden, beschlossen und als Notwendigkeit akzeptiert hatte? Bestimmt hatte doch Mr. Ryan, während er die Schälchen mit der Sauce Tartar, die Zahnstocher, die Servietten arrangiert hatte, geahnt, dass irgendetwas geschehen würde.

Eleanors Mutter, die ausrief: Dougs Kabeljauzunge – was geht's uns gut!

Unvorstellbar, dass er eines Tages für kurze Zeit mit ihrer Mutter liiert sein würde – nachdem seine Frau ihn verlassen hatte, wandte er sich in seiner Verwirrung Eleanors Mutter zu, die ihrerseits durch ihren Schmerz völlig desorientiert, völlig hilflos war, unvorstellbar an jenem sonnigen Nachmittag, an dem Eleanor zum ersten Mal pornographische Literatur las. Als wären die Protagonisten dieses Nachmittags auf halbem Weg in einen anderen Roman gewechselt. Ihre Mutter in Doug Ryans Armen. Ihr Vater auf einem Hügel mit Blick aufs Meer begraben. Mrs. Ryan mit einem Anwalt aus British Columbia liiert.

Der Mann umklammert die Pistole. Die Frau zieht die Nadeln aus ihrem mahagonifarbenen Haar. Glänzend fällt es ihr über die Schultern. Sie beginnt, ihre Bluse aufzuknöpfen. Dem Mann bricht der Schweiß aus, er versucht wegzuschauen, doch er kann nicht. Die Frau greift nach hinten, öffnet den Reißverschluss ihres Rocks, der ihr auf die Knöchel hinunterrutscht, der Mann zittert. Er befiehlt ihr, sich nicht zu bewegen. Sie steht in schwarzer Spitzenunterwäsche, Strumpfhaltern und Netzstrümpfen vor ihm. Wieder greift sie nach hinten, öffnet ihren BH. Draußen auf der Veranda senkt Mr. Ryan einen Korb in das siedende Fett, und lautes Prasseln ertönt.

Die Frau sagt: Erschieß mich, wenn du es kannst, Eleanor dreht den Kopf, spürt, wie ihre Ohrringe sich bewegen. Die Frau lehnt an der Wand, ihre Brüste, der glänzende Satin ihres BHs, Danny Martins Kuss. Der Mann senkt langsam den Arm, er kann die Pistole nicht mehr halten. Sie fällt ihm aus den Händen, auf den Boden. Die Frau steigt aus ihrem Rock, geht in ihren Stöckelschuhen über die Fliesen, wirft sich ihm in die Arme. Die Fliegentür knallt zu. Eleanor lässt das Buch fallen, kickt es unter die Schabracke der Couch (die Fliegentür knallt zu, es ist Constance, die schaut, ob Eleanor noch im Garten ist). Mr. Ryan ist überrascht, sie zu sehen. Einen Moment lang bleibt er mit seinem Korb voll Kabeljauzungen auf der anderen Seite des Zimmers stehen. Die Aale winden sich ungestört in den Felsspalten am Seegrund.

Der Story Editor setzt die Kappe wieder auf den Filzstift. Er klopft mit dem Stift auf das Flipchart.

Wir sollten den Vater sehen, sagt er. Wer war er?

Eleanor und Philip bringen Gabrielle vor dem Empfang mit dem Taxi nach Hause. Wunderbaum mit Apfelduft. Im Rückspiegel sieht sie die Augen des Fahrers. Es ist derselbe. Der mit der vollkommen anderen Frau. Sie fasst sich an den Jackettaufschlag.

Schau mal, Gabrielle! Aber der Marienkäfer ist weg.

Eleanors Mutter Julia kommt, um Gabrielle abzuholen. Sie passt auf Gabrielle auf, damit Eleanor und Philip einen Abend für sich haben können.

Sie sagt: Doch, doch, das könnt ihr gebrauchen.

Eleanors Schwester hat sich den Schädel rasiert.

Warum macht sie denn so was, sagt Julia. Wer wird sie jetzt noch einstellen, eine kahle Frau? Es ist dunkel im Haus, nach dem See, dem Hochzeitskleid, das gellte wie eine Trompete, den mit Alufolie bedeckten Tabletts voller Essen, die durch die Party drifteten wie ein Schwarm Kapelane. Eleanor schließt die Augen und sieht, wie der See Funken sprüht, weiche Funken. So eine Hochzeit ist doch Heuchelei, denkt sie. Constance, die die Fliegentür hinter sich zuknallen lässt. Die Augen beschattet, um nach den Kindern zu schauen, ihr Kleid schwingt hoch, der Rand einer Schneewehe.

Eleanor fragt: Mom, war dieses Wiesel damals weiß? Das Wiesel, das zwischen den Querstäben der Stühle durchgeschlüpft ist.

Was für ein Wiesel? Ich weiß von keinem Wiesel.

Eleanor denkt an Amelia, die auf Zehenspitzen steht, um Philip etwas ins Ohr zu flüstern.

Ich will nichts mehr mit Philip zu tun haben, denkt sie. Mein Leben hätte anders verlaufen sollen. Bergwandern in

Nepal. Aber wenn es keinen Philip gäbe, dann gäbe es auch keine Gabrielle. Eine heftige Liebe zu ihrer Tochter überkommt sie. Gabrielles Zöpfe in ihrer Hand. Wie sie ihr das noch nasse Haar flicht. Eine lose Strähne an der Schläfe.

Warum kann Gabrielle nicht bei ihr bleiben? Warum können sie und Gabrielle sich nicht ins Bett kuscheln, schlafen und den Empfang einfach vergessen? Philip vergessen. Wenn er sich die Kante geben und mit einer anderen schlafen will, soll er doch. Es dämmert jetzt, ist fast schon dunkel, Gabrielle und sie könnten sich Fish & Chips bestellen. Alle Zimmer in dem dreistöckigen Haus dunkel, außer der Küche, Salz und Essig. Sie stellt sich vor, wie es unter dem Meer rund um Australien rumpelt, das Korallenriff birst, spröde Korallenäste wirbeln durch die Luft wie Tambourstöcke.

Die Sache hat einen Haken, merkt sie – den betrunkenen Philip mit dieser Blondine allein lassen, damit sie zusammen tanzen, einander Bier über den Kopf kippen und sich schließlich küssen können? Glenn Marshall irrt. Man wartet nicht auf Gnade oder den Gnadenzustand, man sorgt selbst dafür.

Als sie das letzte Mal in einem Imbiss etwas zu essen holen war, hat sie den Koch gesehen, ganz in Weiß, er hob Körbe mit Pommes aus dem sprutzelnden Fett und hielt dann inne, um ein Fläschchen Pepto-Bismol anzusetzen. Er trank das Magenmittel direkt aus der Flasche und steckte sie dann wieder in die Brusttasche seiner Schürze.

Geht ihr nur, sagte Julia. Gabrielle hat's gut bei mir. Ihr müsst mal wieder auf eine Party.

Dann kommt Philip mit einem Becher Eis aus der Küche. Eine Menge Leute scheren sich den Kopf, sagt er.

Er schiebt sich einen Riesenlöffel Eis in den Mund, lehnt sich an die Wand und zieht ihn langsam wieder heraus. Das Eis auf dem Löffel wie ein Fossil, ein Abdruck seines Gaumens, ein kalter Hauch. Er sieht, wie Eleanor auf seinen Mund schaut, und zieht eine Augenbraue hoch. Sofort will sie mit ihm zusammen sein, sich mit ihm betrinken, mit ihm tanzen, ist dankbar, dass ihre Mum Gabrielle mitnimmt.

Julia fragt: War das eigentlich der Bräutigam, den ich auf der Prescott Street mit zwei Suppenkellen den Verkehr habe regeln sehen? Es gibt ein Bild davon, irgendjemand hat ihn fotografiert. Der wird heute Nacht in einem schönen Zustand sein. Sag deiner Mutter Auf Wiedersehen, Gabrielle. Gib ihr einen Kuss.

Gabrielle schlingt die Arme um Eleanors Hals, ihre Stirnen stoßen sanft aneinander, sie schauen einander direkt in die Augen.

Gabrielle flüstert: Ich krieg Schokolade.

Philip quetscht sich auf der Treppe an ihnen vorbei. Eleanor setzt sich und hört zu, wie draußen die Autotüren zuschlagen. Wie das Auto wegfährt.

Im Bad stehen Eleanor und Philip nebeneinander und putzen sich die Zähne. Er hält inne, Schaum vor dem Mund, die Zahnbürste reglos.

Worüber habt ihr geredet, Glenn Marshall und du?

Er steigt in die Dusche. Eleanor zieht sich aus und stellt sich zu ihm. Das Wasser prasselt auf seine Schultern. Sie legt ihre Handgelenke auf seine Schulterblätter.

Dann küsst sie seine Brust, den Bauch hinunter, bis sie auf

den Knien ist. Das Wasser fließt über seinen Oberkörper wie Stoff. Sie macht Nähte mit der Zunge. Sie legt die Hand auf seine Brust, und das Wasser strömt ihren Unterarm hinab bis zum Ellbogen, wie ein Abendhandschuh. Das heiße Wasser kostet ein Vermögen.

Sie fragt: Rasier ich mir die Beine?

Philip zieht sie hoch, nimmt ihre eine Brust in den Mund.

Der Empfang findet im Masonic Temple statt. Rund zweihundert Leute sind da. Mehr als bei der Gartenparty – und das Essen. Constance hat Verwandte in Heart's Desire, ältere Frauen mit glänzenden Kleidern in Lila-, Rot- und Blautönen, grüppchenweise sitzen sie an langen Tischen, die mit rosa Papierschlangen und Blumen dekoriert sind, dazwischen Platten voller Marshmallow-Plätzchen mit Kokosstreuseln. In den Bifokalbrillen der alten Damen zweigeteilte Spiegelungen der Kerzenflammen. Sie haben unzählige Platten mit Essen mitgebracht. Constance mag Blumen. Weiße Rosen zu Weihnachten, immer. Einmal saßen sie und Eleanor an einem Winternachmittag auf dem Sofa, und Constance sagte: Ich liebe ihn nicht. Sie nahm das Blütenblatt einer Rose vom Kaffeetisch und drückte es sich aufs Kinn. Es blieb haften. Es war nur eine Stimmung gewesen. War vorübergegangen. Er fragte sie, ob sie ihn heiraten wolle, und sie sagte ja.

Und die Verwandten lehnen sich zurück, als hätten sie nichts getan. Die Arme über breiter Brust verschränkt, lehnen sie sich zurück, und die Kerzenflammen reihen sich in ihren Brillen, leuchten wie die senkrechten Pupillen von Katzen aus den dunklen Ecken des Masonic Temple hervor.

Sadie sagt zu Eleanor: Ich habe Constance auf ihre Satinschulter geküsst. Mein Lippenstift auf ihrem Hochzeitskleid. Echt, kein Scherz: Das ganze Kleid ist ruiniert.

Vor der Bar steht eine Schlange. Eleanor setzt sich und schaut auf die Tanzfläche. Ihre Augen gewöhnen sich an die Dunkelheit. Sie sieht Amelia Kerbys Lamé aus der Menge hervorglitzern. Sie trägt ihr blondes Haar jetzt offen, lockig. Ihre nackte Schulter. Sie hält jemanden an der Krawatte. Gegenüber von Eleanor quietscht ein Stuhl, und Glenn Marshall reicht ihr ein Bier.

Sie sagt: Da ist ja Glenn Marshall wieder.

Er sagt: Ich tanze nicht.

Tanz mit mir, Glenn, sagt sie. Ihr ist verzweifelt zumute.

Genau das tu ich nicht, sagt er. Es ist Philips Krawatte. Hier, auf einer Hochzeit mit all ihren Freunden. Er ist bereits betrunken, und sie hält ihn an der Krawatte. Constance lässt sich auf den Stuhl neben Eleanor fallen.

Das wird nicht lang gehen mit Amelia, sagt sie.

Alles hat ein Ende, sagt Eleanor. Sie hört das schon ihr Leben lang – dass alles ein Ende hat –, aber bisher hat es sie nicht interessiert. Jetzt versucht sie sich selbst damit, prüft die Belastbarkeit dieser Aussage. Sie hatte immer die Vorstellung, sie würde mit Philip etwas aufbauen. Ist die Liebe mit einem »Gutes tun«-Arbeitsethos angegangen. Die Liebe war etwas, woran man mit Hammer, Kettensäge und Wasserwaage arbeitete, bis es dauerhaft stabil und passgenau war. Und dazu kam etwas weniger Substanzielles, luftig wie eine Wolke, ein geschmeidiges, nicht hinterfragtes Vertrauen darauf, dass alles so bestimmt war. Es hatte nie die Notwendigkeit bestanden, diese widersprüchlichen Vorstellungen in Einklang zu bringen.

Sie hat keine Lebenserfahrung, sagt Constance.

Wieso denn, sagt Eleanor, sie hat eine eigene Wohnung. Sie fährt einen rostigen Volvo. Was willst du mehr? Eleanor stellt sich vor, wie dieses Mädchen an den Füßen über einem Abgrund hängt, an einem Bungee-Seil wie ein Jo-Jo hoch- und runtersaust. Und dann ihre angeblich sehr ordentliche, mit einer Webcam ausgerüstete Wohnung und das Stipendium, von dem sie lebt. Eleanor sieht die Lippenstiftspuren auf der Schulter des Hochzeitskleides, ein perfekter, voller Mund.

Lass uns tanzen, sagt Eleanor.

Was du jetzt brauchst, sagt Constance, ist ein Drink.

Eleanor versucht sich zu sammeln, aber sie ist zu betrunken. Sie sieht ihr Gesicht im Spiegel, ihre Wangen, ihre Stirn. Sie ist ein Himmel voller Feuerwerk, eine Achterbahn, ein Geburtstagskuchen. Sie fasst nach dem Waschbecken, doch ihre Schulter schlägt an die Wand.

Das Waschbecken ist das Steuerrad eines Vergnügungsdampfers auf stürmischer See, und sie muss ihn in die Welle lenken, damit sie nicht kentern. Sie ist im Kellergeschoss des Masonic Temple in St. John's, Neufundland. Ein steiler Hügel, der Hafen, die Kliffs, der Nordatlantik, ein steiler Abfall (die Neufundlandbank), das Nichts. Sie klammert sich am Waschbecken fest. Eine Welle, durchsetzt von Thunfischen, Kapelanen und Zitteraalen, hat alle, die auf der Hochzeit zwei Stockwerke weiter oben sind – tanzen, rufen, Bier trinken –, ins

Meer gespült, insbesondere Frank Harvey mit seiner extravaganten Krawatte und Dave Hogan, der mit Tilley-Hut nach Florida fährt, und Matthew Shea, der den Daumen auf seine Bierflasche legt und Gerry Pottle bespritzt, der wiederum beide Hände von sich streckt und ruft: Was hab ich denn getan? Was hab ich denn getan? Und Matthews Frau, die einen Daiquiri über ihre Schulter hält und sagt: Matthew, wenn du meinst, das würde *irgendwen* beeindrucken. Amelia Kerby hat gerade mit dem Handrücken auf Philips Schulter geschlagen und wird von anfallartigem stummem Gelächter geschüttelt – sie alle sind darauf angewiesen, dass Eleanor den Kurs des Abends ändert, dass sie das Waschbecken mit aller Kraft in die andere Richtung dreht, bis es sie von den Füßen lupft. Sie muss das Schiff in den Hafen bringen. Sie wird ihren Posten nicht verlassen, nicht einmal angesichts dieses Mordstrumms von einer Welle. Wieso ist sie bloß so betrunken, sie hat doch nur getrunken.

Wenn sie wüsste, wie viele Bier das am Nachmittag waren, aber es war der Gin. Der Gin ist substanzlos und gierig und in sich kalt, wie Reptilienblut. Irgendwann am Abend war ihr das Wort *Wacholder* wie ein eigenständiges Gedicht vorgekommen. Es gibt kein Zurück, sie können sich nur wappnen. Sie hat begonnen, von sich selbst in der dritten Person Plural zu denken. Sie ist die ganze Hochzeitsgesellschaft, und die Stadt ringsum. Aufs Meer hinausgeschleppt.

Das Gesicht im Spiegel fängt an, genau wie sie auszusehen, sie kommt zu schnell zu sich. Philip hat mit Amelia getanzt, als Eleanor aus dem Bankettsaal getorkelt ist, die muffige Treppe hinunter, Plateausohlen, wackeliges Geländer.

Der Boden der Toilette sackt in der starken Dünung unter ihr weg, Eleanor wird gegen eine Wand geschleudert und zieht sich dann, mit beiden Händen übergreifend, am schwankenden Heizkörper zur Klokabine hoch. Sie muss nur dranbleiben, dann wird sie ihr reinstes Selbst erreichen. Möglicherweise muss sie erst kotzen, um dorthin zu gelangen. Etwas Reines, wie eine Brise in den Wipfeln der Kiefern im Himalaya. Sie hat mal in einem Wald in Kaschmir gezeltet. Die Wege rutschig von glatten Kiefernnadeln. Nachts rief der Guide aus seinem Zelt: Nehmt euch vor den Schneeleoparden in Acht!

Die äußere Tür schlägt zu, sie spürt das Vibrieren in ihrem Hintern. Zwei Frauen sind in die Toilette gestürmt.

Sadie fragt: Ist da jemand drin?

Ja, ich, sagt Eleanor.

Und wer ist ich? Eine Fee in einer Weihnachtssondersendung der CBC, als sie vierzehn war. Per Chroma-Key-Technik ließ man sie über einen zugefrorenen See fliegen, sie wackelte mit den Zehenspitzen und landete neben einem eisangelnden Folksänger, der zur Gitarre griff und ein Weihnachtslied sang. Sie hatte mal einen langen roten Schal gestrickt. War bei einer Fuchsjagd ohne Fuchs mitgeritten. Mit mehreren Bluthunden, aber es war dann Eleanors französischer Pudel Monique gewesen, der die mit Moschus getränkte alte Pelzmütze verbellte, die man in der Gabelung einer Birke versteckt hatte. Sie war vielleicht siebenmal über die Insel getrampt. Hatte alle möglichen Kurse belegt, Raku, Knetanimation, Spanisch, Aquarellmalen. Der Schlüssel zu einem guten Aquarell besteht darin, viele, viele transparente Farbschleier übereinanderzulegen. Es ist auch der Schlüssel zu Raku, vegetarischer

Küche, Synchronschwimmen und Sehr-sehr-Betrunkensein, wenn der eigene Mann mit einer Knallcharge aus British Columbia oder ganz egal woher tanzt. Es ist nicht der Schlüssel zur Trapezakrobatik, zum Bauchtanz, zum Bedienen im Blue Door oder zum Sehr-sehr-Betrunkensein, wenn der eigene Mann das dünne Goldkettchen, das flach auf Amelias Schlüsselbein liegt, mit den Lippen anhebt. Dazu gibt es keinen Schlüssel. Man muss abprallen wie die silbernen Kugeln in einem Flipperautomaten, muss jedes Mal, wenn man mit der Stirn an eine der Wände knallt, Funken speien. Man muss das Steuer mit beiden Händen ergreifen, muss sich einen Stern aussuchen und präzise peilen.

Eleanor wird klar, dass sie nicht kotzen kann. Sie ist von Kummer aufgebläht. Kummer ohne Ende. Das Kotzen kann sie vergessen. Sie hat getrunken, sie ist betrunken. Diese ehrlichen Aussagen packen sich bei der Hand wie Gebrauchtwagenhändler. Sie richtet sich auf und tritt aus der Kabine.

Sadie hält Constance gerade ihr Handgelenk unter die Nase.

Es nennt sich Celestial Sex, sagt Sadie, das tragen zurzeit alle. Die beiden Frauen drehen sich zu Eleanor um und stürzen im nächsten Moment vor, um sie aufzufangen.

Eleanor sagt: Constance, dein Kleid. Es ist mit Lippenstift verschmiert.

Die Frauen erwischen Eleanor gerade noch bei den Schultern, als sich der geflieste Boden ihrem Kinn entgegenneigt. Sie nehmen sie fest zwischen sich.

Eleanor lässt das Gesicht in Sadies Ausschnitt sinken. Eleanor will das Steuer loslassen. Sollen sie doch gegen das Kliff krachen, soll das verdammte Meer sie zermalmen. Sie macht die Augen zu, reibt die Nase an Sadies Brüsten und sackt weg. Sie ist eine Qualle, die durch unendliche Tintenschwärze pulsiert, all der übliche Ballast weicht von ihr: Knochen, Eifersucht, der Geruch nach Rauch und Shampoo, die stinkende smaragdgrüne Potwolke, die noch über den Kabinen hängt, wie ihre Mutter ein gekochtes Ei in ihrem Ehering aufstellte, ihr Vater, der mit einem Spachtel Zement glättete, Eleanors Pferd, das mit den Hufen an den Wolken scharrte, das Rosa seiner Nüstern, das Weiße seiner Augen, gute Oliven, ihr Name, Straßen, Bücher, Ziele, Socken, Münzen, Haarspangen, das alles weicht von ihr. Dann greift sie nach Sadies Spaghettiträgern und zieht sich hoch, kommt inmitten des Dudelsackschrillens der Toiletten wieder an die Oberfläche. In dem grauen Schimmel, der sich an der Decke ausbreitet, zeichnet sich ab, was es heißt, ein Mensch zu sein. Sie muss sprechen. Sie wird auf die drohende Gefahr hinweisen. Sadie verkraftet das.

Philip schmeißt sich total an sie ran, sagt Eleanor.

Echt übel, sagt Constance.

Vergiss nicht, wer du bist, sagt Sadie.

Sie hatte schon oft geglaubt zu lieben. Manchmal wusste sie, dass es nicht stimmte, versuchte es sich aber mit aller Macht einzureden: Siehst du? Es muss Liebe sein, siehst du? Er hat dies und das getan, du hast dich so und so gefühlt, du hast an ihn gedacht, während du Kartoffelbrei gemacht hast, du hast an ihn gedacht, als dir die Kette vom Fahrrad gesprungen ist, du hast an ihn gedacht.

Sie wusste, dass sie nicht liebte, wusste aber nicht, was Liebe war, also dachte sie, vielleicht ist es das jetzt. Sie und Sam Crowley, unter dem tropfenden Goldregen versteckt, dessen giftige Blüten in der Dämmerung leuchteten, während seine kleine Schwester, auf den Pedalen ihres Fahrrads stehend, zwischen den leberfarbenen Ahornen vorbeisauste wie ein Gedanke. Clem Barker, der die Verpackung des Kondoms mit den Zähnen aufriss. Paul Comerford zwischen den Rollen noch nicht verlegten Teppichs, der den Abdruck seines Hinterns in einem Haufen Sägespäne hinterließ. Eli Pack küsste sie auf den Nacken und führte sie zu seinem Rücksitz, Zeigefinger und Daumen locker um ihr Handgelenk geschlossen, aber es hätte genauso gut eine Handschelle sein können, denn sie hätte nicht nein sagen können, wenn sie es gewollt hätte. Dann auf einem Plaid voller Katzenhaare. Eleanor ist das alles. Tom O'Neill auf einem Feld voll wilder Rosen, in dem, so behauptete er, Feen wohnten. Stoned mit Harry McLaughlin, sodass sein Finger auf der Innenseite ihres Oberschenkels eine Spur aufwühlte wie ein Ruder in einem phosphoreszierenden Fischschwarm. Als sie sechzehn war, drückte Rick O'Keeffe sie an seinen ölverschmierten Overall, der frische Benzingeruch. Mit Brian Bishop in einem Motel in Port aux Basques, ein Schneesturm, sie hatten die Fähre verpasst. Danach verdrückten sie eine Familienpackung Kentucky Fried Chicken. Wischten sich den fettigen Mund mit dem Ende des Lakens ab. Mark Fraser auf einem Heuballen, eine Überraschung, denn er hatte den ganzen Sommer über verkündet, er könne sie nicht ausstehen. Vorgebeugt machte er wieder und wieder ein Bic-Feuerzeug an, bis es leer war, dann hatte er es weggeworfen und sie grob an sich gezogen, das Heu hatte durch ihre

Jeans gepikst, er war an ihren Reithelm gestoßen, sodass das Gummiband in ihren Hals schnitt, und hatte erstaunt innegehalten. Du bist ja ein nettes Mädchen, als hätte er sie gerade wie ein Päckchen ausgepackt. Donny White hatte aus seiner Faust einen feinen Strahl Sand in ihren Nabel rieseln lassen, dann den Bauch hoch und über die Dreiecke ihres glänzend orangen Bikinis. Mike Reardon hatte seine Jeans an ihrem Hintern gerieben, ihre Hüftknochen an die Spüle gedrückt, bis sie die letzte Tasse ausgespült hatte.

Sadie zupft grob an Eleanors Kleid, hier ein bisschen, da ein bisschen, als machte sie ein Krankenhausbett. Constance fischt in ihrer winzigen Handtasche und zieht schließlich einen Lippenstift heraus, tödlich wie eine Pistolenkugel. Sie nimmt ihn auseinander und schraubt die Farbexplosion hoch. Sie greift nach Eleanors Kinn, malt deren aufgeworfene Unterlippe an und sag: Reib sie aufeinander. Sadie hat sie am Haar, fährt so rasch mit einer strafenden Bürste hindurch, dass Eleanors Kopfhaut aufschreit.

Hör zu, sagt Sadie, es ist doch nur dieser *Trampel* Amelia Kerby, wen interessiert das schon?

Und da steigt sie in ihr auf, die Welle, wälzt sich durch die Untiefen des Abends nach oben, steigt durch ihre Plateauschuhe hoch, zermahlt ihre Knie zu Staub, hinauf in ihre Oberschenkel, granitene Gischt spritzt ihr in den Schritt, auf den Bauch, ihr Brustbein zersplittert, alles kaputt.

Mich interessiert das, heult Eleanor, ich lie-ie-ie-iebe ihn.

Sie und Philip hatten ein Haus an der Bay gekauft. Das Gras taillenhoch. Gelbrote Taglilien. Holzäpfel. Philip hielt am Straßenrand an und kurbelte das Fenster herunter.

Warum –?

Schsch.

Können wir nicht –

Schsch.

Er hatte neben einem kleinen Bestand wispernder Espen angehalten. Das wissende Rauschen des Laubs erfüllte den Wagen. Der Wind wehte, und die Blätter zeigten ihre silbrige Unterseite, als wäre der Baum nackt erwischt worden und versuchte nun, sich zu bedecken.

Die Welle zieht sich zurück. Und Eleanor steht noch. Die Toilette strahlt weihevoll, die Neonröhren brummen wie ein ganzes Orchester von Didgeridoos. Sadie und Constance sind Engel mit einem herben Flair, wie Orangenschale. Sie sind der Frühling, ein skandinavisches Eisschwimmen, sie sind die Mädchen in der Torte, Isadora Duncan, sie haben den mechanischen Bullen besiegt, sie sind Elektrizität nach einem Stromausfall, sie sind ihre Freundinnen. Alles okay, denkt Eleanor. Sie wird klarkommen. Sie wird *bestens* klarkommen.

Ich werde kämpfen, sagt Eleanor.

So ist's recht, sagt Sadie.

Sie war in Philips Wohnung aufgewacht, zehn Jahre ist das her. Zitternd, auch weil sie einen Kater hatte, vor allem aber aus Furcht. Sie wusste, dass sie sich verliebt hatte. Wie schrecklich. Sie konnte noch spüren, wie sein Finger am Gummiband ihres Slips entlanggefahren war. Sie hatte auf dem Rücken gelegen, die Arme über dem Kopf, ihr Wickelkleid – er hatte die Bänder an ihrer Hüfte gelöst, den Stoff weggehoben und dann auch die Bänder im Innern des Kleides gelöst, unter ihrer Brust. Kleine Schleifen, die er langsam aufzog. Und dann lag sie da in ihrem schwarzen BH und Slip. Sein Finger fuhr von einem Hüftknochen zum anderen, an dem Gummiband entlang. Es war der Finger auf ihrem Bauch, der sie umwarf. Zum Überfließen brachte. Ein Auto raste vor der Wohnung den steilen Hang hinauf, mit quietschenden Reifen, und ihr war, als wäre dieses Quietschen ihr Herz, als raste ihr Herz um die Ecke einer leeren Straße in der letzten schlafenden Stadt am Atlantik. Ein wachsverkrusteter Kerzenständer aus Messing. Ein Fisher-Price-Spielzeugtelefon mit leuchtend orangem Hörer. Sie war beim Reingehen darüber gestolpert, ein helles Klingeln. Als sie morgens aufwachte, fand sie zu sich. Sonnenlicht drang durch das Gewebe eines rosaroten Vorhangs, die Tür des Kleiderschranks stand offen, seine Jeans auf der Rückenlehne eines Stuhls, die roten Hosenträger hingen schlaff herunter, erschöpft von der Anstrengung, ihn zurückzuhalten.

Eleanor bewegt ihr Weinglas ruckartig vor und zurück, als wäre es eine Gangschaltung, mit deren Hilfe sie sich durch den Raum manövriert. Sie stolpert nach vorn und packt Sadie am Arm.

Sie sagt: Diese Art von Betrunkensein erreicht man nur einmal im Leben. Ich muss mein Potenzial ausschöpfen, solange es vorhanden ist. So ein klares Ziel habe ich wahrscheinlich nie wieder vor Augen.

Sadie sagt: Könnte sein, dass du das später bereust.

Auf wessen Seite stehst du?

Ich mein bloß, morgen früh.

Ich bin nämlich bereit.

Bei Tageslicht betrachtet.

Wenn ich allein bin, sag's mir einfach.

Du bist nicht allein, ich denke einfach nur, ein Glas Wasser, eine Paracetamol, ein Nickerchen.

Du stehst also hinter mir?

Wie du willst.

Du bist dabei?

Ich bin dabei.

Dann auf zum Potenzialausschöpfen.

Eleanor zerrt Sadie über die Tanzfläche, greift nach Kleidern und Jacketts, um sich aufrecht zu halten. Schließlich tippt sie Amelia auf die Schulter. Amelia dreht sich um.

Du, sagt sie. Amelia lächelt.

Eleanor sagt: Du, du, du. Wo ist dein Mann?

Ich habe keinen Mann.

Stimmt, sagt Eleanor. Sie grinst triumphierend.

Und wo ist dein Freund?

Das war nichts, sagt Amelia, mit meinem letzten Freund.

Nichts? Es war nichts? Okay, dann der Freund davor.

Das war auch nichts. Sie macht ein Geräusch: Pfff.

Okay, dann der, der dir das Herz gebrochen hat, wo ist der?

Pfff, macht Amelia.

Pfff? Pfff?, antwortet Eleanor. Sie lehnt jäh die Stirn an Sadies Schulter. Das Mädchen hat wirklich keine Lebenserfahrung. Sie lässt sich nicht beeindrucken. Unmöglich, dieses Lamé anzukratzen. Sie ist, was sie scheint, lebhaft und attraktiv mit einem gewissen Talent für akademisches Kauderwelsch und einem gut ausgestatteten Konto. Wie soll Eleanor dagegen ankommen?

Komm, jetzt hast du angefangen, sagt Sadie.

Eleanor rafft sich auf. Also gut, sie wird es tun, wenn sie muss, sie wird dieses Mädchen fertigmachen, obwohl sie bereits von einer neuen Klarheit durchdrungen ist. Das Mädchen hat nichts damit zu tun. Wo, fragt sie sich traurig, ist Philip? Wer ist er? Wie kann sie ihn daran erinnern, wer er ist?

Dann meine ich den Freund, sagt Eleanor, der mit bloßen Händen dein Fleisch aufgerissen und die Rippen auseinandergebogen hat, der dein pochendes Herz mit den Fingernägeln herausgekratzt und es sich in den Mund gestopft und zerkaut und heruntergeschluckt hat. Und der dich dann angelächelt hat, während ihm dein Blut an den Zähnen herunterlief.

Eleanor untermalt das Ganze pantomimisch (ein Trick, den sie sich von Frank Harvey abgeguckt hat): ein pulsierendes Herz in ihrer Faust. Sie tut so, als rutschte ihr das Herz fast aus der Hand, als erwischte sie es aber noch und hielte es nun in beiden Händen. Das Herz scheint tatsächlich in ihren gewölbten Händen zu pulsieren. Sie schaut Sadie an, erstaunt über ihr Geschick. Auch Sadie guckt erstaunt. Eleanor hält Amelia Kerbys schlüpfriges, zähes, kleines bungeespringendes Herz fest. Und dann, knurrend wie ein Hund, zerkaut Eleanor das zähe Fleisch von Amelias Herz. Sie wischt sich den Mund mit dem Handrücken ab.

Diesen Freund, sagt sie.

Äh, das ist mir nie passiert, sagt Amelia. Sadie legt den Arm um Amelia und drückt sie kurz.

Ich glaube, was meine Freundin sagen will, ist, dass du die Finger von ihrem Mann lassen sollst. Er ist momentan etwas durcheinander, aber die beiden haben ein Kind und eine wirklich tolle Ehe, und du willst das alles sicher nicht aus Versehen kaputt machen, oder?

Morgens um halb fünf bilden alle zusammen auf der biernassen Tanzfläche einen Kreis um das Brautpaar. Sie halten sich heftig schwankend an den Händen, einige fallen hin und werden von der anderen Seite des Kreises wieder hochgezogen. Von der Anstrengung purzelt die andere Seite dann ebenfalls hin und muss wieder auf die Beine gezerrt werden. Dann rennen alle in die Mitte der Tanzfläche, die Hände über die Köpfe gehoben. Der ganze Kreis stürmt nach innen und wieder zurück. Die bunten Kleider wie die funkelnden Glassteinchen in einem Kaleidoskop, die sich mit jeder Drehung zur Mitte hin neu arrangieren. Blaues Scheinwerferlicht ergießt sich über sie, wandert die Wände hoch, über die Decke, wieder zum Boden. Braut und Bräutigam umarmen ihre Gäste, sie gehen den Kreis ab.

Constance hält Eleanors Kopf fest in den Händen, sie presst ihre Wange gegen Eleanors Wange, ihr Gesicht ist nass und heiß. Sie tritt zurück, und das rote Licht fällt auf sie, glühende Splitter springen von den Pailletten auf ihrem Schleier, dem Oberteil ihres Kleides.

Ich liebe dich, Eleanor, sagt sie, ich liebe dich. Und deinen Mann liebe ich auch. Und ich liebe meinen Mann. Überhaupt die Männer von allen hier.

Sie lässt Eleanors Gesicht los und fällt in die Arme des Mannes neben Eleanor. Ted umarmt Eleanor und hält sie. Er hat ein Bier in jeder Hand, die Flaschen klirren hinter ihrem Rücken.

Eleanor zupft an Philips Ärmel.

Kommst du mit heim?

Noch nicht, schreit er.

Sie liegt im Bett und wartet auf ihn. Es ist 7 Uhr 32. Sie liegt
reglos da. Angst jagt durch ihren Körper. Sie erinnert sich daran, wie ihre Mutter vor ein paar Jahren wegen des Wiesels angerufen hat. Eleanor spürt, wie diese Mink-Angst jetzt in Wellen durch ihren Körper flutet, denn sie hat sich in der ersten
Nacht, in der sie mit Philip geschlafen hat, verliebt, und danach hat sie sich auf ihn fixiert.

Jemand fällt gegen eine Wand, taumelt gegen die Wand der
Veranda. Entweder Philip oder die drei norwegischen See-
leute, die das Nachbarhaus gemietet haben. Die zornigen Hei-
ligen mit ihren Glorienscheinen aus hellem Haar und ihren
ständigen lautstarken Auseinandersetzungen.

Philip torkelt zum Treppengeländer, umschlingt es mit den
Armen, als wäre es der Mast eines kenternden Schiffs.

Er schaut zu ihr hoch.

Ich bin in einem Cadillac den Signal Hill hochgefahren.

Eleanor steht oben auf der Treppe.

Wir haben beim Fountain Spray Halt gemacht und Zucker-
ketten gekauft, und eine Riesenflasche Wein hatten wir mit.
Ich hab allen Frauen die Zuckerkette vom Hals gebissen. Er
rülpst.

Und Glenn Marshall hab ich sie auch vom Hals gebissen.
Spectacular Sam war auch dabei, dieser Typ, der auf Glas-
scherben tanzt. Erinnerst du dich an den? Macht einen auf
Gigolo und spielt karibische Trommeln.

Er taumelt an ihr vorbei, und sie folgt ihm ins Schlafzimmer.

Er sagt: Auf dem Parkplatz vom Signal Hill hat Spectacular Sam Kognak über ein paar zerdepperte Bierflaschen gekippt. Ein Haufen Glasscherben. Er hat sie angezündet, ist in Trance gefallen und hat barfuß auf ihnen getanzt. Dann hat er sich hingekniet und sich die Scherben mit den Händen ins Gesicht geschöpft, bis es voller Blutstropfen war. Und die Sonne war auch da, also, sie ist gerade aufgegangen.

Philip müht sich eine Weile mit seinen Hemdknöpfen ab und wankt dabei auf den Fersen hin und her wie ein Stehaufmännchen. Dann seufzt er und reißt das Hemd auf. Ein paar Knöpfe fliegen gegen die Wand über der Lampe. Er lässt sich aufs Bett fallen.

Sie steht auf, um das Licht auszumachen, aber er hält sie am Arm fest.

Bleib hier, sagt er. Bleib hier.

MACH DIE
AUGEN ZU

Wir sind auf einer Yacht in St. Pierre. Maureens Freund, Antoine, hat uns zum Segeln eingeladen, aber mit dem Motor stimmt etwas nicht, deshalb liegen wir immer noch im Hafen. Die Marina ist ein Ansturm weißer Segel, und das Blau ist sehr blau. Wir liegen auf Deck und sonnen uns. Ein Buch von Marguerite Duras liegt aufgeschlagen auf meinem Bauch. Maureen und ich haben dieses Buch vor drei Jahren in einer Nacht fast ganz gelesen. Ein kurzer Roman über eine sechsundsiebzigjährige Frau von großem literarischem Ruhm, die einen Sechsunddreißigjährigen zum Liebhaber gewinnt.

Wir lasen es in der Küche in der Gower Street, lasen uns abwechselnd daraus vor, während draußen ein Schneesturm tobte, das Scheinwerferlicht schlingernder Wagen glitt über die Decke, und vom Herd stieg der samtige Gestank von Erbsensuppe auf. Wir freuten uns ungemein für Marguerite Duras. Weiter so, Marguerite, schrien wir.

Aber jetzt, drei Jahre später, kommt mir die Geschichte ganz anders vor, als ich sie in Erinnerung hatte. Der junge Liebhaber ist bisexuell. Hat Affären mit Barkeepern in einem nahen Hotel. Er scheint die Schriftstellerin regelrecht zu terrorisieren, die zu alt und betrunken ist, um irgendetwas dagegen zu unternehmen. Sie gibt ihr ganzes Geld für ihn aus und wartet darauf, dass er ihr etwas zu essen bringt, manchmal bleibt sie auch hungrig. Wie konnten wir das für Hoffnung halten?

Ich bin auch hungrig. Wir haben eine Menge Geld in einem örtlichen Laden ausgegeben, aber den größten Teil der Lebensmittel haben wir inzwischen verbraucht. Es ist noch eine rosige Wurst mit Fettstücken da und eine Entenkonserve. Und eine unangebrochene Packung norwegischer Kekse. Wir sind zu faul, um noch mal in die Stadt zu gehen. Lange sagt niemand etwas. Dann hebt mein Mann den Kopf von einem ausgeblichenen Baumwollkissen und schaut erst in die eine, dann die andere Richtung. Er legt den Kopf wieder aufs Kissen, rollt die Schultern.

Ich hatte gerade eine total intensive Erinnerung an eine Busfahrt in Kuba, sagt er.

Mit diesem kreisenden Adler in der Schlucht, sage ich.

Nein, eine andere Busfahrt, sagt er.

Ich sage Maureens Namen. Sie rührt sich nicht. Dann setzt sie sich auf, ganz langsam. Sie sagt: Ist Schlaf nicht etwas Seltsames, er erfasst uns alle, ganze Städte – über Stunden hinweg kommt alles zum Erliegen. Ist mir gerade so durch den Kopf gegangen.

Und denk an all die Toten, sage ich.

Antoines Hand taucht aus einer Luke empor, ein Baguette schwenkend. Dann erscheint sein Kopf dicht neben Maureens Oberschenkel. Er beißt sie, und sie kreischt. Er schlägt ihr mit dem Baguette auf den Bauch.

Wir essen die norwegischen Kekse und tunken das vertrocknete Baguette in den Kardamomtee in unseren Emailletassen, ohne viel zu reden. Die frische Luft hat uns alle schläfrig gemacht. Dann wird es für eine Weile unruhig, denn eine riesige Yacht macht neben der von Antoine fest.

Die drei Segler tragen Fleecejacken von Helly Hansen, blau, rot, gelb. Eine etwa vierzigjährige Frau mit einer langen Mähne aus betonierten Löckchen setzt die amerikanische Flagge. Sie flattert matt und wickelt sich dann um den Mast, wie eine Zuckerstange sieht es aus. Ein weißer Styroporteller wird in die Luft gehoben und schwebt dann ins Wasser. Sie schauen ihm alle drei nach. Dann überqueren sie das Deck von Antoines Yacht, um auf den Anlegeplatz zu gelangen.

Als er den Schritt vom Schiff auf den Anlegeplatz macht, verliert der eine Amerikaner seinen Schuh. Maureen versucht, den Schuh mit einer langen Stange herauszufischen, aber er füllt sich schon mit Wasser. Antoine klettert über die Reling. Die Füße gegen die Yacht gestemmt, den Rücken gegen das mit Teeröl behandelte Holz des Anlegeplatzes, lässt er sich vorsichtig herunter. Es sieht aus, als würde er entweder gleich zerquetscht werden oder ins schmutzige Hafenwasser fallen. Ein Rennboot fährt vorbei, die Yacht drängt sich noch näher an die Kaimauer, und es wird sehr eng für Antoine. Die Amerikanerin in der weißen Hose umklammert den Arm des älteren Mannes. Der Mann nimmt seine weiße Baseballkappe ab und wischt sich mit dem Handrücken über die Stirn. Maureen raucht, ihre Hand zittert neben ihrem Mund.

Und das alles für einen Schuh, sagt der Mann. Aber Antoine krabbelt wie eine Spinne wieder nach oben und hält den Schuh wie eine Trophäe hoch. Er macht eine kleine Verbeugung, dann dreht er den Schuh um und kippt das Wasser heraus. Alle applaudieren.

Am frühen Morgen gehe ich in den Yachtclub, um zu duschen. Ich treffe eine Frau mit ihrem Kind, eine französische Familie, die ihren Katamaran nachts an der Yacht der Amerikaner festgemacht hat. Die Frau kommt aus der Dusche und hat es nicht eilig, sich zu bedecken. In der kleinen Mulde neben ihrem Hüftknochen hat sie ein Tattoo, einen Schmetterling in Schwarz und Orange. Sie rubbelt ihre Tochter mit einem dicken weißen Handtuch ab. Der Raum ist voller Dampf und dem Geruch von Shampoo. Das Mädchen hat das gleiche blonde Haar wie die Mutter, glänzend und hell, wie zermanschte Banane. Die Frau erzählt mir, dass sie seit fünf Jahren mit dem Katamaran unterwegs sind. Sie waren schon auf der ganzen Welt. Ihre Kinder wurden beide unterwegs geboren.

Wie lange wollen Sie das noch machen, frage ich.

Noch lange, sagt sie.

Maureen trägt ihre Sonnenbrille. Wir haben die norwegischen Kekse aufgegessen. In den großen schwarzen Gläsern von Maureens Sonnenbrille überkreuzen sich Taue, Spieren und Masten, wie bei einem Fadenspiel. Sie weint, die Tränen rinnen ihr über die Wangen und bleiben am Kinn hängen. Ich kriege keine klare Antwort aus ihr heraus. Sie hat die Arme um die Knie geschlungen. Ich stütze mich auf einen Ellbogen und winke ihr mit dem Roman von Duras zu.

Ich sage: Das ist alles ganz anders, als wir dachten.

Sie dreht sich um, und die untergehende Sonne spiegelt sich in einem ihrer Brillengläser, ein tiefgelbes Glühen, sie duckt den Kopf und hält sich die Hand über die Augen.

Sie sagt: Ich wollte, dass du dieses Leben mal kennenlernst.

Am Tag unserer Abreise ist es neblig. Mein Mann dreht ein Video von Antoine auf dem Kai, während die Fähre sich entfernt. Antoine trägt ein blau-weiß gestreiftes T-Shirt, wie ein echter Franzose. Er winkt und hört nicht auf zu winken, bis ihn der Nebel verschluckt.

Maureen und ich haben ihn letztes Jahr in einer Bar kennengelernt. Er trug ein Unterhemd in verwaschenem Neonrosa. Er hat einen orangen Bart, Büschel von Orange unter den Armen und einen langen orangen Zopf. Er erzählte uns, seine Oma habe ihm auf ihrem Sterbebett das Versprechen abgenommen, sich niemals die Haare schneiden zu lassen.

Warum denn das?

Damit ich verstehen würde, welches Gewicht ein Versprechen hat.

Wir sehen zu, wie er in die Takelage klettert. Wie er das Skelett der Segel erklimmt, die nackten Füße krümmend, bis er hoch oben über Deck ist. Sein drahtiger Körper ein Teil der kargen Geometrie.

Antoines Bruder ist zu Besuch in Neufundland, aus Nigeria, wo er Giraffen beobachtet und seinen Pilotenschein gemacht hat.

Er betätigt den Klopfer an der Haustür und tritt ein. Unter seinen Armen und zwischen seinen Beinen blitzt das Sonnenlicht hindurch, dann fällt die Tür ins Schloss, und es ist dunkel im Flur. Er steht reglos da. Ich bin in der Küche, habe die Hände im Spülbecken. Ich gehe durch den Flur, um ihn zu begrüßen. Er trägt einen Strohhut mit winzigen Glöckchen an der Krempe und einem eingeflochtenen Muster in Weinrot und

Grün. Er sieht Antoine so ähnlich, dass ich einen Moment lang denke, es ist Antoine, der mich zum Narren halten will. Ich reiche ihm die Hand, und er ergreift sie, Seifenschaum quillt zwischen meinen Fingern hindurch.

Antoines Bruder ist auch mein Bruder, sage ich. Er neigt fragend den Kopf, und die Glöckchen bimmeln durch das leere Haus.

Er schläft im Wohnzimmer auf der Couch. Die Tür ist aus Glas, ohne Vorhang, und er schläft im Slip, hat die Decke weggestrampelt. Schließlich steht er auf, und ich weiß nicht, was ich mit ihm anfangen soll. Mit Antoine konnten wir stundenlang über unsere Missverständnisse reden, aber dieser Bursche spricht sehr gut Englisch, und ich bin ratlos.

Okay, halt still, ich porträtiere dich.

Sein Messer bleibt über dem Brot in der Luft stehen. Ein Klacks Marmelade hängt am Wellenschliff. Ich male Porträts, mit Tusche auf nassem Papier. Sobald man den Pinsel aufs Papier gesetzt hat, hat man entschieden, wo es hingeht, so ist das bei der Tuschmalerei. Zuerst sehe ich ihm in die Augen. Ich studiere die Form des Augapfels, die Größe und wie tief das Auge im Gesicht liegt. Wie der Schatten schräg über das Stirnbein fällt – würde er auch nur zwei Zentimeter nach hinten rutschen, fiele der Schatten völlig anders. Die Farbe seiner Augen verblüfft mich. Ich dachte, sie seien dunkelbraun, aber bei diesem Licht liegt ein gelblicher Kupferton darin, wie bei dem Marmeladenglas, das in der Sonne zu pulsieren scheint. Er ist gerade aus Nigeria gekommen, wie fern das ist, was hat er wohl alles erlebt. Dann wird mir bewusst, mit welcher Intensität ich hier einem Fremden ungeniert in die Augen schaue. Und der Bruder von Antoine wiederum schaut mich an, wir merken beide, was wir tun, und die Intimität macht uns, kurz nur, aber dafür umso heftiger, verlegen.

Er sagt mit einer Geste zu meinem Skizzenbuch: Entschuldige, das ist das erste Mal für mich.

Wochen später sage ich in unserer Küche, Antoine kam mir komisch vor. An diesem Wochenende in St. Pierre war er irgendwie anders.

Spätabends sah sich Maureen das Video noch mal an, und am nächsten Morgen sagte sie: Es stimmt. Er hat sich anders verhalten.

Ich sagte: Aber auf dem Video ist er ja kaum zu sehen, davon kannst du nicht ausgehen. Es gibt eine Nahaufnahme von allen beim Billardspielen. Ich versuchte, es wie John Cassavetes zu machen, Schwenks von einem zum anderen, Nahaufnahmen von lachenden Mündern, sinnlichen Blicken, dem Kreiden der Queuespitze. Das helle Kratzen von Kreide auf Queue. Die Kamera schwenkt durch die Bar, und als sie die offene Tür erfasst, zieht grelles Sonnenlicht eine Spur durch die zweite Hälfte der Aufnahme. Ein blaues Leuchten, eine Linsenreflexion, schwebt kurz über dem Barkeeper und hinterlässt einen Hof auf Antoines weißem Hemd.

Sie sitzt in der Küche auf dem Fensterbrett, mit anderthalb Pobacken draußen, damit sie rauchen kann. Sie dreht sich weg, bläst den Rauch in den Garten und dreht sich wieder her.

Sie sagt: Wie findest du das? Er will mit anderen Frauen schlafen.

Sie springt vom Fensterbrett herunter.

Vielleicht könnte mir das ja gefallen, sagt sie. Sie hält ihre Zigarette unter den Wasserhahn. Ich sehe, dass ihre Hand leicht zittert. Freiheit, sagt sie.

Einmal, als wir uns stritten, hielt Maureen mein Gesicht fest und küsste mich auf die Wange. Ich sagte ihr, sie solle mir niemals ins Gesicht fassen, wenn ich wütend sei. Ich rannte die Treppe hoch, immer zwei Stufen auf einmal, und sie blieb unten stehen. Ich beugte mich über das Geländer und schrie hinunter: Fass mich nicht an.

Sie griff nach dem Geländer. Ich küsse dich, wann ich will, sagte sie. Normalerweise fassen wir uns nicht an, das ist nicht so unser Ding.

Ich küsse dich, wann ich will, schrie sie, das trotzige Quietschen ihrer Hand auf dem Geländer. Sie hatte schon recht, ich konnte nicht viel dagegen tun.

Sie knallte die Küchentür zu. Dann machte sie die Tür wieder auf und sagte: Tut mir leid, das war überzogen.

Antoine erklärt mir, wenn er mich küssen würde, wäre es ganz anders.

Anders als was, frage ich.

Als wie du bisher von Männern geküsst worden bist.

Jaja, ich weiß. French kissing. Aber Zungenküsse gibt's bei uns auch. Das ist nichts Besonderes.

Er sagt, dass es nicht nur um die Zunge geht. Er sagt, beim Französischsprechen werden in Lippen, Zunge und Mund ganz andere Muskeln eingesetzt. Die Küsse werden anders.

Aber jetzt sprichst du Englisch, sage ich, wahrscheinlich hast du dir längst deine Technik ruiniert.

Abends kommt er mit etwas auf einer Gabel zu Maureen, hält die gewölbte Hand darunter. Die Yacht schaukelt sanft, und der Nebel senkt sich bereits nieder. Er sagt: Ferme les yeux, ouvre la bouche.

Sie kichert.

Was ist das, fragt sie.

Du musst mir vertrauen, sagt er.

Sie macht die Augen zu und öffnet den Mund. Sie kaut, einmal, zweimal. Und er sagt: eine Schnecke.

Sie kreischt und spuckt den Bissen in ihre Hand.

Maureen sagt über die Frau mit dem Blond wie zermanschte Banane: ein rein genussbestimmtes Leben.

Ich sage: Igitt.

Einmal hielt Maureen eine große Lampe für Antoine, als sie versuchten, nachts anzulegen, und er sagte: Nicht in meine Augen, verdammt noch mal. Es war ihr einziger Streit in den zwei Monaten segeln.

Er hat gezeigt, was er kann, sagt sie, und ich hätte ihn fast blind gemacht.

Sie schaut in die Ferne, ihr Blick erfüllt von dem Anlegeplatz und von ihm, wie er den Arm nach dem Boot ausstreckt, von ihm in dem gleißend hellen Licht, hinter ihm eine dunkle, unbewohnte Küste.

Sie sagt: diese Lampe. Sie schüttelt verwundert den Kopf. Nicht in meine Augen, verdammt noch mal.

Die war dermaßen schwer. Ich habe sie nur mit Müh und Not halten können.

Nachdem Maureen nach Frankreich aufgebrochen war, fand ich ganz oben im Schrank, wo wir die Bettwäsche aufbewahrten, ein Tagebuch von ihr. Ich war allein im Haus, stand auf einem Stuhl und griff nach dem staubigen Buch. Ich schlug es aufs Geratewohl auf und las nur einen Absatz. Sie beschrieb darin ein goldenes Kleid.

Ich klappte das Tagebuch zu. Es war, als wäre sie im Zimmer, aber zugleich spürte ich meine Sehnsucht nach ihr – wie sehr ich sie vermisste. Das Kleid war von einem metallischen Orange, glänzend, eng anliegend bis kurz überm Knie, und sie trug es zum Tanzen. Wir gingen aus und betranken uns, liefen, als die Bars schlossen, durch einen Sturm nach Hause. Mitten in der Cathedral Street ein wirbelnder Schwall gelber Blätter. Wir gingen mit schmerzenden Waden den steilen Hang hinauf, und die nassen Blätter hingen an unseren Stiefeln wie Sporen.

PARADIES-
NIPPEL

Ich hatte eine Offenbarung während der Geburt erwartet. Eine Idee, wie das Material zu ordnen sei, irgendeine tiefschürfende Weisheit. Es erscheint mir wichtig, genau zu dokumentieren, wie alles ablief. Ja, ich würde gern den ganzen Sommer stichpunktartig festhalten. Sammeln, aufspießen. Die Geburt, die Affäre, die Postnatal-Affären-Depression. Schon jetzt habe ich den Sommer in Kurzschrift in Erinnerung, gerafft, nur etwa hundert bestimmte Bilder, bunt durcheinandergemischt: Mahlzeiten, Sex, Abende auf der Feuerleiter, Stunden im Büro, die Geburt, die Affäre. Und nächsten Sommer wird er mir noch weniger präsent sein. Vorläufig aber ist er nur in Teilen verblasst, einzelne Gesten des Sommers übertrieben deutlich, wie die Farben auf Polaroid-Fotos.

Nachdem ich herausgefunden hatte, dass Cy mit Marie ins Bett gegangen war, setzte ich mich auf die Feuerleiter, einen Fuß auf dem Geländer, und eine Spinne krabbelte mir über den Fuß, meine Zehen spannten sich an, spreizten sich voneinander ab. Ich spürte, wie die Spinne ihr Netz wob, meine Zehen zusammenspann. Mir fiel auf, dass ich noch nie irgendetwas so bewusst gespürt hatte. So sollte eine Erzählung funktionieren. Wie dieser chinesische Bändertanz: Das Licht wird ausgeschaltet, sodass man die Tänzerin nicht sieht. Man sieht nur zwei lange leuchtende Bänder, die in die Dunkelheit malen, wie die Pinselstriche des vergangenen Sommers. Oder wie bei diesem Typ, den wir in Deutschland kennenlernten, Volker, der mit einer Stiftleuchte in einer Höhle zeichnete. Ein befreundeter Fotograf nahm das mit hochempfindlichem Film auf. Volker selbst war nur ein Schatten, aber er zeichnete die Umrisse von Männern und Frauen, die sich umarmten. Er sagte, das erfordere eine unglaubliche Konzentration, denn er habe nur zehn Sekunden Zeit, um die Zeichnung anzufertigen. Was dabei herauskam, war ein wildes Durcheinander von ineinander verschränkten Gliedmaßen, die Linien der Zeichnung in die Höhlenwand gebrannt, an der die Kondensfeuchte schimmerte wie Schweiß.

Beispiel: Hannah, Cys Tochter, in ihrem Ballettdress, schwarzer Satin mit roten Pailletten und lindgrünem Tüll, zieht sich am Treppengeländer hoch, Hand über Hand, heulend wie ein Wolf: »Ich hab niemand zum Spielen, ich hab niemand zum Spielen«, während der Himmel Regenblasen wirft und Cy und ich uns im Badezimmer lieben. Er liegt in dem chemieblauen Schaumbad, das Hannah ihm in dem Jahr, als ich ihn kennenlernte, zu Weihnachten geschenkt hat. Die Plastikflasche hat die Form einer Nachtclubtänzerin aus Havanna. Der Hut der Frau, ein Berg von Bananen, lässt sich abschrauben, und obwohl der Schaum blau ist, stinkt das Bad nach synthetischen Bananen. Wir versuchen zuerst, uns auf dem Badewannenrand zu lieben, aber der ist vom Dampf zu rutschig, dann auf der Toilette, schließlich stütze ich mich, einen Fuß auf der Heizung, auf das Waschbecken, sodass ich mein gebräuntes Gesicht in dem antiken Spiegel sehen kann, den wir in einem verlassenen Haus an der Bucht gefunden haben. Der Spiegel ist feucht, mein Gesicht wabert vor Lachen, weil diese Stellung so absurd ist, meine Beine sind von der rosa Umstandslatzhose, die mir in den Knien hängt, gefesselt, und Hannah hämmert jetzt an die Badtür. Cy kommt, und dann sind wir beide vollkommen still, er hat die Arme von hinten um mich geschlossen. Wir schauen uns im Spiegel in die Augen. Seine Hand liegt auf meinem Bauch, und das Baby strampelt so heftig, dass wir beide im selben Moment große Augen kriegen. Wir antworten Hannah im Chor: »Gleich.« Ich ziehe mir die Latzhose hoch, und Cy schließt die Tür auf. »Mann!«, sagt Hannah und hockt sich aufs Klo, um zu pinkeln.

Als das Baby geboren war und ich noch unter Medikamenten stand, meinte ich, wieder ihre Bewegungen in mir zu spüren. Wahrscheinlich war es so, wie wenn es jemanden in einem amputierten Körperteil juckt. Es war nur noch eine schwache Erinnerung daran, wie es sich angefühlt hatte, sie in mir zu haben, ich vergaß bereits, wie es gewesen war, sie in meinem Bauch zucken zu spüren, als wären seither Millionen Jahre verstrichen.

Ich war nicht dazu gekommen, viel über Schwangerschaft und Geburt zu lesen. Ich hatte einiges angesammelt, hatte einen Film über eine Australierin gesehen, die in ihrem eigenen Wohnzimmer gebar. Ihr Nachbar hatte vorbeigeschaut und sich einen Tee gemacht, und dann saß er plötzlich da und hielt ihr einen Spiegel zwischen die Beine. Sie trug ein altes T-Shirt und stöhnte mit australischem Akzent. Das Baby war blau, als es herauskam. Cy knirschte mit den Zähnen, während er zusah.

In *Unser Körper, unser Leben* steht, dass sich bei manchen Paaren während einer Schwangerschaft der Mann eine andere Sexualpartnerin sucht. »Das würdest du doch nicht tun, Cy, oder?«

Wir schafften es nur einmal zum Geburtsvorbereitungskurs. Es war ausgerechnet die Sitzung zum Thema: »Was schiefgehen kann.« Als Erstes versicherte die Hebamme uns allen, dass in den meisten Fällen nichts schiefging, aber sicherheitshalber sollten wir das trotzdem durchsprechen. Sie zeigte uns eine der Saugglocken, die bei natürlichen Geburten manchmal verwendet werden. Es gebe sie in Blau und in Rosa, erzählte die Schwester, »... aber man kann Gift darauf nehmen, dass bei einer rosa Saugglocke ein Junge kommt und umgekehrt. Das Komische an diesen Saugglocken ist, dass sie mal in Mode sind und mal wieder nicht. Man sieht sie einen Arzt ein paar Monate lang verwenden, und dann verschwinden sie wieder für ein halbes Jahr im Schrank, und keiner benutzt sie. Die Saugglocken schaden dem Baby natürlich nicht, allerdings kann es passieren, dass es mit einem kegelförmigen Kopf herauskommt, wenn eine Saugglocke verwendet wird. Man muss überhaupt darauf achten, dass man das Baby nicht immer auf dieselbe Seite legt, sonst flacht der Kopf nämlich ab. Es gibt eine kleine Gemeinschaft an der Südküste, die das ganz bewusst betreibt. Die haben alle Köpfe, die auf der einen Seite flach wie Bratpfannen sind.« Sie schnaubte. »Nein, das war nur ein Witz.«

Sie erzählte, als sie das letzte Mal eine Geburtszange mit in den Kurs gebracht habe, sei einer der Papas ganz verstört gewesen, deshalb bringe sie diesmal nur ein Schaubild mit. Sie hielt das Schaubild kurz kommentarlos hoch und schob es dann hinter das nächste Schaubild, auf dem man ein Baby sah, dessen Kopf zu groß für den Beckenausgang war. Am Ende der Sitzung mussten wir uns alle auf Matten legen, und sie ließ Entspannungsmusik laufen. »Auf, ihr Papas, keine Scheu – zu den Mamas auf die Matten.« Sie machte das Licht aus, und es wurde finster im Zimmer. Cy und ich legten uns auf eine Gymnastikmatte und hörten zu, wie uns eine sinnliche Frauenstimme sagte, unsere Zehen, Knöchel, Knie, Hüftgelenke und so weiter bis ganz oben seien federleicht, als würde gerade die ganze Anspannung des Tages in Wellen von uns weichen. Dazu erklangen im Hintergrund Wellenrauschen und Sitarmusik. Neben mir spürte ich, wie Cys Schultern von einem unterdrückten Lachanfall bebten.

Ich sollte wohl die Frau beschreiben, mit der Cy ins Bett ging, Marie. Sie war schön und den ganzen Sommer über arbeitslos. Dicke schwarze Locken, lange gebräunte Beine. Sie hielt nichts von der Ehe. Nicht nur gedachte sie selbst nicht zu heiraten, sie respektierte auch die Ehe anderer nicht. Sie hatte eine marxistische Sicht auf das Ganze. »Liebe ist keine Ware. Eine Ehefrau ist eine Hure, bloß sind echte Huren ehrlicher und haben mehr Spaß an der Sache. Die Ehe ist ein Geschäftsvertrag, mit dem die Frauen das exklusive Recht auf Sex verkaufen und dem Mann im Tausch gegen finanzielle Sicherheit die Verfügungsgewalt über die Fortpflanzung zugestehen. Die romantische Liebe ist eine irrige Vorstellung, und sie führt auf lange Sicht zum Tod durch quälende Langeweile. Außerdem kann ich gegen meine Gefühle für Cy nichts tun.« Sie zwinkerte mir zu.

Marie an dem Abend, als ich herausfand, dass sie miteinander geschlafen hatten: Cy hat sie zum Essen eingeladen. Sie bringt uns in Goldfolie eingewickelte Pralinen mit, auf denen Miniaturgemälde von Rembrandt abgedruckt sind. Rembrandts dicke, sahnige Frau. Cy ist begeistert von den Einwickelpapierchen, weil er gerade an einer kunstgeschichtlichen Seminararbeit schreibt. Er sammelt die leeren Papierchen ein und bittet Marie, die letzte Praline zu essen. Sie lacht und wirft sie ihm gegen die Brust. Die Praline prallt ab und trifft fast das Baby, das neben Cys Stuhl in der Wiege liegt.

Die Party: Wir machen Fondue. Cy kleckert beim Einfüllen des Brennspiritus, und als er den Spiritus anzündet, geht der Fonduetopf in Flammen auf. Der Tisch ist voller brennbarer Gegenstände, was uns vorher irgendwie nicht aufgefallen ist: Geschirrtücher, eine gelbe Styroporente, die Hannahs Kunstlehrerin als Kopfschmuck für Eltern gefertigt hatte, die beim Swimathon gegen Krebs mitschwammen. Cy und ich schreien uns an. Hannah kommt in die Küche, und wir schreien beide im Chor: »Raus aus der Küche!« Marie wirft ein Handtuch auf den Fonduetopf. Ein paar schwarze Rauchwolken steigen auf. Wie eine Zauberin nimmt sie das Handtuch wieder herunter, und die Flammen sind weg. Wir starren den Topf ein paar Sekunden lang an, dann lodern die Flammen wieder auf. Die Hitze erreicht den Hals der Ente, und er schmilzt, sodass der Schnabel sich verärgert öffnet. Marie wirft das Geschirrtuch wieder über den Topf, und das Feuer geht aus. Später am Abend sind alle laut und betrunken, außer mir, denn ich bin zu diesem Zeitpunkt noch schwanger. Wir haben den ganzen Abend gegessen, Spargel, Karotten, Brokkoli in geschmolzenen Käse mit Wein getunkt, Pumpernickel-stückchen. Jemand hat vorgeschlagen, dass ich während der ganzen Party die Styroporente auf dem Kopf tragen soll. Ich protestiere, werde aber von allen ausgebuht. Da ich nicht quälend langweilig sein will, setze ich sie auf. Marie nimmt eine leere Weinflasche und bläst hinein. Es klingt hohl und unheimlich, was einen Moment lang alle ernüchtert. Plötzlich bricht Maries Stuhl unter ihr zusammen. In Zeitlupe streckt sie beide Arme nach Cy aus. Die Finger der beiden umschließen sich kurz, dann landet sie auf dem Boden. Sie lacht so heftig, dass ihr die Tränen kommen.

Die Geburt: Das Baby kam anderthalb Monate zu früh. Ein Dreißig-Wochen-Kind, wie sie in der Neugeborenenabteilung sagen. Es war ein Kaiserschnitt. Wir kamen nachts um eins ins Krankenhaus und gingen zur Entbindungsstation. Das Schwesternzimmer leuchtete wie ein Raumschiff, weil die Lichter in den Fluren gedimmt waren. Die Krankenschwester sah mich mit einer hochgezogenen Augenbraue an, als wäre meine Straßenkleidung ein Fauxpas. Cy und ich wurden in einen Raum geführt, wo ich ein Gel auf den Bauch geschmiert bekam und an mehrere Monitore angeschlossen wurde. Der Herzschlag des Babys wurde mit feiner roter Tinte auf einen Papierstreifen aufgezeichnet, den eines der Geräte ausspie. Der Arzt kam und sagte, eigentlich müsste ich sofort operiert werden, aber er habe noch zwei andere Kaiserschnitte vor sich.

»Die werden jeweils ungefähr eine halbe Stunde dauern, und dann machen wir Sie.« Nach genau einer Stunde wurde ich geholt. Im Kreißsaal trugen alle Mundschutz und Papierhauben, die mit mauvefarbenen und blauen Blumen bedruckt waren. Ein riesiger konvexer Spiegel hing von der Decke, aber ich musste mich erst einmal in Embryonalhaltung hinlegen. Die Periduralanästhesie fühlte sich an, als liefe mir eisiges Wasser die Wirbelsäule herunter. Meine Brust wurde mit einem blauen Vorhang abgehängt, und dann stellten sich alle um den Operationstisch, der unbequem schmal war. Der Anästhesist saß hinter meinem Kopf neben einem großen Kasten mit Monitoren und Skalen. Ein Schlauch steckte in meinem Rücken, damit er die Narkose verlängern konnte, wenn etwas schiefging. Jemand rasierte mir die Schamhaare.

»So?«

»Er hat es gern noch tiefer.«

»Wo ist Cy?«, fragte ich.

»Den holen wir rein, wenn wir so weit sind«, sagte der Anästhesist.

Als Cy hereinkam, trug er ebenfalls eine Haube mit mauvefarbenen und blauen Blumen. Er kniete sich neben mich, hielt meine Hand, strich mir übers Haar. »Ich spüre meine Zehen noch«, sagte ich.

»An den Zehen operieren wir Sie nicht«, sagte der Anästhesist. »Aber Sie werden auch spüren, dass Sie aufgeschnitten werden, bloß wird es nicht wehtun.«

Ich hörte, wie sie den Wagen mit den Instrumenten heranzogen. Plötzlich überschwemmte mich Angst, doch genauso plötzlich war sie wieder weg. Ich spürte den Druck des Messers auf meinem Bauch. Cy begann mir immer energischer übers Haar zu streicheln, bis ich ihm sagen musste, dass er aufhören sollte. Ich hörte ein schmatzendes Geräusch.

»Das war Ihre Fruchtblase, die geplatzt ist«, sagte jemand hinter dem Vorhang. Der Anästhesist schaute über den Vorhang. »Schwarze Haare«, sagte er. »Ein Mädchen.«

»Ist sie gesund?«, fragte ich.

»Sieht so aus.«

Die Erleichterung war absolut. Als ich festgestellt hatte, dass ich schwanger war, hatte ich sofort beschlossen, über die Geburt zu schreiben. Ich hatte angenommen, dass sie die große Offenbarung bringen, dass ich in diesem Moment, dem Moment der Geburt, klarer sehen würde. Stattdessen war ich wie vor den Kopf geschlagen. Ich habe zwei Monate gebraucht, um diesen Ausdruck zu finden, aber gestern, als ich die Straße entlangging, kam er mir in den Sinn. In den zehn Tagen, die ich im Krankenhaus war, schrieb ich kein Wort. Keinen Brief, kein Dankeskärtchen. Wir brauchten anderthalb Monate, um einen Namen für sie zu finden. Ich entdeckte keine tiefere Bedeutung, die Geburt war kein Symbol, keine Metapher, sie geschah einfach, eine klare Sache, eine Sache für sich, wortlos, pur. Es verschlug mir die Sprache.

Sie legten sie mir auf die Brust. Ihr Kopf war so klein wie eine Faust. Irgendein grüner Glibber in ihrem Haar. Der Anästhesist hielt die Hand über ihre geschlossenen Augen, damit das Licht nicht blendete und sie die Augen öffnete. Sie waren schwarz und feucht wie die eines neugeborenen Kätzchens. Wir hielten sie, dort auf meiner Brust, während ich zugenäht wurde. Cy sagte, er habe sie zuerst im Spiegel gesehen, als sie weitergereicht wurde. Dann schüttelten die Ärzte Cy die Hand und gratulierten ihm.

Die Krankenschwestern auf der Neugeborenenstation sagten, Cy sei der beste Vater, den sie je gesehen hätten. Sie sagten: »Den wird sie um den kleinen Finger wickeln.«

Außer mir nahmen noch vier andere Frauen an dem Stillkurs teil, der im Krankenhaus angeboten wurde. Wir trugen alle selbstgerechte Mienen zur Schau. Wir hatten gehört, dass nur dreißig Prozent der Frauen in Neufundland stillen. Die Krankenschwester redet wie ein Wasserfall: »Also, Mädels, der eine oder andere Papa wird sich vielleicht erst mal unbehaglich fühlen, wenn ihr stillt, aber das ist ganz normal. Es kann sein, dass ihr ihn beim Sex, wenn ihr zum Höhepunkt kommt, mit Milch vollspritzt. Haltet einfach immer ein Handtuch bereit und kümmert euch nicht darum, was die Leute denken. Das interessiert keinen Menschen, solange ihr euch nicht gerade mitten in der Mall mit nacktem Oberkörper hinsetzt. Aber das wisst ihr ja selbst, benutzt einfach euren gesunden Menschenverstand, und, Mädels, wenn ihr auf eine Cocktailparty geht, doppelte Einlage, denn ich sag's euch gleich, ein paar Schlucke Wein, und die Churchill Falls sind gar nichts gegen euch, und ihr wollt ja nicht aufs Klo rennen müssen, um euer Cocktailkleid auszuwringen.«

Die Krankenschwester zeigt uns ein Lehrvideo, in dem sich eine Fünfzigjährige eine Stoffpuppe in den verschiedenen Stillhaltungen an die Brust hält. Sie klemmt sie sich unter den Arm, die strampelnden Beine nach hinten. Weiße Buchstaben erscheinen auf dem Bildschirm: Footballhaltung. Dann zeigt das Video echte Mütter, die erschöpft aussehen und noch Flügelhemden tragen, Nahaufnahmen ihrer Brüste, die geschwollen und von blauen Adern durchzogen sind und neben den

Neugeborenen wie Gebirge aussehen. Stillen ist eine Kunst, sagt die Sprecherin.

Mein Kind war zu klein, um an meiner Brustwarze zu saugen, deshalb mussten wir sie mit abgepumpter Milch aus dem Fläschchen füttern. Ich musste auch nachts abpumpen. Die Brusthaube auf meine geschwollene, steinharte Brust setzen und den kleinen Hebel betätigen, der die Pumpe in Gang setzte. Ich kenne die Pumpe, mit der das Wasser aus unserem Brunnen geholt wird. Diese Milchpumpe hatte die gleiche Größe. Ein Zweitausend-Dollar-Gerät. Sie machte ein lautes, mahlendes Geräusch. Nach drei Tagen hatte ich das Gefühl, dass eine Bindung zwischen ihr und mir entstand. Cy saß neben mir, während die Milch in das Gefäß spritzte. Ich zeigte ihm die Markierung: 120 ml. »Schau mal, wie viel das ist.«

»Toll, Donna.«

In der langen Woche der Erschöpfung nach der Geburt gingen wir öfter in die Krankenhaus-Cafeteria, damit Cy rauchen konnte. Es war ein kleiner Raum mit einer Handvoll Tische und Aschenbechern aus Alufolie, der hauptsächlich von Snack- und Essensautomaten beleuchtet wurde. Auf Tabletts, die rotierten, wenn man auf einen Knopf drückte, wurden kleine Gerichte dargeboten, Makkaroni, Suppe, die man in der Mikrowelle aufwärmen konnte. Abends um zehn hatten wir die Cafeteria für uns, nur einmal kam eine Krankenschwester mit einem Stück glänzendem festem Papier herein. Sie legte es in die Mikrowelle und schaute dann zu, als säße sie vor dem Fernseher, sie hatte sich einen wackeligen Stuhl herangezogen und stützte die Ellbogen auf die Knie und das Kinn in die Hände. Die Mikrowelle sprang an, ein rotes Licht erleuchtete ihren Innenraum und wanderte über das Päckchen, das von dem platzenden Popcorn kugelförmig aufgebläht wurde und sich dann entlang einer Linie in der Mitte öffnen ließ. Als die Schwester gegangen war, griff Cy in seine Jackentasche und zog eine kleine Schachtel heraus.

»Ich hab dir was mitgebracht.«

Es war ein Fläschchen Feuchtigkeitscreme. Ich hatte keine mehr, hatte Cy aber gesagt, er solle mir keine besorgen, die sei zu teuer. Tränen stiegen mir in die Augen.

Cy sagte: »Ach herrje, Donna.«

»Ich bin einfach müde, Cy, sterbensmüde.«

Es muss irgendwann in dieser Woche gewesen sein, dass Cy mit Marie schlief. Herausgefunden habe ich es über das Babyphon. Es besteht aus zwei Teilen, das eine legt man zum Baby in die Wiege, das andere hat man bei sich. Es ist so empfindlich, dass man das Baby sogar atmen oder hicksen hört. Wir mussten uns erst daran gewöhnen. Manchmal fing es die Stimmen der spielenden Kinder auf der Straße ein und gab sie verzerrt und rauschend wieder, als hätten sich Aliens unseres Babys bemächtigt und würden es als Vehikel nutzen, um eine Nachricht zu übermitteln. Einmal saßen Cy und ich um Mitternacht im Wohnzimmer am Tisch, tranken noch eine Tasse Kaffee und sahen den Pärchen zu, die aus dem Ship Inn kamen, als ein lautes Krachen aus dem Babyphon kam. Wir erstarrten beide und rannten dann die Treppe hoch, immer zwei Stufen auf einmal. In ihrem Zimmer war es still. Die Korbwiege stand mitten auf dem Tisch, wo wir sie hingestellt hatten. Cy schaute aus dem Fenster. Draußen hatte jemand eine Autotür zugeschlagen.

An dem Abend, als Marie zum Essen kam, ging Cy mit ihr nach oben, um ihr das Baby zu zeigen. Er vergaß, dass das Babyphon an war.

Er sagte: »Hör mal, Marie, das neulich, wenn Donna das erfahren würde, wäre sie echt verletzt, also, nicht dass ich es nicht schön gefunden hätte, aber ich denke, es bleibt bei dem einen Mal.«

Seine Stimme war leise und ohne Rauschen zu hören. Es war, als stünde er direkt hinter mir und erzählte mir davon. Ich ging mit meiner Kaffeetasse auf die Feuerleiter hinaus und legte die Füße auf das Geländer.

Während der ganzen Zeit im Krankenhaus war ich sehr schwach. Das Baby war das kleinste auf der ganzen Neugeborenenstation. Es war okay, wenn Cy dabei war, aber wenn ich allein auf die Station musste, war ich jedes Mal überzeugt, dass sie mir irgendetwas Schreckliches mitteilen würden. Es gibt dort riesige metallene Waschbecken mit Digitalanzeigen, auf denen man ablesen kann, wie viele Sekunden man sich schon die Hände wäscht. Während ich mich bis zu den Ellbogen einseifte, versuchte ich mich selbst davon zu überzeugen, dass es keinen Grund gab, in Tränen auszubrechen. Einmal ging ich hinein und bekam zu hören: »Mrs. Sheppard, ich sage es Ihnen lieber gleich, bevor Sie Ihre Kleine sehen, es gibt keinen Grund zur Sorge, aber ihr Atem hat zwischendurch ausgesetzt, ungefähr eine Minute lang. Das ist bei Frühchen nicht ungewöhnlich, eine der Schwestern hat gesehen, dass sie ein bisschen dunkel im Gesicht war, und hat sie hochgenommen, es war alles okay, aber wir haben jetzt sicherheitshalber einen Monitor angeschlossen, und ich wollte Ihnen das einfach sagen, bevor Sie sie sehen, damit Sie sich nicht unnötig Sorgen machen.«

Ich rief Cy an, der sagte, er komme sofort. Ich stand im Bad meines Krankenhauszimmers, schaute in den Spiegel und rieb mir das Gesicht mit Feuchtigkeitscreme ein. Als Cy kam, hielt er mich lange im Arm. Und als die Besuchszeit vorbei war, fuhr er nach Hause und rief mich von dort aus an. Eine Frau, die frisch entbunden hatte, war gerade in mein Zimmer geschoben worden, deshalb konnte ich nicht mit ihm sprechen, sondern nur zuhören.

Cy las mir aus einem Geschichtsbuch über Christoph Kolumbus vor. Kolumbus schrieb an Ferdinand, er habe Zyklopen gesehen und Meerjungfrauen, die aber nicht so schön seien wie zuvor berichtet, sogar eher männlich aussähen. Damals glaubte man, das Paradies befinde sich auf der Erde. Die Erde sei birnenförmig und der Garten Eden ein Vorsprung auf der Spitze, wie die Brustwarze einer Frau. Als Kolumbus Südamerika entdeckte, erkannte er, dass er am Ziel war, weil sich Süßwasser mit dem Meerwasser vermischte und dort Wale spielten. Er glaubte, dieses Süßwasser ströme aus dem Paradiesnippel. Als ich aufwachte, summte der Rufton aus dem Telefonhörer.

Draußen auf der Feuerleiter drang der Nebel, der vom Hafen aufstieg, durch meine Kleider, und eine Spinne krabbelte über meinen Fuß. Cy kam heraus, und ich fragte: »Cy, wie kann ich sicher sein, dass du mich nicht verlässt?«

Er sagte: »Gar nicht, Donna. Im Moment liebe ich dich über alles, etwas Besseres kann ich dir nicht bieten.«

Ich musste an Volker denken, den Künstler, den wir in

Deutschland besucht hatten. Er hatte Cy und mich in sein Atelier mitgenommen und uns zwei Stunden lang Bilder gezeigt. Plötzlich sagte er: »Komm mal her, Cyril, ich zeig dir was.« Er nahm Cys Daumen und tunkte ihn in eine Dose mit Goldpigment, pulverisiertes Gold. Cy hob seinen vergoldeten Daumen. Es sah aus, als wäre ein Teil einer antiken Statue irgendwie an Cys lebendige Hand geraten. Ich musste an Hänsel und Gretel denken, wie die Hexe immer sagt: Zeig mir deinen Finger, damit ich sehen kann, ob du schön fett geworden bist, und Hänsel ihr einen kleinen Knochen hinhält. Kostbare Zeit gewinnt. Ich musste daran denken, dass die Liebe aus vereinzelten Augenblicken besteht und dass sie es sind, die wir ersehnen. Draußen vor Volkers Atelier wurde es dunkel, und Cys Daumen schimmerte wie etwas Kostbares, Zeitloses.

LIEBENDE,
MIT DER INTENSITÄT,
DIE ICH MEINE

Ich komme aus dem Sturm herein, den Bart voller Eis, das Gesicht nass und gefühllos, und da steht Marissa mit ihren Einkäufen im Eingangsbereich des Supermarkts. Sobald sie eine Bewegung macht, geht die automatische Schiebetür auf, und Schnee fegt herein.

Die Plastiktüten in ihrem Einkaufswagen flattern im Wind, die Tür geht wieder zu, und wir stehen in einem Vakuum, in der Stille einer Schneekugel.

Vor fünfunddreißig Jahren: Ein Zelt auf einem abgebrannten, nebelverhangenen Campingplatz, wir kamen im Dunkeln an und fanden uns am nächsten Morgen inmitten einer endlosen Weite voll verkohlter, glitzernder Baumstümpfe wieder, über die Nebelschwaden trieben; dann das Haus, das sie einen Sommer lang in Battery gemietet hatte; eine Weile auch das Haus meines Onkels in Torbay, eine Saltbox am Rand des Kliffs, von der nur ein Stapel verwittertes silbriges Holz geblieben ist, jetzt steht dort ein einstöckiges, weitläufiges Backstein-Glas-Gebäude; auf einer Reise nach Florida, auch im Flugzeug auf dem Weg dorthin (absurd, schnaubendes Gelächter, das Tosen der Klospülung, die einer von uns versehentlich auslöste, das Knacken in unseren Ohren) – ein bloßer Versuch, es kam zwar zu einem Eindringen, aber weiter gediehen wir nicht; im Straßengraben beim Trampen; im Studentenwohnheim, orangebraune Vorhänge und eine Tagesdecke aus kratzigem Synthetik, auf der ihr eine bukolische Fuchsjagd über die Hüften galoppierte; ein ganzes Jahr, in dem wir uns Hirn und Seele aus dem Leib vögelten, an welchem Ort, in welcher Umgebung wir auch waren, und aus dem ich demütig und dürr hervorging. Soll heißen, nach dem Jahr mit Marissa war ich nicht mehr derselbe.

Es war die Sorte rastloses Drinnen-draußen-Vögeln, das Zwanzigjährige betreiben. Wir waren beide zwanzig. Oder vielleicht war sie noch neunzehn, wurde aber bald zwanzig. Endloses, ungeschicktes, ungeschütztes, glitschiges, vorwärts-rückwärts-umgekehrtes, geladenes, geschmeidiges, pures, elektrisierendes, goldenes, gemeines, schimmernde Muskeln spielen lassendes, beinahe regloses, unschuldiges, bettrampo-nierendes, bedeutungsschweres Vögeln.

Wir konnten uns in die Augen sehen. Wir hielten während des Orgasmus Blickkontakt. Das ist gar nicht so einfach. Die Lider werden so schwer, dass es ein richtiger Kraftakt ist, sie offen zu halten, aber Junge, Junge, was man über den anderen herausfindet, wenn man es hinkriegt. Und über sich selbst.

Dieses ungefilterte Sein.

Erinnere ich mich an die Einzelheiten? Sind es die Einzelheiten, an die ich mich hier im Eingangsbereich des Supermarkts erinnere, während sich die automatischen Schiebe-türen vor und hinter uns schließen? Wie ihr Körper war, was sie tat, ihr Mund, was ich fühlte? Ich erinnere mich an eine metallene Gürtelschnalle, an den Geschmack und das Klacken, mit dem sie gegen meine Zähne stieß, erinnere mich an das ge-flochtene Rohleder eines Gürtels, salzig vom Schweiß und versifft, den sie zu einer bestimmten Jeans trug. Die Nieten an den Taschen dieser Jeans waren kupfern, nicht messingfarben, ich sehe sie noch vor mir.

Aber an mehr erinnere ich mich nicht, denn ich war mittendrin.

Ich habe fast keine Erinnerung mehr daran, wie unsere Beziehung endete. Nur, dass es keinen konkreten Grund dafür gab. Sie verlor das Interesse. Ein rasches, eindeutiges Ende.

Oder ich verlor das Interesse.

Ich komme in den Supermarkt, aus dem Schneesturm, will Vanille kaufen.

Ihre Hände sind fest um den Griff des Einkaufswagens geschlossen. Ich sage ihren Namen. Ich nehme den Hut ab, in der Krempe hat sich ein weißer Heiligenschein gebildet, ich schlage den Hut gegen meinen Oberschenkel, und der Schnee fällt auf die Fliesen.

Jim, sagt sie. Sie klingt niedergeschlagen – als hätte sie mich herbeigezaubert, aber ich wäre zu spät erschienen. Mein Name eine Art Krächzen, der ungelenke Laut von jemandem, der seit Stunden nicht mehr gesprochen hat, oder vielleicht seit Jahren. Ein Mönch auf einem Berggipfel. Mir fällt ein, dass sie mir zum Geburtstag mal eine Hyazinthe mitgebracht hat, in Ottawa, wo meine Frau und ich damals wohnten, sie war auf der Durchreise, und als sie wieder gegangen war, warf meine Frau die Hyazinthe weg. Ich ertrage diesen Geruch nicht, sagte meine Frau. Die stinkt.

Tatsächlich meinte ich, noch eine Woche nachdem die Müllabfuhr da gewesen war, den Geruch wahrzunehmen.

Aber Marissa redet sehr schnell, wenn sie erst einmal angefangen hat, mit einer kleinen Atempause zwischen den einzelnen Satzteilen, sodass die Sätze sich auf und nieder bewegen wie die Kabinen an einem Riesenrad.

Angus ist gestürzt, sagt sie. Ich habe es gehört, sagt sie, ich habe seinen Kopf auf den Treppenstufen aufschlagen hören, als er runterfiel. *Boing, boing, boing.* Wie in einem Comic. Es hat richtig geknallt. Als ich hinkam, lag er zusammengesackt am Fuß der Treppe. Ich hätte ein Gitter oben anbringen sollen, hätte ich das nur gemacht. Eins von diesen Kindergittern, wir hatten sogar eins, im Keller.

Ihre Stimme. Das Telefon war Bestandteil unserer Beziehung, damals mit zwanzig. Keine Handys natürlich. Wir waren durch ein Kabel mit der Wand verbunden. Lange Pausen. Wir redeten darüber, was es bedeuten würde, in einem von fünf Leuten bewohnten Haus das Wohnzimmer zu mieten, wenn es nur einen Vorhang als Tür gab. Wir tranken viel, und wir redeten darüber, wie es war, im Morgengrauen nach einer Nacht in der Stadt nach Hause zu laufen. Wir redeten über Leute, die verliebt zu sein schienen, und über andere, die nicht imstande schienen, sich zu verlieben. Ihre Stimme.

Angus war körperlich fit, auch ganz zum Schluss noch, sagt sie. Er hätte ewig weitermachen können. Robust war er, nur vergesslich ist er geworden, verwirrt. Vor ungefähr einem Jahr hat das angefangen.

Was wusste ich von Angus? Wir waren in den vergangenen Jahren immer mal wieder auf denselben Partys gewesen, jetzt allerdings schon länger nicht mehr. Er hatte oft am Grill gestanden, den Kopf im Qualm, den er mit dem Bratenwender wegfächelte. Eine Schürze mit irgendeinem dummen Spruch darauf. Bei den Provinzwahlen war er als Experte im Fernsehen zu sehen gewesen. Sie hatten sich an der McGill University kennengelernt, wo sie Kunstgeschichte studierte und er Kanadische Geschichte. Er sah gut aus, auch noch mit Mitte sechzig. Strickpullover mit Zopfmuster, verwaschene Jeans. Ich hatte ihn gelegentlich um den See flitzen sehen. Schwarzes Elasthan mit neongelben Streifen, dazu die passenden Laufschuhe. Leuchtend durch die Abenddämmerung.

Marissa sagt gerade: Wenn ich nur mal schnell zu dem Lädchen an der Ecke gegangen bin, musste ich ihm einen Zettel schreiben, den er in der Hand behielt. Damit er nachgucken konnte, wo ich war. Er hat sich im Haus nicht mehr zurechtgefunden und fing an, nachts herumzuwandern. Ich habe wach gelegen und gehorcht, die acht Monate bevor er gestürzt ist, nur gehorcht, aber es war wahnsinnig anstrengend. In der Nacht, als es passiert ist, war ich weggedämmert.

Ich weiß, sage ich. Deine Tochter hat es mir erzählt.

Ich habe dich im Bestattungsinstitut gar nicht gesehen, sagt sie.

Ich war aber da, sage ich. Wir haben uns bloß verpasst.

Marissa greift nach meinem Jackenärmel. Sie ist unsicher auf den Beinen, ihr Haar fällt ihr über die Schultern. Es ist von dem Grau, zu dem sehr dunkles Haar sich wandelt, eher silbern als weiß und drahtig.

Mein Jackenärmel knüllt in ihrer Faust. Und dann merkt sie es, lockert ihren Griff, streicht das Gore-Tex glatt, hält den Stoff jetzt nur noch zwischen Fingern und Daumen. Sie hat Glitzerlack auf den Fingernägeln, winzige funkelnde Pünktchen. Das gleiche Zeug, das meine achtzehnjährige Tochter trägt. Ihre Hände sind rot und glänzen, die Haut ist rissig vom Töpfern an der Drehscheibe. Der Ton trocknet die Haut aus. Schon mit zwanzig hatte sie raue, blutende Hände und war ständig am Einschmieren, massierte die Feuchtigkeitscreme energisch in ihre Hände ein. Manchmal erinnere ich mich an diesen Geruch, eine Mischung aus Kuchen- und Wäscheduft. Aber der Nagellack ist absurd, fast gruselig.

Die Tür öffnet sich, und eine Frau geht an uns vorbei, an der Hand ein weinendes Kind im roten Schneeanzug, das sie hinter sich herzerrt. Über dem anderen Arm hat sie eine Babyschale mit einem Säugling, der in eine Fleecedecke mit Dora-the-Explorer-Aufdruck gehüllt ist. Ich kenne Dora, weil meine Enkelin mehrere Dora-Bücher hat, die meine Frau ihr vorliest.

Tiffany ist zwei, sie hat feine hellblonde Locken. Sie ähnelt ihrem Vater, der sich noch vor ihrer Geburt von meiner Tochter getrennt hat. Tiffany ist ein fremdes Wesen, das Haferbrei verkleckst, während der Buntglaspapagei, der vor unserem Küchenfenster hängt, erst rote, dann lila Flecken auf ihre Wangen wirft, sie patscht mit der Rückseite ihres Löffels den Haferbrei aus der Plastikschale, und meine Frau presst auf ihrem Stuhl die Hände gegeneinander und biegt sich vor Lachen.

Das sind die Momente, in denen meine Frau ihre Ehefraulichkeit ablegt. Die Ehefraulichkeit des Ehedaseins. Verheiratet zu sein verwandelt sie in träge Masse, sodass ich sie nicht mehr sehen oder hören kann. Sie wird zu einem Stück totem Inventar, das man umgehen muss. Die Gattin. Darf ich vorstellen, meine Frau.

Dies sind die grundlegenden Merkmale des Ehefrauendaseins meiner Frau: Ihre Pingeligkeit, wenn es um die Hygiene in Küche und Bad geht (sie reinigt jeden Tag sämtliche Oberflächen mit Mr. Clean, was man hinterher noch ewig riecht, ein Geruch, der perfekt zu der giftig leuchtenden Farbe des Produkts passt, einem psychedelisch zerfließenden bräunlich trüben Rot). Der stechende Geruch verblasst etwas, wenn Jillian kocht oder bäckt, aber er verschwindet nie ganz.

In den anderen Räumen macht sie fast keine Hausarbeit. Alles ist voller Hundehaare, im Wohnzimmer und in den Schlafzimmern, auf den Bücherregalen liegt fingerdick der Staub, unter den Betten ballt er sich, bepelzt manchmal einen alten Socken, dessen Sohle vom Schweiß glänzend geworden ist, einen von meinen, wobei wir dieselben Socken benutzen, schwarze, die wir in Sparpackungen bei Walmart kaufen, stets die gleichen, falls mal einer verschwindet. Natürlich sind meine Füße größer und leiern die Socken aus, und wenn Jillian sie dann anzieht, sitzen sie nicht mehr richtig, sie werfen Falten und verursachen Blasen.

Auch die langsamen, manchmal prätentiösen, geschmeidigen Bewegungen ihrer morgendlichen Yogaübungen sind Bestandteil ihrer Ehefraulichkeit, die aufgerollte gerippte Matte in Blassrosa mit gleichfarbiger Hülle, die sie an einem Riemen über der Schulter trägt, wenn sie im Dunkeln – ganz recht, vor Tagesanbruch – den Hang hinaufstapft, um sich mit anderen Pilgern der Community zu treffen; sie benutzt das Wort Community (sie ist Mitglied von, zugehörig zu, treibende Kraft in, tragende Säule von, ordnende Hand bei, bewundertes Vorbild in diversen Communities), und sie ist zäh, engagiert, geht ihre Aufgabe mit berechnender Exaktheit an. Sie ist stellvertretende Vorsitzende eines staatlich finanzierten Frauenhauses, das auch eine Verhütungssprechstunde, eine Fixerstube und psychologische Beratung zu bieten hat.

Kürzlich habe ich ein Video gesehen, in dem Jillian spricht, einen hausinternen, als Ausbildungsmaßnahme von Klientinnen gedrehten Clip, in dem sie über Konsensbildung und Ermächtigung spricht und über etwas, das sich »die Selbsthilfe-Übung« nennt.

Dann ist da die Begeisterung, mit der sie irische Volkstänze tanzt, in einer Irish-Dance-Gruppe hier im Ort, die eine Fußspitze ans andere Knie, leuchtend rote Kniestrümpfe (wir sprechen hier von einer Sechzigjährigen), karierter Faltenrock, Arme über dem Kopf, die Fingerspitzen aneinandergelegt; da sind die Biographien, die sie liest, Nixon, die Kennedys, Marie Antoinette, Gandhi, und ihr lebenslanges obsessives Interesse an Anne und Mary Boleyn, all die minderwertigen Filme auf Netflix, die sich deren Niedergang widmen, eine Art historischer Softporno, das blutbefleckte Laken nach politisch aufgeladenen Fehlgeburten, Heinrich, der an einem Truthahnschlegel kaut, zornig, weil er immer noch keinen Stammhalter hat, all der Samt und kalte Stein von Fackeln erleuchtet, der phallische, mit Stroh ausgelegte Turm, wo die Frauen ihres Schicksals harren, der amerikanische Akzent der Schauspielerinnen; dass diese Filmbiographien meine Frau so leicht zum Weinen bringen: Marie Antoinette, das arme junge Mädchen – selbst noch ein Kind, muss sie ihre Familie verlassen, um einen Schwachsinnigen zu heiraten. Einen Schwachsinnigen! Und dann haben sie ihr den Kopf abgeschlagen. Alle Leute, über die meine Frau liest oder Filme schaut, finden einen grausigen, schicksalhaften Tod.

Das also sind die typischen Merkmale, die meine Frau ausmachen, diese Verhaltensweisen, Handlungen und Gedanken, die mich inzwischen nur noch langweilen, eine Langeweile, die dazu geführt hat, dass ich in den Jahrzehnten unserer Ehe immer wieder über weite Strecken, Monate womöglich, blind und taub dafür war, wer sie eigentlich ist.

Sie ist der Quell all dieser gewöhnlichen Momente, kleineren Versäumnisse und Stimmungsumschwünge. Ich kann dem allem gegenüber blind und taub sein, bis, bis, ja bis ich sie so in der Küche antreffe.

Jillian, wenn sie so über unsere Enkelin lacht, das Kind, das meine Tochter bekam, als sie erst sechzehn war, wenn sie den Küchenstuhl vor den Kinderstuhl zieht, wie um einen Film anzuschauen, die Beine yogamäßig überkreuzt, wie fest ihr Körper immer noch ist, die Hände aneinandergepresst, als drohte sie vor Freude zu bersten.

Und wenn sie in so einem Augenblick zu mir hochschaut, um zu sehen, ob ich das Gleiche empfinde, um das Gefühl mit mir zu teilen – in diesen unerwarteten Momenten ist es wie in diesem Song von Leonard Cohen: *When she came back she was nobody's wife.*

Aber im Moment denke ich nicht an Jillian.

Das Heulen des Winds stürmt auf Marissa und mich ein, dort im Eingangsbereich des Supermarkts. Drinnen, gleich hinter Marissa, sind Blumen und Topfpflanzen aufgebaut, Weihnachtssterne, Rosen in knisterndem Zellophan, eine Ansammlung grell gefärbter Blütenblätter, blau, leuchtend rot, und die zarteren Farben, Eierschale, Gelb, Rosa, das Zellophan und die helle Folie um die Töpfe glitzern im Licht.

Marissa wartet auf ein Taxi. Sie sieht mir jetzt in die Augen, und es ist komisch, jemanden über lange Zeit, über Jahre, vergessen zu haben und sich dann so gegenüberzustehen, ganz plötzlich.

Ihre Augen, und ich spüre wieder den Sand in den Laken dieses Motelzimmers in Port aux Basques, der Schneesturm damals, meine Füße in die Matratze gestemmt, während ich mich in ihren Körper bohre, Kiefernnadeln, orange Kiefernnadeln in den Baumwolllaken. Laken mit braunen und bernsteingelben Farnwedeln, ein Muster aus Waldpflanzen, Büschen und Kaninchen, so dünngewaschen, dass man hier und da fast durchschauen konnte.

Und in einem Motel in Florida, das Rumpeln eines Zimmerservicewagens draußen auf dem betonierten Weg, dann Stille und ein Klopfen. Zeit, auszuchecken. Ich öffnete im dunklen Zimmer die Augen, hörte den Schlüssel und sah zu, wie sich der Streifen grellen Lichts in den Raum hinein verbreitete, als das Zimmermädchen die Tür aufmachte und einen neonrosa leuchtenden Staubwedel durch das Halbdunkel schwang.

Wie ich merke, habe ich auch Marissa vergessen, so zuverlässig, wie ich Jillian vergesse; *vergessen* ist das einzige Wort, das ich dafür habe, auch wenn es nur ungefähr passt. Das Bindegewebe, das *Hinbekommen* zwischen den heftigeren Momenten, wird ausgeblendet. Wir denken immer, wir würden das Unwichtige vergessen, aber vielleicht ist es ja umgekehrt? Bin ich der Einzige, der auf diese Weise liebt?

Es ist vielleicht fünf Jahre her, dass wir uns das letzte Mal begegnet sind, es war auf einer Kunstausstellung, eine Künstlerin hier aus der Gegend, die für ihren Hyperrealismus bekannt ist und diese niederländische Sache beherrscht, ihre Gemälde scheinen ein eigenes Licht auszustrahlen. Scheinen voller Energie zu sein, von innen heraus zu leuchten.

Wir hatten schließlich nebeneinander vor dem Bild eines fast nackten Modells gestanden. Die Frau auf dem Bild trug einen Slip, billige, glänzende Polyesterunterwäsche mit Blumenmuster, und auf ihrer nackten Haut waren noch die Abdrücke ihrer Jeans zu sehen, die sie wohl gerade erst ausgezogen hatte, Knopf und Reißverschluss.

Wir unterhielten uns damals über Miley Cyrus und eine anzügliche Tanznummer oder vielmehr Geste von ihr, die viral gegangen war, und zur Veranschaulichung hatte sich Marissa ihre zum V gespreizten Finger vor den Mund gehalten und die Zunge dazwischen vor- und zurückschnellen lassen, um Cunnilingus anzudeuten. Ich gab zu, dass ich von der Geste gehört hatte. (Ich hatte einen Blechschaden am Auto gehabt, und die Sachverständige von der Versicherung, eine junge Frau Anfang zwanzig, hatte mir davon erzählt, sie fand die Geste abstoßend, aber in Marissas Augen handelte es sich um einen radikalen Akt, eine Rückeroberung der Deutungshoheit über die weibliche Lust.) Wir hatten beide auf das Gemälde gestarrt. Der Polyesterslip war mit kleinen Blümchen bedruckt, billige Unterwäsche, wie man sie vielleicht im Sechserpack kauft, kühl und glatt.

Damals in der Kunstgalerie war Marissas Haar noch sehr dunkel. Vielleicht war es nach Angus' Tod ergraut. Eine stressbedingte Veränderung. Oder sie hatte nach seinem Tod schlicht aufgehört, sich die Haare zu färben. Wo war Jillian während unserer Unterhaltung in der Galerie gewesen? Ich erinnere mich daran, dass Marissa diese Geste machte, die mich verblüffte, abstieß und zugleich erregte, und dass ich mich nach Jillian umsah.

Ich kenne die Sorte Frau, die als eine Art politisches Statement nichts dagegen unternimmt, wenn mit Mitte fünfzig ihr Haar grau wird, aber Marissa ist keine von ihnen. Wir haben ein paar dieser Frauen in der Firma, sie betreuen Großkunden oder managen Investmentfonds.

Eine Frau namens Gloria etwa, in Toronto, die man als meine Kollegin oder Gegenspielerin oder Konkurrentin bezeichnen könnte. Gloria hat mal zwei Jahre halbnackt an einem Strand in Goa gelebt, als Teil einer Hippiekommune.

Sie ging dort weg, als sie krank wurde, mit zweiundzwanzig, also vor rund siebenunddreißig Jahren, und sie brauchte fast ein Jahr, um wieder gesund zu werden. Sie hat nie genauer benannt, wovon sie genesen musste. Sie sehnte sich mit jeder Faser danach, wieder nach Indien zurückzukehren, hat sie einmal gesagt, aber mit fortschreitender Zeit und nachlassendem Fieber oder was immer das Problem war, vielleicht ein Nervenzusammenbruch, begann ihr der Ort wie eine Illusion zu erscheinen.

Vermutlich waren bewusstseinsverändernde Drogen im Spiel gewesen, Liebschaften. Wirkliche Lieben. Oder auch nur eine wirkliche Liebe, ich habe keine Ahnung. Ich weiß nur, was ich Gloria in einem betrunkenen Moment – und soweit ich weiß, gab es nur diesen einen – über diese Zeit, diesen Verlust habe sagen hören. Sie beschrieb ihn als einen Verlust, der sie in die Knie zwang.

Ich habe keine Ahnung, was sie dort zurückließ, an diesem fernen Strand in Goa vor so vielen Jahren. Aber nach ihrer Genesung stellte sie fest, dass sie finanziell, und vermutlich auch seelisch, am Ende war und keine Möglichkeit hatte, nach Indien zurückzukehren.

Diese Frauen, ich spreche jetzt speziell über diejenigen, die ich von der Arbeit kenne, sind immer auf der Suche nach einer Möglichkeit, zu dem zurückzukehren, was sie verloren haben. Der altmodische Ausdruck *gut erhalten* fällt mir ein, aber er deckt nicht die beängstigende Vitalität dieser Frauen ab.

Sie sind gnadenlos, wenn es um ihren Aufstieg geht. Was auch auf Gloria zutrifft. Nicht bereit zu dienen. Und wild entschlossen, alles selbst zu machen. Der Deckel einer Flasche Spaghettisauce, der nicht aufgehen will, ein Reifenwechsel, das Öffnen der Autotür: Nein! Das kann ich selbst!

Sie bleiben nicht mehr aus Gefälligkeit mit einem Mann zusammen. Sind nicht willens, sich anzupassen, was sie früher durchaus getan haben, und zwar nicht zu knapp.

Diese Sorte Frau wird sechzig und fängt an zu sagen, was sie denkt, sie lässt allen Takt fahren, ist auf Partys oft diejenige, die Leben in die Bude bringt.

Ich habe Anlass zu all diesen Überlegungen, denn ich stehe mit einer dieser Frauen in Konkurrenz um einen meiner Kunden. Mit Gloria, um genau zu sein. Ich glaube, dass Gloria seit einiger Zeit um meinen wertvollsten Kunden wirbt. Falls mein Kunde mit dem Gedanken spielt, seine Investitionen in Glorias Hände zu geben, so möchte ich gern glauben, dass er es deshalb tut, weil sie gut ist. Weil sie es verdient, von ihm gefördert zu werden.

Was ich in dieser Frau, in Gloria, sehe, ist ein hormonell ge-
steuertes Bedürfnis nach Ehrlichkeit, danach, endlich, endlich
in aller Öffentlichkeit zuzugeben, was sie will. Nicht schmeich-
lerisch, bedürftig oder schrill. Einfach so, als würde sie die
Hand ausstrecken, wie man es bei einem Kind tut, und verlangen, dass man ihr etwas gibt, was immer es auch sein mag. Gib
her, gib her. Oder: Gib es mir zurück.

Wie lautet noch mal dieser Spruch? Scharfer Essig frisst das
Fass. Wenn so eine Frau etwas will, was man selber hat, kann
man sich nicht um Schaden am Fass Gedanken machen. Das
graue Haar ist ein Statement. Und das Statement ist ein ganzer
Schwall von Essig.

Gloria kommt in Joggingschuhen zur Arbeit und schlüpft
dann unter dem Schreibtisch in Pumps. Auf Partys erscheint
sie im eng anliegenden schwarzen Kleid mit klobigem, kunst-
handwerklichem Schmuck, einer Mischung aus kostbaren
Steinen und Metall und dazu etwas Gefundenem oder Besu-
deltem und Zartem, eine Feder, ein Skorpion in Bernstein,
irgendetwas Schillerndes, Totes.

Wir sind seit fünfzehn Jahren im selben Geschäft. Wir haben nie in irgendeiner Weise geflirtet, es sei denn, man zählt
diese neue Rivalität dazu, eine Art des Kundenabwerbens, die
implizit als nicht in Ordnung gilt und eine Spannung zwischen uns erzeugt hat, die sich exklusiv und toxisch anfühlt.

Meine Frau, Jillian, ist blond. Es dauert lang, sie dazu zu machen, was in einem teuren Laden in der Duckworth Street geschieht. Die Farbe nennt sich Karamellblond. Spröde und
glänzend wie ein Bonbon kommt sie von dort wieder. Sie sagt,
dass es dort einen Schwulen mit zartem Knochenbau und auf-

reizendem Gang gibt, der ihr die Kopfhaut massiert. Er hat Mascara um die Augen, trägt einen tiefhängenden schwarzen Nietengürtel über den mädchenhaften Hüften und schwarze T-Shirts, die kunstvoll zerrissen sind und von reihenweise Sicherheitsnadeln zusammengehalten werden. Sein Haar ist ebenfalls karamellblond, sie sind also wie Geschwister. Er legt ihr ein warmes Handtuch unter den Nacken und verbrüht sie dann schier mit der Handdusche, aber sie sagt nichts. Jillian zufolge reden sie überhaupt nicht miteinander.

Manchmal, wenn er ihr die Kopfhaut massiert, so hat sie mir erzählt, ist sie kurz davor, einzuschlafen, und dann entfährt ihr ein Stöhnen. Es gefällt ihr nicht, wie lüstern es klingt. Sie schämt sich dafür. Hinterher gibt sie ihm ein separates Trinkgeld, obwohl das Trinkgeld üblicherweise nach der drei- oder vierstündigen Prozedur einfach an der Kasse hinzugefügt wird.

Jillian zufolge ist er ein Gehilfe und nur dazu angestellt, das abgeschnittene Haar zusammenzukehren, den Kundinnen den Kopf zu massieren und ab und zu die Folien zu überprüfen, um zu sehen, wie die Farbe anspricht.

Folien, so werden die Dinger genannt, die Jillian ins Haar gepackt bekommt, und als ich mal in den Salon eilte, um ihr zu sagen, dass Tiffany aus der Kita abgeholt werden müsse, fand ich Jillian in einem von penetrantem Duft erfüllten Kellerraum mit Lavalampen und Perlenvorhängen vor, eine *Vogue* auf dem Schoß und den Kopf mit lauter abstehenden silbernen Folientaschen gespickt, eine Weltraumkriegerin.

In einem Seitenraum sah ich eine junge Frau auf einer Liege, die Haare in ein weißes Handtuch gehüllt, den Rücken entblößt, neben ihr ein Tisch mit Schüsseln voll dampfender Chemikalien, dann schloss die Kosmetikerin, sofern das die richtige Bezeichnung ist, die Tür und verwehrte mir den Blick auf dieses Opferritual.

Ich zog die Augenbrauen hoch, und Jillian winkte mich mit gekrümmtem Finger zu sich und flüsterte mir ins Ohr – so nah, dass ich ihren kitzelnden Atem am Trommelfell spürte und später, als ich, regelrecht nach frischer Luft japsend, wieder draußen auf dem Gehweg stand, den kleinen Finger heftig in meinem Ohr hin und her bewegen musste –, diese Frau lasse sich gerade den Anus bleichen.

Manchmal liege ich in der Badewanne und tauche den Kopf unter, weil ich mich ganz irr machen kann, wenn ich an diesen Moment denke, an die breiten Schultern des Mädchens und die Chromschüsseln neben ihr, die in dem starken Licht glänzten.

Marissas silbergraues Haar hat den Schimmer von klassischen Glühlampen, wärmer als der bläuliche Ton der neuen Birnen, die aus ökologischen Gründen jetzt an ihre Stelle treten. Erst gestern habe ich im Radio gehört, dass die alten Glühbirnen, insbesondere die Vierzig- und Sechzig-Watt-Birnen, nicht mehr nachgeliefert werden, wenn die Regale sich leeren. Bald werden sie ganz verschwunden sein.

Ich gehöre der Generation an, die genau die richtige Anzahl von Jahren gelebt hat, um das als schmerzlichen Verlust zu empfinden. Seit meiner Geburt hat mich einzig und allein das Licht jener Glühbirnen begleitet. Und jetzt diese kalten, weißen, schraubenförmigen Dinger.

Ich bin mir auch sicher, dass Marissa nicht aufgespritzt

ist. Ihr Gesicht sieht natürlich aus, auch wenn sie kaum Falten hat.

Vor Jahrzehnten, in unserer gemeinsamen Zeit, trug sie das Haar nachlässig hochgesteckt. Sie hielt es mit zwei schwarzlackierten Essstäbchen zusammen, die mit Goldfischen bemalt waren. Oder mit einem dieser Verschlussstreifen für Müllbeutel. Blaue Augen, dunkle Locken und helle, sommersprossige Haut, eine Kombination, die meine Mutter »Shanty Irish« nannte, nach den Leuten aus der Gegend um Waterford, wo das berühmte Kristall hergestellt wird.

Damals war sie schlank, schlampig, die Locken fielen ihr ins Gesicht, und manchmal pustete sie sich eine Strähne aus den Augen. Jetzt hängt ihr das Haar über die Schultern, raschelt auf ihrer Nylon-Skijacke.

Fährst du nicht selbst?, frage ich.

Ich habe letzte Woche ein Mädchen angefahren, sagt Marissa. Ich wollte sie sofort ins Krankenhaus bringen, aber sie wollte nicht. Das arme Mädchen hätte tot sein können. Sie ist mir vors Auto gefallen. Also, sie ist gestürzt. Ich habe überhaupt nicht begriffen, was passiert ist.

Marissa redet immer schneller, nervös, hauchig. Sie starrt nach vorne, auf die Reihe von Einkaufswagen, in deren Rollen sich Eis und Schnee festgesetzt haben, von den Griffen tropft Wasser. Während sie erzählt, erlebt sie den Autounfall im Geiste von neuem. Sie könnte mit sonst wem reden, mit irgendeinem Fremden. Mich hat sie vergessen.

Sie hatte sich die Hand verletzt, wie sich herausgestellt hat, aber sie hat immer wieder gesagt, es sei alles in Ordnung, sagt Marissa. Ich habe dafür gesorgt, dass sie sich ins Auto setzt.

Hinter mir hatte sich schon eine Schlange gebildet. Ich konnte förmlich zusehen, wie ihre Hand anschwoll und sich ein Bluterguss bildete.

Sie hat versucht, *mich* zu trösten, sagt Marissa. Sie hat mir ihre Hand gezeigt, konnte sie aber nicht ruhig halten. Die Hand hat gezittert, aber das Mädchen war ganz ruhig. Sie hat gesagt, es sei nicht meine Schuld, die Autofahrer könnten einfach nichts sehen. Immer wieder hat sie das gesagt. Wegen der Schneeverwehungen.

Aber es war natürlich wegen Angus. Seit seinem Tod bin ich völlig durch den Wind. Ich versuche, mich daran zu gewöhnen, dass er nicht mehr da ist. Ich habe es nicht kommen sehen.

Du solltest nicht mehr Auto fahren, sage ich. Mein alter Drang: ihr zu sagen, was sie tun und lassen soll. Eine Angewohnheit, die ihr damals gegen den Strich ging, aber jetzt scheint mein Kommentar sie zu erleichtern.

Nein, ich sollte nicht mehr Auto fahren. Tue ich auch nicht mehr. Ich habe dieses junge Mädchen zu ihrer Freundin gebracht. Ich habe ihr meine Telefonnummer gegeben. Ich habe ihr gesagt, dass sie sich die Hand röntgen lassen soll. Und dann, direkt im Anschluss, bin ich zu einem Gebrauchtwarenhändler gefahren und habe zu dem Mann dort gesagt, nehmen Sie mir den Wagen ab. Weg damit. Ich bin mit dem Taxi zurückgefahren. Habe das Auto einfach dort gelassen. Dieser Teil meines Lebens ist vorbei. Das Autofahren ist vorbei.

Ich kann dich heimbringen, sage ich.

Dafür kommt schon jemand, ein Taxi.

Hol dein Handy raus, sage ich. Hast du ein Handy? Ruf an.

Bestell das Taxi wieder ab. Ich pack deine Einkäufe in mein Auto, Marissa. Ich fahr dich heim.

Ich habe den Mann doch schon beauftragt, Jim. Er ist auf dem Weg hierher. Ich will nicht, dass er in diesem Wetter umsonst unterwegs ist. Es hieß, in fünf bis zehn Minuten ist er da. Die sind sehr gut.

Ruf an. Sag, dass dich jemand mitnimmt. Ich bin ja nun eh schon in dem Wetter unterwegs, sage ich.

Der Parkplatz ist jetzt ein einziges Schneegestöber. Seit drei Tagen gibt es immer wieder Stromabschaltungen – sogenannte Lastabwürfe, ein neuer Begriff für uns. Gerade läuft eine Frau mit bauschigem Mantel über den Parkplatz, die Hände auf den Ohren, und hinter ihr wird die weiße Stadt grau und dunkel.

Die Supermarkttür saust wieder auf, der Wind ist eisig. Wir haben Rekordtemperaturen. So kalt ist es seit hundert Jahren nicht mehr gewesen.

Ist bei dir auch der Strom ausgefallen?, frage ich Marissa. Ich überlege, ob bei ihr daheim die Rohre bersten könnten. Es wird immer kälter in den Häusern, in der ganzen Stadt. Die Fensterscheiben sind von milchigem Reif überzogen. Eine friedliche braune Stille erfüllt die Straßen, die Fenster sind schwarz. Die Leute kauern in Decken gehüllt im Wohnzimmer, sehen ihre Atemwölkchen im Kerzenlicht. Im Radio äußern sie Sorge um die Alten. Um diejenigen, die isoliert sind oder allein leben. Marissa und ich sind Anfang sechzig. Aber wir sind nicht gemeint. Leute wie wir haben Propangasöfen und Kamine. Oder wir kennen jemanden, der beides hat.

Man arbeite an dem Problem, heißt es im Radio. Sende

Helfer aus. Aber in Holyrood ist ein Transformator explodiert, angeblich gab es eine riesige Stichflamme. Und Rauchwolken, wie man zuerst meinte, doch es war nur Dampf. Keine Toten, keine Verletzten. Glücklicherweise waren die Arbeiter in einem anderen Gebäude. Die Regierung hat verlauten lassen, dass man ihn nicht ersetzen wird und wir noch die kommenden drei Jahre mit dieser Art von Stromausfällen rechnen müssen, bis die neue Wasserkraftanlage bei Muskrat Falls in Betrieb geht. Im Radio kamen Interviews mit Ladenbesitzern, die von dem Ansturm auf Taschenlampen, Teelichter, BIC-Feuerzeuge, Campinggaskocher berichteten. Die Leute werden vorgewarnt, sie sollen sich darauf einstellen, gegebenenfalls in die Gemeindezentren gehen, zu langen Tischen voller Tetra Paks und Paletten mit abgepackten Muffins.

Äste sind abgebrochen und haben Stromleitungen mitgerissen. Ein Mann war so klug, in seinem Auto sitzen zu bleiben und sich nicht vom Fleck zu rühren, bis man ihm Entwarnung gab. Eine Stromleitung war auf seine Motorhaube gefallen. Wenn er ausgestiegen wäre, hieß es, hätte er den Stromkreislauf geschlossen und wäre verbrutzelt wie eine Scheibe Frühstücksspeck.

Gestern Abend war ich auch allein, hatte nur den Hund als Gesellschaft. Jillian war zu ihrer Schwester gefahren, in der Nähe vom Stavanger Drive, wo es wieder Strom gab. Ich wollte das Haus nicht leer stehen lassen. Ich hatte eine Kerze in der Badewanne stehen, eine zweite trug ich von einem Zimmer zum anderen. Ich hatte eine Daunendecke um die Schultern; als ich die Treppe hochging, ragte mein Schatten auf wie ein Gespenst. Im Licht der Kerze konnte ich meinen Atem sehen.

Jetzt sehe ich über Marissas Schulter hinaus, auf den Parkplatz des Supermarkts und auf die Parade Street dahinter, wo ein Mann einen Einkaufswagen voller recycelbarer Flaschen vor sich herschiebt. Er geht mitten auf der Straße, eine Schlange von Autos hinter sich. In den Lichtkegeln der Scheinwerfer sieht man diagonal den Schnee treiben.

Aber du musst doch deine Einkäufe machen, Jim, sagt Marissa. Sei nicht albern, ich halte dich auf, du hast doch sicher ein ausgefülltes, geschäftiges Leben.

Ich frage mich, ob das ein Seitenhieb ist. Ich erinnere mich an die verletzenden, fast wortlosen Streits, die kamen und gingen, ohne einen wirklichen Inhalt zu haben, zum Schluss reichten sie uns wohl aus, um auseinanderzugehen. Echte Liebende, wahre Liebende, selbst Menschen, die nur kurz Liebende sind, so wie wir es waren, aber mit der Intensität, die ich meine, sprechen nie aus, was ihre Liebe bedeutet. Was sie bedeutet, ist da, gegeben, zum Ausdruck gebracht, immer, noch bevor es ihnen bewusst wird. Es ist nicht notwendig, es in Worte zu fassen.

Manchmal kann es gar nicht ausgesprochen werden. Manchmal weigern sich solche Liebenden, die Liebenden, um die es mir geht, es auszusprechen, weil sie das Gefühl haben, es in Worte zu fassen würde es besudeln oder zerstören. Wobei *es* alles sein kann. Und Bedeutung wird zwischen wahren Liebenden in einer derartigen Geschwindigkeit erzeugt, dass es gar nicht möglich wäre, damit Schritt zu halten. Bedeutung entsteht in einer Art Dauerfeuer, mit gleichbleibender Schnelligkeit, Lichtgeschwindigkeit, wie auch immer. Was eben am schnellsten ist: noch schneller als das. Wie Geld.

Wenn sie imstande wären, auszusprechen, was ihre Liebe bedeutet, diese Liebenden, wäre es in dem Moment, wo sie es in Worte gefasst hätten, bereits versteinert, es würde zu Staub zerfallen und verwehen. Ich spreche von der Art von Liebe und Sex, die einem widerfährt. *Widerfahren*, das ist das richtige Wort. Man hat keine Wahl. Pure Spannung. Ein Sich-Verströmen. Man muss dazu zwanzig oder jünger sein. Nach zwanzig geschieht das nicht mehr.

Es heißt, wir hätten dieses Wetter – das schlimmste, an das ich mich seit meiner Kindheit erinnern kann –, weil sich der nördliche Polarwirbel bewegt oder verschoben hat oder abgewandert ist. Es ist eine beängstigende Entwicklung, denn die Frage ist: Kann er jetzt überall hin? Werden wir hier in Neufundland die neue Arktis? Oder sogar in Toronto, wo vor ein paar Wochen während eines Schneesturms auch der Strom ausgefallen ist, mit verheerenden Folgen? Oder in den Südstaaten?

Vor gerade mal einer Woche habe ich an einem abgelegenen Strand außerhalb von Gokarna in Südindien eine junge Frau beobachtet, wahrscheinlich eine Deutsche, mit hellblondem Haar und einem großen Männerhemd über ihrem schwarzen Bikini, die mit ihrem Freund unter dem Schilfdach einer Snackbar saß, wo es richtigen Espresso gab. Der junge Mann trug eine Kette aus türkisfarbenen Perlen, die er an den Mund gehoben hatte, um daran zu lutschen, ein oranger Pferdeschwanz hing ihm zwischen den spitzen Schulterblättern auf den Rücken, und seine Hakennase schälte sich. Er las ein dickes Taschenbuch, ein philosophisches Werk, dachte ich, und hatte einen Bleistift hinter dem Ohr stecken, sein nackter

Fuß berührte ihren, klopfte darauf, wieder und wieder, und auch sie war vertieft, sah im Display einer teuren Kamera, die sie auf dem Schoß liegen hatte, Fotos durch, ein langes, dickes Teleobjektiv auf ihrem Bein abgestützt – die beiden schienen mir Liebende von der Art zu sein, die ich meine. Sie wechselten während ihres Frühstücks kein einziges Wort, aber sie berührten sich die ganze Zeit.

Ich wollte nur kurz etwas besorgen, sage ich zu Marissa. Ich merke, dass ich vergessen habe, was ich holen soll. Jillian hat mich gebeten, auf dem Heimweg hier vorbeizufahren. Wir haben wieder Strom, und sie bäckt Weihnachtsplätzchen. Aber ich weiß mit aller Klarheit, was ich will. Ich will Marissa nach Hause fahren. Ich will mir ihr Haus ansehen. Ich habe Angst um sie. Ich bin erschöpft, und vielleicht leide ich auch noch etwas unter Jetlag.

Bevor ich in Mumbai landete, war ich einen Tag in Frankfurt, wo ich ein Hotelzimmer gebucht hatte, dann aber feststellen musste, dass es erst ab zwei Uhr nachmittags verfügbar war. Ich lief durch die Straßen, war erst mit der Bahn, dann einem Taxi in die Altstadt gefahren.

Auf einer Fußgängerbrücke, die von der Altstadt aus über den Fluss führt, hingen Hunderte von Schlössern am Geländer. Die Namen von Liebenden waren hineingeritzt. Nach den Namen zu urteilen, stammten die Liebenden aus der ganzen Welt. In Paris habe ich letztes Jahr das Gleiche gesehen. Manchmal war unter den Namen ein Datum eingeritzt, vielleicht ein Jahrestag oder der Zeitpunkt eines einzelnen Ficks.

In Frankfurt waren Gras und Büsche schon vor der Zeit grün, und es war warm genug, um in einem Straßencafé zu sitzen. An den Steinmauern neben dem khakigrauen Fluss wuchs Moos, und als ich an den Rand vortrat, um die Treppe hinunterzuschauen, die zum Wasser führte, sah ich etwas Frappierendes: einen weißen Schwan. Auf einem Schild neben der Treppe stand, dass irgendetwas (ich hatte keine Ahnung, was der Rest der Aufschrift bedeutete) *verboten* war. Vielleicht das Schwimmen in dem verschmutzten Wasser oder irgendeine andere Art der Entweihung.

Als ich an diesem Nachmittag nach meinem Transatlantikflug schließlich in mein Hotelzimmer durfte, träumte mir, ich sei beim Family Barber, einem Friseurgeschäft in St. John's, das es fünfzig Jahre lang gab, bis es letztes Jahr schließlich zugemacht hat, die Friseurstühle und der Barber's Pole, jener blauweißrote Zylinder, der vor den Friseurläden hängt, wurden verkauft. Den Barber's Pole kaufte ein junger Mann mit Dreadlocks, der in einer neufundländischen Rasta-Band spielt.

In dem Traum pinkelte ich in den Friseurstuhl, während mir die Haare geschnitten wurden. Ich hatte die Kontrolle über meine Blase und den Schließmuskel verloren, ja die komplette Körperbeherrschung. Schaum trat mir vor den Mund. Der Friseur wandte den Blick ab.

Dann war ich in Mumbai. Und auf der Taxifahrt, kurz bevor wir vor dem Hotel anhielten, sah ich eine Ratte über den schmutzigen Gehweg huschen und in einem Loch verschwinden, das nicht größer war als der Kreis, den ich mit Daumen und Zeigefinger bilden kann, die internationale Geste für »alles in Ordnung«.

Jemand presste Halsketten aus orangen und gelben Ringelblumen gegen das Taxifenster. Eine Frau mit Zähnen wie

Baumstümpfe in einem knochigen Gesicht. Es folgten Tage voller Taxifahrten: Gehupe und Beinahe-Unfälle, Vollbremsungen, der Druck des Sicherheitsgurts an meinem Bauch, wenn es mich auf dem Rücksitz nach vorn schleuderte. Kühe, und wenn der Jetlag zuschlug, sah ich zwischen den Lidern hindurch die orange flackernde Sonne, von den Palmwedeln über mir in Streifen geschnitten. Ich sah alles, im Vorbeisausen oder im Stau steckend, Frauen im Sari auf dem Moped, einen gelben Ohrring, der mein Fenster berührte oder fast berührte, bis das Taxi mit einem Ruck weiterfuhr.

Mein Kunde, der Kunde, den ich bereits erwähnt habe, der Kunde, mit dem Gloria beim Lunch in einer Austernbar in Toronto gesehen wurde, wo sie sich diese salzigen Muschelfleischklumpen in den Schlund schoben, einer der reichsten Männer im atlantischen Kanada, Chef eines Unternehmens, dessen Name, würde ich ihn nennen, vertraut klänge, jedem ein Begriff wäre, eines Unternehmens, das in vielen Industriezweigen aktiv ist, vorrangig aber in der Ölförderung, ein Mann, nach dem erst vor ein paar Tagen eine Konzerthalle benannt wurde und für den ich im Laufe der Jahre mehr geworden bin als nur ein verlässlicher Geschäftspartner, mein Kunde also hatte mich gebeten, nach Indien zu fliegen und mich dort mit relevanten Stakeholdern zu treffen und die Vorarbeiten zu einer umfangreichen Investitionsinitiative für Callcenter zu inspizieren. Danach flog ich für einen Kurzurlaub nach Goa. Die Strände dort sind spektakulär, man kann erstklassig surfen, und ich wollte mal sehen, wo Gloria damals gewesen war, ob es noch Überreste der Gemeinschaft gab, der sie angehört hatte, dieses Epizentrums spiritueller seismischer Beben.

In der Dämmerung am Straßenrand kleine Feuer, brennendes Strauchwerk oder was immer es zu verbrennen gab. Einmal wachte ich während einer Taxifahrt auf, da streifte der Wagen gerade einen Verkaufsstand mit Folienballons an Stöcken, hundert silberblaue aufgeblasene Haie, die einander stupsten.

Wenn man so viel reist wie ich, Kurzaufenthalte, Geschäftstagungen, Treffen mit Kunden, erinnert einen eine beliebige Straßenbiegung in Indien an eine ähnliche Straßenbiegung, die man Jahre zuvor entlanggefahren ist – nur wo? In Argentinien? Eine kurze Erinnerung, ein Café mit einem Vorhang aus transparenten grünen Plastikperlen, drinnen ein junges Mädchen mit einer Katze auf der Schulter. Ein Unfall mitten in der Nacht, Flammen. Das zersplitternde Glas einer Windschutzscheibe, ein Lastwagen, von dem sich Zucker auf die Fahrbahn ergießt. Wehgeschrei. Oder ein Taxifahrer, der den erhobenen Finger schwenkt – in diesem Wald gibt es Tiger. Würden Sie in diesem Wald spazieren gehen?, hatte ich gefragt. Ich habe keine Angst, hatte der indische Taxifahrer gesagt. Ist das Dschungel?, fragte ich. Dschungel, Dschungel, Dschungel, sagte er.

Ich versuche, den Fahrer zu erwischen, bevor er losfährt, sagt Marissa. Vielleicht kann ich das Taxi ja abbestellen. Sie wiederholt sich, vielleicht kann ich es abbestellen. Bevor er losfährt. Vielleicht ruft ihn jemand anders. Ich will nicht für einen weiteren Unfall verantwortlich sein. Die Straßen sind in einem furchtbaren Zustand. Ich liege ja bei dir auf dem Weg. Stimmt das noch, Jim? Wohnst du da noch?

Ich bin ein paarmal umgezogen, sage ich. Mehrmals. Marissa kramt in ihrer Handtasche nach dem Telefon.

Arbeitest du noch bei der Bank?, fragt sie. Ich hab dich ja

ewig nicht mehr gesehen, Jim. Sie schüttelt den Kopf, als wären ihr die lästigen Details der Alltagsbewältigung entglitten und ich wäre nur eines davon.

Ich manage Portfolios, sage ich. Nicht mehr bei der Bank. Ich bin jetzt bei einem anderen Unternehmen. Kennst du sicher nicht. Ich habe einige wenige, ausgewählte Kunden. Nur eine Handvoll. Exzentrische alte Knacker, aber sie vertrauen mir.

In meiner Stimme schwingt etwas mit, ganz unwillkürlich. Ich höre es selbst. Ich bin stolz. Meine Arbeit sorgt für jede Menge Adrenalinstöße. Aufs richtige Pferd zu setzen, fetten Gewinn zu machen. Wenn Gloria und ich über all die Jahre irgendetwas geteilt haben, dann den Kitzel, die rudimentäre, unberechenbare Logik des Kapitalflusses zu erkennen. Die Kunst besteht darin, auf Unvorhergesehenes flexibel zu reagieren. Man muss den Markt als Organismus begreifen, der mutierenden Viren und Infektionen ausgesetzt ist, den man schröpfen, kauterisieren, zur Ader lassen kann. Wenn ich ehrlich bin, glaube ich, dass ich darin eine Spur besser bin als Gloria. So ist es nun mal.

Heute Nachmittag habe ich die Nachricht erhalten, dass ich für den erwähnten Kunden einen beträchtlichen Gewinn eingefahren habe. Bei einem Barrelpreis von fünfzig Dollar haben sich Leerverkäufe von Ölsandwerten als ziemlich gute Idee erwiesen. Mein Kunde überwintert in Arizona. Er macht Yoga, hat ein Meditationszimmer, in dem Tausende von Kristallen hängen. Ich war schon dort. Alle Oberflächen irisieren. Räucherstäbchen. Seidene Kissen. Die Sonnenuntergänge sind dort sehr orange. Graubraune Kaninchen. Schlangen.

Dieser alte Mann betrachtet das Erzeugen von Reichtum als spirituelle Übung. Als eine Kunstform. Er spricht von den Wegen, die es nehmen kann, den günstigen Gelegenheiten, die sich herabsenken und wieder aufsteigen. Er sieht Transzendenz darin. Geld als Staubspur der arbeitenden Vorstellungskraft, der hechelnden Erfindungsgabe. Es ist unmöglich, damit Schritt zu halten, genau wie mit der Liebe. Man braucht es gar nicht erst zu versuchen.

Wir tranken gerade etwas Spritziges, Gekühltes und blickten über den Infinity Pool am Rand seines Wüstengartens, als er mich bat, die Reise nach Indien zu unternehmen. Ich solle mich etwas umsehen, sagte er, für ihn. Es klang, als würde ich mich zu einer Heldenfahrt aufmachen. Er sagte: Jemand, auf dessen Urteil Verlass ist.

Es würde einen Bonus geben. Eine kleine Anerkennung für den Ölsand-Tipp. Ich machte meine Arbeit gut. Ich war besser als Gloria.

Du warst immer mit Freude bei der Sache, sagt Marissa.

Du doch auch, sage ich. Bloß waren es bei dir halt andere Sachen.

War das der Grund?, fragt sie. Schließlich und endlich hat sie ihre Aufmerksamkeit mir zugewandt. Was auch heute noch dazu führt, dass ich mich unwillkürlich straffe. Ihre volle Aufmerksamkeit auf mir zu spüren, hat etwas Destabilisierendes.

Aber genauso plötzlich ist es wieder vorbei: Sie lässt meinen Ärmel los. Ich habe sie enttäuscht, ich bin nicht das, was sie sucht, oder sie ist durch die Intensität, mit der sie mich erlebt hat, jetzt leer, entladen wie eine Batterie. Oder schlimmer noch, was sie gesehen hat, enttäuscht sie. Sie war immer zu unmittelbarer, gnadenloser Intensität fähig: dem Willen, ins Innere vorzudringen. Hatte er sich verbraucht, blieb, wer immer Gegenstand ihrer intensiven Musterung gewesen war, erschöpft zurück. Man fühlte sich, als wäre der Blutzucker gefährlich abgesackt oder als hätte man gerade Blut gespendet oder als lebte man ein weit weniger aufregendes Leben, als es möglich wäre. Man fühlte sich, als hätte man sich viel zu früh für lauter verkehrte Dinge entschieden.

Ich hatte den Strand ausfindig gemacht, an dem Gloria damals gelebt hatte. Ich kam in der Dämmerung an.

Wo einst sonnenverbrannte Nacktheit und freie Liebe, psychedelische Träume und der Hunger nach Spiritualität ausgelebt worden waren, befand sich jetzt ein riesiger Markt. Die indische Regierung hatte in den späten Achtzigern die meisten der schmarotzenden Hippies rausgeschmissen, und den übrigen hatte die russische Mafia das Leben zu schwer gemacht, als dass sie hätten bleiben wollen.

Die wenigen, die doch noch da waren, schienen alle Modedesigner zu sein. Ich schlenderte zwischen den Verkaufsständen hindurch, die von nackten Glühbirnen erleuchtet wurden, Curryduft, ein Strom von Touristen, Brokatstoffe, in die kleine Spiegelplättchen eingewebt waren, ein Blinken und Blitzen, am einen Stand tönte Bob Marley aus den Lautsprechern, am nächsten klassische Sitarmusik, und an allen, wohin man auch schaute, wurde Designermode zum Verkauf angeboten.

An einem Stand gab es handgenähte Schuhe und Stiefel, jedes Paar ein Unikat. Die Besitzerin stand mit dem Rücken zu mir, eine hochgewachsene, wohlgeformte Frau mit langem, goldenem Haar, das ihr bis auf den Hintern reichte. Sie trug selbst ein Paar dieser Stiefel, aus weichstem Leder genäht und mit einer kleinen Eigenheit: Für die große Zehe gab es eine eigene, spitz zulaufende kleine Ausbuchtung. Die Stiefel sahen aus, als wären sie für Paarhufer gedacht. Als die Frau sich umdrehte, sah ich, dass ihr Gesicht dunkel und extrem runzlig war. Sie hätte achtzig sein können. Von hinten hatte sie wie eine Achtzehnjährige ausgesehen.

Ich hab zu diesem Mädchen gesagt, sagt Marissa gerade. Sie soll es röntgen lassen, das ist das Beste. Die einzige Methode, herauszufinden, was mit dem Knochen ist.

Sie hat jetzt ihr Telefon in der Hand, um das Taxi abzubestellen. Ich habe das Mädchen gebeten, so eine Zierliche war das, ein hübsches kleines Ding, sie ist zum Studieren hier, die Familie lebt an der Westküste, sich von mir ins Krankenhaus fahren zu lassen, aber sie wollte, dass ich sie zu einer Freundin bringe. Ich hatte Angst, dass sie unter Schock steht. Sie hat keine vernünftigen Entscheidungen getroffen. Ein Schock kann so was bewirken. Man kann nicht mehr klar denken. Oder man kann überhaupt nicht mehr denken. Alles ist übersteigert. Verzerrt. Ein Eis wird etwas völlig Absurdes. Neulich hab ich eins gegessen. In einem Drive-through. Ich konnte an nichts anderes denken als an die armen Leute auf der anderen Seite des Zauns, die den ganzen Tag diesen Automaten sagen hören: *Bitte geben Sie Ihre Bestellung auf*, den ganzen Tag, das Knistern und Rauschen, der ganze Lärm. *Bitte geben Sie Ihre Bestellung auf. Bitte geben Sie Ihre Bestellung auf.* Ich habe im Schneesturm auf einem Parkplatz im Auto gesessen und bei laufendem Motor ein Waffeleis gegessen, während die halbe

Stadt keinen Strom hatte. Eine Stunde bevor ich dieses Mädchen angefahren habe. Was sagst du zu diesen Unmengen von Schnee, Jim?

Ich wollte schon längst mal vorbeikommen, Marissa. Dich besuchen. Jemand hat erzählt, du wärst im Krankenhaus gewesen.

Ich habe einen Reizdarm, sagt sie. Ulkiger Begriff, oder? Aber davon willst du nichts wissen. Was Körperfunktionen angeht, warst du immer heikel. Empfindlich. Das weiß ich noch.

Was war das gewesen? Ein Nachmittag, ein Vorhang, auf der einen Seite gummiert, auf der anderen ein orangebrauner synthetischer Webstoff. Ich hatte irgendeine Bemerkung über den Geruch von Sex gemacht. Es war kalt im Zimmer. Die Heizung war kaputt. Diese altmodischen gusseisernen Heizkörper. Wir hatten eigentlich mit der Fähre übersetzen wollen, aber sie war im Eis stecken geblieben, und wir hatten das letzte Zimmer des Motels bekommen. In die Rigipsplatte im Innern des leeren Kleiderschranks mit den Bügeln hatte jemand ein Loch gehauen oder wahrscheinlich eher getreten. Die Autos draußen auf dem Parkplatz waren alle unter dem Schnee begraben. Marissa fand es toll.

Ich war in den Sturm hinausgegangen und hatte uns Kentucky Fried Chicken geholt, und auch dieser Geruch hing im Zimmer.

Ich hatte es ausgesprochen, das mit dem strengen Geruch, hatte gesagt, es sei zu stickig, und ich fand wirklich, dass es zu stickig war.

Ich war genau in dem Moment gekommen, wo die Heizung

wieder anlief, und in den Rohren war ein lautes Klopfen zu hören, als schlüge jemand auf eine Trommel, irgendein urtümliches dröhnendes Instrument, primitiv und ritualistisch und kummervoll. Irgendetwas Totes muss in der Wand gesteckt haben, eine Maus, und als es im Zimmer warm wurde, kam mit der Wärme auch dieser Geruch, ein sich wandelnder Gestank, süß, schweißig, fettig, verwest. Ich hatte es ausgesprochen, um sie wieder ins Zimmer zu holen. Mir war es vorgekommen, als wäre sie gar nicht wirklich bei mir in diesem Zimmer. Ich hatte mich allein gefühlt.

Vielleicht lag es auch an dem stundenlangen Warten. Ich spürte keinerlei Verbindung. Es gab nur Dinge, die Sterne, den hässlichen Stuhl mit dem fleckigen beigen Sitzpolster, die kratzige Tagesdecke aus Nylon und die Holzverkleidung an den Wänden.

Der Sex war ausgedehnt, kraftvoll, nass gewesen, die Hitze unserer Körper in der Kälte, das Zischen des Schnees an dem kleinen viereckigen Fenster, an dem das Wasser hinunterrann. Sie hatte aufgeschrien. Ein gutturales Aufheulen. Die Eruption von etwas Verletzlichem, Gierigem, Erfülltem; es schien nicht von einer Frau gekommen zu sein, oder jedenfalls von keiner bestimmten. Oder sie hatte diesen Laut bis dahin nie von sich gegeben. Er war, besser kann ich es nicht beschreiben, fremdartig.

Ich wollte in ihren Augen etwas Großes, Stolzes sein. Wie sie es vorhin über Angus sagte – ich wollte robust sein.

Vor dem Motelzimmer war ein Parkplatz mit einem hohen Zaun, und dort war es dunkel. Alles war schwarz-weiß. Ich war aufgestanden. Ich hatte das Bedürfnis gehabt, mich aus den zerwühlten, feuchten Laken zu befreien, und jetzt wischte ich in dem Niederschlag auf der Scheibe einen Kreis frei. Meine Handkante quietschte auf dem Glas. Es war sehr kalt, als ich nackt auf den Fliesen vor diesem kleinen Fenster stand.

Es hatte eine Unstimmigkeit gegeben. Ich hatte ihr eine Investition vorgeschlagen. Aber sie hatte gesagt, sie wolle nicht reich werden. Sie könne mit Geld nichts anfangen.

Auf den Straßen in Goa tauchten Fußgänger im Scheinwerferlicht des Taxis auf, längliche Farbflecken in der schweifenden Bewegung des gelben Lichts, eine Frau mit Korb auf dem Kopf, ihr langsamer, barfüßiger Gang, der orange Sari, oder ein Mann in flatternder weißer Baumwolle. Eine bleierne Schläfrigkeit übermannte mich, dass ich ihr nachgegeben hatte, merkte ich erst in dem Moment, als mich ein anschwellendes, dann davonsausendes Hupen aufschreckte.

Wie der Fahrer auf die Gegenfahrbahn ausscherte und das Steuer sofort wieder herumriss. Jemand auf einem Fahrrad, der plötzliche, vorübergehende Gestank von verrottendem Fisch, massiv und widerlich selbst inmitten der Abgase, und dann nur noch der frische Wind. Der Geruch von Räucherstäbchen, Sandelholz. Über lange Zeit derselbe Mopedfahrer, in einem kurzärmeligen grauen T-Shirt, und die Frau im Sari, die sich an ihm festklammerte, seitlich an den Felswänden aufgemalte, leuchtend weiße Quadrate als Straßenmarkierung.

Nachdem ich Angus' Todesanzeige in der Zeitung entdeckt hatte, fuhr ich zu dem Bestattungsinstitut. In aller Eile, direkt vom Büro aus, es war Samstag, und ich hatte gearbeitet und zwischendurch online in die Zeitung geschaut.

Ich war in aller Eile hingefahren. Aber Marissa war gerade

unten. Eine ihrer Töchter sagte mir, sie sei hinuntergegangen, um aus einem Kühlschrank, den es dort unten offenbar gab, ein paar Sandwiches zu holen. Es waren drei Mädchen, wahrscheinlich nicht mehr als ein, zwei Jahre auseinander. Zwei von ihnen waren bildschön und kaum auseinanderzuhalten. Die dritte sah eher normal aus, aber sie war diejenige, die mich ansprach. Sie fragte, ob ich ihren Vater gekannt hätte.

Ich wusste, wer er war, sagte ich.

Wer war er denn?, fragte sie. Es wirkte wie ein Trick. Aber ihre Miene ließ auf nichts Derartiges schließen. Die Frage konnte auch ein Angebot sein. Ein Ausweg aus der Klemme, in die ich mich meinem Gefühl nach hineinmanövriert hatte.

Er war ein aufrechter Mann, sagte ich. Das war er wirklich. Angus und Marissa hielten die gleichen Dinge für wichtig. Ich weiß nicht, ob sie viel miteinander redeten – nötig wäre es sicher nicht gewesen. Er hatte etwas an sich, das ihre Aufmerksamkeit erregte.

Ich war so eilig hergekommen, als sollte ich jemanden aus einem Feuer retten, und jetzt redete ich, ohne irgendeine Ahnung von dem zu haben, was ich da sagte.

Ihr Vater war ein Philanthrop, sagte ich oder meinte ich zumindest gesagt zu haben, denn im nächsten Moment dachte ich panisch, habe ich gerade Misanthrop gesagt? Wenn Angus irgendetwas *nicht* gewesen war, dann das. Wobei er auch kein Philanthrop gewesen war, er verteilte kein Geld, wie es der Begriff heutzutage nahelegt. Er hatte anderes zu geben: Unterstützung, nehme ich an. Ein Medium war nicht erforderlich, er selbst war das Medium, er war im Fluss.

Die automatische Tür geht immer wieder auf und zu, ein

nerviges gleichmäßiges Surren. Dann das schmatzende Geräusch, wenn die beiden Türflügel aufeinandertreffen. Wenn sie sich öffnen, braust der Wind herein, danach Stille.

Ich habe deinen Namen in dem Buch gesehen, sagt Marissa. Ich habe keine Ahnung, wovon sie redet.

In dem Buch, sagt sie. Auf dem Ständer draußen vor dem Raum. Deine Kondolenz. Ich war wohl gerade irgendwo anders. Es gibt da ein kleines Zimmer, wo man sich mal ausstrecken kann. Zu sich kommen.

Ich kann mich nicht erinnern, in dem Buch unterschrieben zu haben. Ich wollte weg, ehe sie mit den Sandwiches wiederkam. Es war verstörend gewesen, Angus' Namen in diesen weißen Plastikbuchstaben auf dem Schild neben der Tür zu sehen, hinter der er im Sarg lag. *Angus McCarthy.* Wie gut kann man jemanden kennen? Ich fand schon, dass ich ihn kannte. Ich kannte seine Gesten: Wenn er ein Argument vorbrachte, hob er die Hand, Daumen und Finger zusammengepresst. Besonders wenn ihm dieses Argument selbst gerade erst in den Sinn kam. Wie ein Franzose hob er die zusammengepressten Finger, bei den letzten paar Worten noch mal höher. Sein Argument.

Komm von der Tür weg, sage ich. Das ist ein richtiger Blizzard. Ich muss sie am Arm fassen und von der Tür wegführen. Drinnen steht ein junger Wachmann mit einer Handtasche, neben ihm eine alte Frau im Sari. Die alte Frau weint. Vielleicht ist sie gar nicht älter als wir. Der Sari ist zitronengelb mit fuchsiafarbenen Tupfern. Der Wachmann versucht, ihr die Handtasche zurückzugeben.

Aber sie dreht ihm immer wieder die knochige Schulter zu,

als würde er sie gleich schlagen. Eine unterwürfige, eine trotzige Geste. Sie will die Handtasche nicht wieder nehmen, egal wie drängend er sie ihr hinhält. Er wendet sich an mich.

Der Alarm ist losgegangen, sagt er. Ich tue nur meine Arbeit. Sie ist rausgegangen und hat den Alarm ausgelöst. Ich musste sie anhalten, dafür bin ich hier. Ich soll die Taschen und Tüten kontrollieren. Ich hab ihr gerade schon gesagt, dass sie nichts getan hat.

Der Wachmann spricht wieder mit der Frau. Sie haben nichts getan. Schauen Sie, hier ist Ihre Handtasche. Ich gebe sie Ihnen zurück. Sie können gehen. Die Frau hält dem Wachmann einen Kassenzettel und das Wechselgeld hin.

Die Tür fliegt wieder auf, und ein privater Blizzard erfasst uns vier, bläst Marissas Haar hoch, lässt den Kassenzettel flattern, dann legt er sich wieder.

Würden Sie ihr sagen, dass sie gehen kann?, bittet der Wachmann. Ich hab ihr das schon x-mal gesagt. Sie versteht mich nicht. Ich musste sie anhalten, wegen dem Alarm. Ich muss die Taschen kontrollieren, wenn der Alarm losgeht. Sagen Sie ihr, dass sie gehen kann. Wenn jemand rausgeht und den Alarm auslöst, muss ich ihn anhalten.

Sie kann kein Englisch, sagt Marissa zu dem Wachmann. Warum haben Sie sie angehalten, eine alte Frau? Was hätte es schon für einen Unterschied gemacht? Eine Dose Thunfisch, ein Schokoriegel? Schauen Sie, in was für einen Zustand Sie sie gebracht haben. Wie kriegen wir das jetzt wieder hin?

Der junge Mann errötet. Die Frau weigert sich immer noch, ihre Handtasche zurückzunehmen. Die Handtasche steht offen.

Der Alarm ist losgegangen, sagt er.

Und zu mir sagt Marissa: Er ist gestürzt, gestürzt. Ich habe seinen Kopf auf den Stufen gehört, ein richtiges Krachen. Es war im Dunkeln. Ich war weggedämmert.

Deine Haare, sage ich. Sie fasst sie an.

Oje, sagt sie. Ich sehe bestimmt aus wie eine Vogelscheuche. Tut sie. Das trifft es genau.

Es ist wegen seiner Hüfte, die hatten ihn fixiert. Mit Gurten. Stark wie ein Pferd, nichts als Sehnen und Muskeln. Nur halt der Verstand. Die haben ihn festgebunden. Das können sie doch nicht machen.

Komm von der Tür weg, sage ich. Du lässt die ganze kalte Luft rein.

Sagen Sie ihr, dass es nichts zu bedeuten hat. Ich tue nur meine Arbeit. Sagen Sie ihr, dass sie ihre Handtasche wieder an sich nehmen soll.

Dann hält Marissa die Frau im Arm. Drückt sie an sich. So ist Marissa. Zierlich, übermütig, Marissa. Impulsiv. Was für ein lautes Lachen für so eine zarte Frau. Denn die beiden Frauen lachen jetzt, warum auch immer.

Ich nehme die Handtasche der Inderin und lasse das Schloss zuschnappen. Ich warte, während Marissa die Frau auf Armeslänge von sich weghält, um ihr ins Gesicht zu sehen. Sie bringt die Frau dazu, den Blick zu erwidern. Hebt ihr Kinn an. Sehe ich das wirklich gerade?

Auf meinem Handy ist eine Nachricht eingegangen. Ich höre den Signalton, der das anzeigt. Ich fühle mich ausgeschlossen, bin Marissa jetzt wieder so fern, wie ich es war, seit sie Angus kennenlernte, kurz nach dieser Reise an die Westküste, dem Motel in Port aux Basques, wo wir auf die Fähre warteten. Vanille. Deshalb bin ich hier. Jillian braucht Vanilleextrakt. Für die Plätzchen. Ein zweiter Signalton erinnert mich an die ungelesene Textnachricht. Jillian hat kleine Blechdosen, die sie im Ein-Dollar-Laden gekauft hat, Geschenke für Freunde und Familie und für meine Kunden. Geriffelte Papierförmchen, Seidenpapier. Rentiere, Weihnachtsmänner und Zinnsoldaten, die um die Dosen tanzen. Jillian macht gern Weihnachtsgeschenke, sie kann tagelang backen. Wir sind keine Liebenden der wortlosen Art, Jillian und ich, wir haben uns füreinander entschieden. Ihr Nacken, ihr karamellblondes Haar. Wir verstehen einander perfekt. Wir könnten es in Worte fassen.

Na also, sagt Marissa. So gefallen Sie mir besser. So gefällt sie mir besser.

Die Inderin wischt sich mit dem Handgelenk unter den Augen entlang, und ihre Brille verrutscht. In ihrer Tasche hat sie eine Schachtel Cap'n Crunch und irgendeine Art von Hackfleisch.

Zwei alte Damen. Marissa ist alt. Er ist gestürzt, er ist gestürzt. Sein Kopf auf den Stufen, dieses Krachen.

Die Textnachricht, als ich nachschaue: Mein Kunde entzieht mir das Mandat. Die Nachricht kommt von Gloria selbst: Tut mir leid, Jim.

Sie meint wohl: Tut mir leid für dich.

Komm, ich fahr dich heim, sage ich.

Jim, sagt Marissa. Da ist mein Taxi.

DIE
HAIRSTYLISTIN

Die Hairstylistin steht hinter dir und beugt sich vor. Sie drückt dein Haar in ihren Fäusten zusammen, um die Spannkraft zu testen. Sie hebt es seitlich am Kopf hoch, wie Flügel, ruckelt mit den Fingern durch die verfilzten Stellen.

Sie fragt: Was ist der Plan?

Der Plan ist, dass ich gut aussehen will.

Eine Veränderung, sagt sie. Dein Mann hat dich verlassen. Dein Mann hat dich verlassen. Dein Mann hat dich verlassen.

Beide Füße auf den Boden, bitte, sagt sie. Du stellst die übereinandergeschlagenen Beine wieder nebeneinander. Sie legt die Hände auf deine Schultern, sieht dir im Spiegel in die Augen.

Und gerade sitzen, ja?

Du hast seit dem Turmspringen in der Aquarena, als du zwölf warst und Brüste bekamst, eine krumme Sitzhaltung. Dein Badeanzug, das matte Grün des alten Fords. Das Grün von Blättern, die mit kurzen silbernen Härchen bedeckt sind, von durchscheinenden Trauben. Du hast diesen Badeanzug jeden Tag nach der Schule getragen. Von dem Chlor wurde das Lycra fadenscheinig, und der Glanz nutzte sich ab. Wenn der Badeanzug nass war, konnte man deine Brustwarzen sehen. Ihre Farbe.

Du sitzt krumm da. Du bist nicht wie die älteren Mädchen, deren Brüste eine Tatsache sind.

Deine Brüste sind zart, ein Gerücht, der Anfang einer langen Geschichte, einer spannenden. Am schlimmsten ist es, wenn du mit deinem Trainer sprichst. Der Badeanzug so durchsichtig wie die Haut einer Traube, die du mit den Zähnen schälst.

Das Schlimmste ist das Anstehen an der Leiter. In der Wärme der Lampen kommen die Tropfen, die deine Arme hinabkriechen, zum Stehen, das Chlor kitzelt auf deiner Haut. Unter Wasser kann niemand deine Brustwarzen sehen. Das Sprungtraining verzaubert dich. Du schläfst ein, sobald du nach Hause kommst. Schläfst ein, noch bevor die Abendserien anfangen, sabberst auf das Kissen. Über deinen Spiegeleiern mit Baked Beans, der Ketchup gellt vom weißen Teller.

Wie der Tisch aussieht: Sets mit Bildern einer Fuchsjagd. Rote Reitjacketts, Zylinder, Jagdhunde. Ein silberner Wasserkrug, glitschig vom Kondenswasser. Ein Aschenbecher mit einer qualmenden Zigarette. Der leere Stuhl deines Vaters. Sein Set, aber ohne Besteck. Deine Mutter wird wahrscheinlich weinen. Sie weint jeden Abend. Manchmal beim Nachrichtenschauen, manchmal beim Essen. Ihre Spezialitäten: süßsaure Rippchen mit Tränen, Spaghetti mit Tränen, Steak, Ofenkartoffel, Tränen. Mom, ohne Tränen bitte.

Was du siehst, wenn du aus dem Fenster schaust: abscheuliche Eiszapfen, eine Reihe von Fangzähnen. Du träumst, dass du deinen Trainer küsst.

Ein so lange gereifter und verzweifelter Kuss, dass nichts ihm jemals nahekommen wird.

Er küsst dich und legt die gewölbte Hand unter dein Kinn, und einer deiner Schneidezähne fällt ihm in die Hand. Aus dem fleischigen Loch sickert Blut. Du weißt sofort, dass das kein Milchzahn war. Jetzt musst du so durchs Leben gehen. Eiszapfen fallen krachend vom Dachgesims.

Am Morgen fährst du mit der Zunge wieder und wieder darüber. Ihr lebt im Rachen des Winters, deine Mutter und du, wassergetränkt. Der Himmel ist ein gefräßiger Nerz, die Fichten harken seinen nassen pelzigen Bauch. Du bist verzaubert worden. Dein Trainer, der im chromglänzenden Fitnessstudio Gewichte stemmt, sich den schimmernden Hals mit einem weißen Handtuch abwischt, die Schultern rollt, Schweiß in den Wimpern. Er liegt auf dem Rücken, die Beine rechts und links der mit schwarzem Kunstleder bezogenen Hantelbank. Die Beinöffnungen seiner Shorts klaffen auf, und du siehst das weiße Netzfutter und die Wölbung seines Penis, Schamhaar. Siehst zum ersten Mal. Das haut dich um. Haut dich um. Als er aufsteht, der verschwommene Schweißabdruck auf dem Kunstleder, seine Wirbelsäule, seine Schulterblätter, wie Libellenflügel. Studiogestank: Füße, das Eisen der klirrenden Gewichte, Chlor, siedende Hotdogs durch die Belüftungsschlitze, das scharfe Einreibemittel. Das Klatschen seiner Hand auf seinem feuchten Nacken. Der Geruch seines Einreibemittels. Wie im Wind getrocknete Wäsche und Lakritze, oder Nadelbäume.

Wie launisch das Wasser ist. Du gleitest aus großer Höhe hinein, und deine glühenden Wangen kühlen ab. Das Wasser entpackt deinen Neumädchenkörper, deine Brüste, die krumme Haltung. Das Wasser schält dich. Das Traurigste, was du je gesehen hast, ist das Heck des grünen Fords von deinem Vater, die Staubwolken, die er aufwirbelte, sodass die Erlen glanzlos wurden. Das Traurigste ist, wie dieser Ford um die Ecke bog.

Oder das Becken hebt seine Faust und zermanscht dir das Gesicht.

Vor einem Monat hast du dir zwei blaue Augen geholt. Sie schwollen zu. Zwei festsitzende Pflaumen. Die Augenhöhlen wie Eierbecher. Ein so wuchtiger Hieb, dass er wie eine Fügung erschien. Die Fangzähne, zugeschnappt. Der Nerz, der das Hinterbein einer Wolke übel zurichtet. Deine Mutter kniet neben dir auf dem Beton.

Jetzt sehen wir gleich die Makkaroni wieder, sagt sie.

Du erbrichst Chlor und Makkaroni. Wo kommt sie plötzlich her? Sie müsste doch bei der Arbeit sein. Wie lange warst du bewusstlos? Sie hätte die ganze Stadt durchqueren müssen. Ihr Handrücken auf deiner Wange. Sie muss es geahnt haben, ohne dass es ihr jemand sagte.

Aber schon stehst du wieder hier, die Zehen um den Rand der Zehnmeterplattform gekrallt. Es ist warm hier oben, weil du so nah an der Beleuchtung bist. Du bist direkt unter den Deckenträgern. Weit weg, am anderen Ende der Aquarena, ein Aerobic-Kurs.

Der Trainer könnte das Wasser aufrauen. Er darf das, den Wasserstrahl einschalten, was Geld kostet, was bei den Nationalen Meisterschaften nicht erlaubt ist, was das Wasser so einladend wie Schlagsahne macht.

Er will einen Dreifachsalto sehen.

Du hättest gern das aufgeraute Wasser, aber du bittest nicht darum. Du bist verliebt, der schwarze Firebird mit der hochschießenden Flamme auf der Motorhaube, das Megaphon. Er sitzt in einem Segeltuchstuhl neben dem Becken und trägt schwarze Flipflops mit roten Plastikblumen. Er spricht mit dir.

Schultern, sagt er. Trotz des Megaphons klingt er nach Schlafzimmer. Er nennt dich beim Nachnamen.

Konzentrieren, Malone.

Es ist seltsam, aber du bist sehr gut im Turmspringen. Du bist die Jüngste im Provinzteam. Du wirst bei den Nationalen Meisterschaften springen. Du hast inzwischen die Vermutung, dass du wirklich alles kannst. Es ist berauschend, dieses Glitzern deines Willens. Das Schwimmbecken zerdrückt deine Rippen wie ein Nussknacker, die Plattform schürft dein Schienbein ab, sodass sich im Wasser ein Blutfaden entrollt, ein kleiner Schubser gegen die linke Schulter, und du kannst deinen Arm nicht mehr heben.

Oder das Becken stellt sich tot. Es ist egal, du machst weiter. Springen gebiert Springen. Du könntest ewig so weitermachen.

Du entkrümmst dich. Es ist ein Zaubertrick, der Dreifachsalto. Das Eigentliche geschieht erst, wenn er vorbei ist. Es geschieht in der Zukunft, und man holt es ein. Ein Dreifachsalto ist ein Déjà-vu. Man vertraut dem Nicht-Vertrauenswürdigen.

Wie das geht: Du gibst dich hin/hin/hin.

Die Hairstylistin zwängt den Finger in den engen Kragen deines Capes und lockert ihn. Greift nach einem stählernen Kamm und schnickt ihn gegen ihren Hüftknochen. Du bist vierunddreißig und warst noch nicht sehr oft bei einer Hairstylistin. Keine zehn Mal, sechs vielleicht.

Sie sagt: Diese Länge ist jedenfalls unvorteilhaft.

Sie schwingt deinen Drehstuhl herum: Spiegel, Porzellan, Chrom wischen vorbei, fluoreszierende Nesseln heften sich an das Glas. Summende Haartrockner, laufendes Wasser, Telefone.

Die Stylistinnen reden. Ein mäandernder, elliptischer Redefluss. Sie verweilen bei nichts länger. Pauschalurlaub, elektrische Zahnbürsten, Blind Dates. (Der macht wohl Witze: *Kaffee?* Einen Kaffee trinken gehen ist der *Tod.* Nachtskifahren, Weinschorle, Bowling, Kajakfahren auf dem Meer, alles okay. Da bin ich dabei. Aber Kaffee? Das ist ja wohl ein Witz, oder?) Sie sind Expertinnen zu jeglichem Thema. Haare sind eine milde Ablenkung. Haare kommen vor.

Sie schnickt den Kamm, ein Säuseln neben ihrer Hüfte. Sie kommt zu einem Schluss.

Deine Haare: Pflege, Schäden, Nachwachsen, Definition, Produkt, Lifestyle, Frost, Frizz, Produkt, Strähnchen, Folien, Fülle, Schnitt. Und du bist relativ klein. Und du hast ein rundes Gesicht.

Draußen verlangsamt der Sturm den Verkehr wie ein Betäubungsmittel. So einen Winter hast du nicht mehr erlebt, seit. Das vorhandene Gerät versagt. Setzt die Armee ein, wird gefordert. Nachts krachen die Schneepflüge in die Schneeverwehungen und taumeln zurück wie benommene Berufsboxer. Die Windschutzscheiben haben buschige Augenbrauen. Autos bleiben am Hang stecken, qualmende Reifen, die Motoren quieken wie Delfine. Du hast nichts Vergleichbares erlebt, seit du ein Kind warst. Du und deine Mutter, die Eiszapfen, der See fror zu, der Wind umfuhr die gläsernen Bäume wie ein nasser Finger den Rand eines Kristallglases. Ihre Schlaftabletten, der Wecker, der direkt neben ihrem Ohr losschrillte. Du bist im Morgengrauen zu ihr rübergestolpert, um sie zu wecken, damit sie dich zum Sprungtraining fährt. Der Chlorgeruch immer auf deiner Haut, in deinen Haaren.

Du willst deine Einfahrt bis aufs Pflaster freigeschaufelt haben, seit dein Mann dich verlassen hat. Jeden Samstagmorgen stehst du schon früh draußen. Deine Kinder schauen dir vom Wohnzimmerfenster aus zu. Deine kleine Tochter klopft ans Glas. Sie winkt. Dein Sohn presst die Lippen zu einem dicken, zahnlosen Kuss an die Scheibe.

Das Krankenhauszimmer schwirrt. Dein Mann sagt, dass er eine Zigarette braucht. Seine Stirn glänzt, seine Augenbrauen sind hochgezogen. Er ist wie ein wildes Tier, in stiller Anspannung. Seine haselnussbraunen Augen, rostfarben gefleckt, das Haar so weiß wie ein frisches Blatt Papier. Er schlägt die Faust sanft in die offene Hand.

Du atmest. Der Minutenzeiger zittert jedes Mal, wenn er weiterrückt, *zong*. Du wartest, wartest darauf, wartest. Der Minutenzeiger rückt weiter. Deine Mutter legt dir ein eiskaltes Handtuch auf die Stirn. Ein Wassertropfen rollt dir über die Schläfe und ins Ohr. Der rollende Tropfen ist in jeder Hinsicht exquisit. Die Wehe flaut wieder ab. Die Krankenschwester steuert im Traum ein Raumschiff. Sie umklammert die Stuhllehne, beugt sich leicht nach vorn, schnarcht.

Geh ruhig eine rauchen, sagst du. Es ist noch nicht so weit.

Aber dann geht es los, während er noch auf dem Parkplatz steht. Später erzählt er dir von seinem Moment: Er wird nie mehr derselbe sein. Er steht auf einer Betonplatte neben dem

Liefereingang an der Rückseite des Krankenhauses. Die offene Tür ist mit einem Gummischlauch festgebunden. Der Geruch von kaltem Essen, Wurst, Eipulver, das Rauschen der Spülmaschinen, ausgeschüttetes Besteck. Es ist ein nebliger Abend, er kann den Hafen riechen und etwas Bitteres, Taubenscheiße. Er ist verwirrt, kann sich kaum erinnern, wie er dort hingelangt ist.

Als er in das Krankenhauszimmer zurückkommt, ist der Kopf seines Sohns sichtbar, mit jeder Wehe wird er sichtbar und verschwindet dann wieder. Es ist das Überwältigendste, Unschönste, Seelenerschütterndste, was er je gesehen hat. Er nimmt deine eine Ferse in die Hand, deine Mutter nimmt die andere. Das Baby ist malvenfarben, mit dunklem Glibber verschmiert und schreit.

Das Haar macht dir Suzanne.

Sie sind Single oder gerade mit einem Mann durchgebrannt, die Stylistinnen, sind jung oder nutzen Trends, Mode, um das Alter hinauszuzögern. Die besten Einzimmerwohnungen der Stadt.

Haben Sie Kinder, Suzanne?

Nee. Nein. Danke.

Und Sie überlegen nie?

Gut erkannt. Kinder sind so *teuer*. Warum sollte ich?

Suzanne weiß, was sie nicht will. Manchmal entsteht Begehren per Ausschlussverfahren. Dein Mann wollte Golf und Hockey spielen, ein neues Zelt, sein indigenes Erbe feiern (von dem in den vorangegangenen sieben Ehejahren nie die Rede gewesen war), Theologe werden, Seehunde jagen. (Bei den Inuit hält der Jäger eine weiße Maske vor sein Gesicht, während er sich dem Seehund nähert, der sich am Rand einer Eisscholle sonnt. Alles ist weiß, die weißen Pelze des Jägers, das Eis, die Luft. Als er die weiße Maske vom Gesicht nimmt, verschwindet er. Dein Mann, die leere Landschaft, dein Mann, die leere Landschaft.) Dir sind weniger eindeutige Träume lieber, aber du bist zu müde, um Uneindeutiges hervorzubringen. Er wollte Vegetarier sein. (Bestimmte Nahrungsmittel erträgst du nicht mehr. Basilikum kannst du nicht mehr essen, seinetwegen. Allein der Geruch.) Und eine Wohnung. (Als Ergebnis einer von seiner Mutter angezettelten Verschwörung durfte er das Haus behalten.)

Dann wurde ihm klar, was er nicht wollte. Nämlich verheiratet sein. Mit dir. Und jetzt ist er mit Rayleen zusammen, einer hirnlosen Kuh.

Der Plan ist, dass ich gut aussehen will, sagst du zu der Hairstylistin. Das ist der Plan.

Worauf Stylistinnen bestehen: ein Kamin, eine Cappuccino-Maschine. Einmal im Jahr Toronto, Loyalität, Techno. Ein Stofftier.

Wie sieht's aus da draußen?

Suzanne: Schneit immer noch.

Die Straßen sind unglaublich eng geworden. Die Autos zwängen sich zwischen den Schneewehen hindurch wie Klagelaute durch die Kehle. Stylistinnen gewinnen Tanzwettbewerbe. Trinken B52s, Martinis.

Du bist hier, weil du wieder lernen willst, verwundbar zu sein. Dich ganz hinzugeben. Sie mögen hübsche Gläser, Früchte. Sie mögen blaue Drinks, Orangenscheiben; sie geben üppige Trinkgelder. In ihrer Vergangenheit gibt es eine alte, verfallende Stadt. Havanna vielleicht. Oder Venedig. Sie haben keine Vergangenheit.

Die Stylistin besteht sehr entschieden auf Stille zu bestimmten Zeiten. Sie sieht zu, wie der Februarschnee den Himmel lethargisch macht und das Treibeis im Hafen von einem so sanften Wellengang angehoben wird, dass es scheint, als bewegte sich das Sofa unter ihr. Handgestrickte Socken. Kunst, nur Originale. Markennamen: Le Château, Swatch, Paderno. Zuzuschauen, wie die Dämmerung sich niedersenkt. Vorabendserien. Der Primat ihrer Katzen.

Suzanne hat nur eine Sache in ihrem Kühlschrank: eine Tüte getrocknete Minikrabben. Durch ihr Fenster in der Battery sieht sie die ganze Stadt.

Deine Mutter bekniet dich seit Jahren, dir Strähnchen machen zu lassen. Ihr frühstückt zusammen, und sie legt ihre Gabel weg.

Genug, sagt deine Mutter. Sie beugt sich über den Tisch und berührt mit dem Handrücken deine Wange. Du warst mit dem Salz über deinen Eiern zugange. Du hörst auf. Und machst weiter und weiter und weiter mit dem Salz. Dann wirfst du es durch die Küche.

Du hast alles weich gemacht für ihn, wie Schlagsahne.

Da ist er, im La-Z-Boy, verkatert und mit verschleiertem Blick.

Ich habe einen Fehler gemacht, sagt er. Ich habe mit jemandem gevögelt.

Genug, sagst du.

Deine Mutter kann weder verstehen noch akzeptieren, dass

du keine Strähnchen willst. Während deines Jurastudiums hattest du kein Geld. Manchmal hast du gehungert. Du bist von zu Hause ausgezogen, und deine Mutter musste Schnee schippen. Schlaftabletten. Es wurde schon so früh dunkel. Dort gibt es nicht einmal Straßenlampen. Ihr Asthma. Sie musste durch taillenhohen Schnee waten und zwischendurch stehen bleiben, um ihren Inhalator zu benutzen. Glitzernde Eiszapfen. Undichte Stellen im Dach. Du hörst sie am Telefon rauchen. Eine Pause, während sie zieht. Du hörst das Surren der Mikrowelle, das Klingeln. Du hörst die Eiswürfel in ihrem Scotch. Du hörst die Eiszapfen draußen tropfen. Du hörst sie weinen. Was muss passieren, damit du aufhörst zu weinen, Mom?

Sie fragt: Hast du mal über Strähnchen nachgedacht?

Dein Mann will Schauspieler werden. Er will seine Stelle als Filialleiter einer Bank aufgeben. Er will mal eine Pause von den Kindern. Er will die Kinder in den Armen halten. Er will bankrottgehen, Filmemacher werden. Er hat angefangen, sich mit den Kunden zu identifizieren, deren Konten er sperren musste. Das sind gar keine so schlechten Kerle.

Die Stylistin nimmt eine Schere aus einem Glas mit blauer Flüssigkeit. Lässt sie zweimal auf- und zuschnappen, Tropfen fliegen.

Suzannes Haar ist kurz, stuckartig modelliert, blond mit ironisch dunklem Ansatz. Schwarzes Brillengestell. Ihre Hüftknochen drücken gegen die rote Plastikjeans. Ihr Shirt liegt eng an, lässt ihren Nabel frei, ein Piercing. Es gibt zwei Arten von Haar, hast du gelernt. Das lange, feine: Fick-mich-Haar. Das kurze, androgyne: Fick-dich-Haar.

Du hast nach wie vor nicht das Geld, noch wirst du es je haben, um alle sechs Wochen zum Friseur zu gehen, was notwendig wäre, damit der Haaransatz nicht zu sehen ist. Du magst Haaransatz nicht. Du findest ihn scheußlich. Du wirst nicht ausgerechnet jetzt zusätzliche Kosten auf dich nehmen, wo dein Mann, dieser blöde Wichser, der jede gemeinsam geführte Kreditkarte überzogen und sogar den Notgroschen ausgegeben hat, der eigentlich dafür gedacht war, dass deine Mutter früher in Rente gehen kann und nicht mit ihrem Inhalator durch die Schneewehen waten muss. Tatsächlich leidet der blöde Wichser an zwanghaftem Geldausgeben, wovon vorher ebenfalls nie die Rede war, und hat dich auf der Hälfte seiner Schulden sitzenlassen, so ist nun mal die rechtliche Lage, er ist jetzt mit einer hirnlosen Kuh zusammen, und du kannst dich nicht darauf verlassen, dass er seine Hälfte. Du wirst für gar nichts zusätzliche Kosten auf dich nehmen, denn du musstest ein neues Haus kaufen und einen Gebrauchtwagen, dessen Motor von Zahnseide zusammengehalten wird.

Suzanne sagt: Sie dachten an Farbe.

Ja.

Sie brauchen Farbe.

Ja.

Ich denke mal, Strähnchen.

Ich auch.

Als du im neunten Monat mit Adrian schwanger bist, wirft ein Jugendlicher im Gerichtssaal einen Stuhl nach dir. Du siehst ein Metallbein an deiner Schläfe vorbeisausen. Du hast diesen Jungen schon mehrmals angeklagt. Fünf Mal vielleicht. Seine

Schwester auch. Fast alle Mädchen, die vor dem Jugendgericht erscheinen, heißen Amanda. Sie sind nach Rachels Tochter aus der nicht mehr laufenden Fernsehserie *Another World* benannt. Die Jungen heißen fast alle Cory. Dieser Junge springt auf einen Tisch und steigt dann mit großen Schritten über die Rücklehnen der festen Bestuhlung. Der Richter hat für solche Momente einen Knopf auf seinem Schreibtisch. Er drückt den Knopf, seine schwarze Robe bauscht sich, und die Sicherheitstür schließt sich mit leisem Klicken hinter ihm. Du siehst, wie er durch das kleine quadratische Türfenster das weitere Geschehen verfolgt.

Du denkst: Richter Burke hat sich gerettet. Ein leichter Schwindel erfasst dich. Richter Burke erscheint dir auf eine ulkige Weise zimperlich. Du zitterst von einem unterdrückten Lachanfall. Doch als der Junge näher kommt, ändert sich deine Meinung über Richter Burke. Dir wird klar, dass seine Entscheidung, sich zu retten und dich sowie die Handvoll Zuschauer, drei Wachleute und drei weitere Jugendliche, die ebenfalls heute Vormittag vor ihm erscheinen sollen, euch selbst zu überlassen – dass diese Entscheidung fundiert war. Manche Männer handeln, wenn die Umstände es verlangen, mit einer entschiedenen, umfassenden Ich-Bezogenheit, die nach fundiertem Urteil aussieht. Burke ist schon älter, er wäre außerstande, sich gegen einen körperlichen Angriff zu wehren. Und etwas trottelig ist er. Seine Äußerungen sind meistens wenig fundiert. Du musst oft sagen: Richter Burke, ich sehe, dass Sie wütend sind, denn Sie werden rot im Gesicht, und ich erkenne an Ihrer Stimme, dass Sie verärgert sind, denn Sie sprechen sehr laut, aber ich muss trotzdem fortfahren. Du sagst solche Dinge für den Gerichtsstenographen, damit sich Richter Burkes Verhalten im Protokoll widerspiegelt, falls er auf die trottelige Idee kommen sollte, dir Ungebühr vor Gericht vorzuwerfen. Im Moment ist Richter Burke nirgends zu sehen. Im Moment ist ein junger Mann namens Cory im Begriff, dich kurz vor der Geburt deines Sohnes Adrian umzubringen. Soweit du weißt, hat es in *Another World* nie einen Adrian gegeben. Der Jugendliche springt, du hast eine Wehe, die dich schier zerreißt, die Wachleute haben ihn, Wasser läuft dir die Beine hinunter.

Die männlichen Hairstylisten sind offen schwul, unkonventionell, nonchalant, muskelbepackt. Aber dich interessieren die Frauen. Die Frauen sind schön oder sehen schön aus, beharren auf ihrer Unabhängigkeit, sind trendy, kinderlos. Sie nehmen an Karaoke-Wettbewerben und Wet-T-Shirt-Contests teil und gewinnen. Sind im Flughafen zu Hause. Ihre Familien machen Zugeständnisse. Sie müssen nicht Schnee schippen. An Weihnachten sind sie die Verschwenderischsten und nach dem Geschenkeauspacken die Ernüchtertsten. Sie sind die Benjamine der Familie. Sie dürfen in ihrem Truthahn herumstochern. Suzanne führt dich zu dem Porzellanbecken mit der Aussparung für den Hals. Du lehnst dich zurück, schließt die Augen. Du bist entschlossen zu genießen.

Sie sagt: Sie müssen Ihren Hals nicht so fest machen.

Du hast den Hals fest gemacht. Du entspannst ihn. Du ergibst dich. Du lässt los. Der Salon verschwindet. Deine Kopfhaut ist ein Grasbrand. Du würdest etwas küssen, wenn du könntest, oder in Schlaf sinken. Das lange, grau werdende Haar ist solch eine Last. Ein Prickeln überläuft deinen ganzen Körper, von dem Wasserstrahl. Ein heißes, zartes Harken. Sie harkt dich an deine eigene Oberfläche. Sie legt die Handdusche weg. Gibt etwas Zähflüssiges, Kirschiges in einem dünnen Strang auf deine Kopfhaut und setzt die Finger an. Sie lässt die Nägel leicht mitkratzen. Seit dein Mann dich verlassen hat, bist du von niemandem mehr so berührt worden. Fast küsst du die schneeweiße Innenseite von Suzannes Handgelenk.

Du bist allein. Es ist der Abend in der Woche, an dem die Kinder bei deinem Mann sind. Seit dein Mann dich verlassen hat, schläfst du schon am frühen Abend ein. Du hast dir keinen Fernseher gekauft. Den CD-Player durftest du behalten, aber du hast nur eine Handvoll CDs. Du hast Cat Stevens' *Greatest Hits* so oft angehört, dass du. Zuerst hast du ständig das Radio laufen lassen. Ein billiges Radio in jedem Zimmer. Dann bist du das Radio leid geworden. Du horchst angestrengt, aber es ist nichts zu hören. Eine Reihe Eiszapfen fällt vom Dachgesims und erschreckt dich so sehr, dass du fast. Du machst das Licht nicht an. Du siehst deinen Nachbarn gegenüber in seine Einfahrt biegen, die Scheinwerfer erleuchten den fallenden Schnee. Er kann dich nicht an deinem Fenster sehen, weil bei dir kein Licht brennt. Er hat dich mal auf ein Glas Wein zu sich eingeladen. Einmal bist du aufgewacht und hast ihn deine Einfahrt freischaufeln hören. Er steigt aus, und das Licht über seinem Vordach geht an. Er schaut in den Himmel. Er steht mit den Händen in den Taschen in seiner Einfahrt, den Kopf im Nacken. Bleibt so stehen. Dein Kühlschrank springt an. Lange regt sich nichts draußen auf der Straße, keine Autos, nur der Schnee. Dein Nachbar geht hinein, und du bist allein. Du bist sehr allein.

Suzanne zieht dir eine Gummihaube über den Kopf. Die Haube hat lauter Löcher, und durch jedes dieser Löcher zieht sie mit einem Metallhaken eine Haarsträhne. Es tut so weh, dass du befürchtest, gleich in Tränen auszubrechen. Dann brichst du in Tränen aus. Suzanne macht kein Aufhebens darum. Sie sieht das alles nicht zum ersten Mal. Sie zieht weiter an deinen Haaren.

Das ist der Preis, sagt sie. Sie streicht eine dampfende Chemikalie auf dein Haar. Ein ekelhafter Gestank, giftig und aggressiv. Er versetzt dich in eine überschwängliche Stimmung.

Wegen des Sturms haben alle die Aquarena verlassen, aber deine Mutter ist nicht gekommen. Dein Trainer schaltet alle Lichter aus. Wenn sie ausgehen, hört man ein lautes Ploppen, und die Glühfäden leuchten rosa, dann blau nach. Das Becken ist leer und liegt reglos da. Das Becken ist ein Chamäleon und hat seine Haut jetzt so verändert, dass es nichts anderem mehr gleicht als einem Schwimmbecken. Es ist unsichtbar geworden. Dein dreizehnter Geburtstag steht vor der Tür, und sehr bald wirst du das Interesse am Turmspringen verlieren. Am einen Tag kannst du an nichts anderes denken, bist besessen davon. Am nächsten Tag existiert es für dich praktisch nicht mehr. Du hast keine Erinnerungen mehr daran. Du lässt deine Mutter ausschlafen.

Der Sturm hat etliche Straßen blockiert. Wo ist deine Mutter? Dein Trainer fährt dich heim. Der Firebird fliegt durch Whiteouts. Ihr seht die Straße nicht mehr. Die Flamme auf der Motorhaube ist im aufgesperrten Rachen verschwunden. Du redest. Sagst. Erzählst ihm. Deine Augen zwei weiche Pflaumen und eine dritte weiche Pflaume in deiner Kehle. Dein Herz tut weh, aber dein Herz sind deine Augen, und du hast zwei davon, und sie sind geprellt und weinen. Dein Trainer hält an. Ihr parkt, wie Liebespaare es tun. Die Bäume schlagen gegen die Fenster, betatschen das Dach. Er legt die gewölbte Hand unter dein Kinn, und dann küsst er dich. Sanft saugt er eine weiche Pflaume aus deiner Kehle. Er küsst und küsst. Du hast noch nie. Nichts wird jemals wieder so wunderbar sein wie das hier. Du gibst dich hin/hin/hin.

Du möchtest, dass Suzanne dir einen Rat mit auf den Weg gibt, und das tut sie auch. Sie sagt, dass du von jetzt an eine Rundbürste benutzen sollst. Sie hält einen Spiegel hinter deinen Kopf, damit du sehen kannst, wie raffiniert der Schnitt ist. Du kannst deinen Nacken sehen. Aus diesem Blickwinkel erkennst du dich nicht wieder. Sie hat dein Haar gesprayt und es dann trocken geföhnt, sodass es sich jetzt wie ein Helm anfühlt. Aschblond nennt sich der Farbton, er schimmert wie hartes Metall.

GRADE VON
NACKTHEIT

Die obere Hälfte von Joans Haus ist in Flammen aufgegangen und abgebrannt, während sie unten schlief. Die Mikrowelle und der Fernseher sind zu Klumpen zusammengeschmolzen, so glatt und glänzend wie Kiesel am Strand. Sie ist morgens aufgewacht, wollte sich einen Tee machen, und als sie nach oben kam, war alles schwarz. Die Möbel waren zu Asche geworden. Die Fenster rußgeschwärzt. Sie stellte sich in die Mitte des Wohnzimmers und sah sich um. Ihre Schritte hatten den grüngoldenen Zotteilteppich unter dem Ruß freigelegt. Ihr kam der Gedanke, dass sie wohl noch schlief.

Sie ging wieder nach unten und setzte sich auf die Bettkante. Dann ging sie wieder hoch. Sie nahm den Telefonhörer ab, aber die Leitung war tot. Ihre grünlich goldenen Fußspuren waren das einzig Farbige im Zimmer. Sie erinnerten sie an Dorothy auf ihrem Weg in die Smaragdstadt.

Der Einsatzleiter der Feuerwehr sagte, es sei ein Wunder, dass Joan noch lebe. Die Temperatur war auf dreitausend Grad gestiegen. Oben gab es doppelt verglaste Balkontüren. Die inneren Scheiben waren geborsten, aber bevor die äußeren ebenfalls bersten konnten, war dem Feuer der Sauerstoff ausgegangen. Der Einsatzleiter sagte, wenn Joan mitten in der Nacht aufgestanden wäre und die Hintertür geöffnet hätte, wäre das Haus explodiert. Joan sagte, sie fühle sich entblößt.

Sie und ihr zwölfjähriger Sohn Wiley zogen bei uns ein. Wiley war in der Nacht des Brandes bei seiner Großmutter gewesen. Joan sagt, dass sie immer wieder den gleichen Albtraum hat. Ihre Hand auf dem Türknauf der Hintertür. Alle Konturen ganz scharf, wie vor einem Sturm. Wiley steht draußen vor der Tür, im Wald. Im Traum ist Wiley noch ein Kleinkind. Joan weiß, dass sie die Tür nicht aufmachen darf. Wiley tapst durch den Wald, auf den Highway zu. Er winkt ihr, so wie er es zuerst gelernt hat, mit beiden Händen, die Finger auf sich selbst gerichtet. Ihre Handfläche ist feucht, sie dreht den Türknauf. Das Haus explodiert. Im Traum sieht sie dicke Balken durch die Luft wirbeln wie Taktstöcke.

Eines Nachts greift sie während dieses Traums nach dem Glas Wasser neben ihrem Bett und kippt es über sich. Sie wacht auf, weil sie sich das Glas gegen die Nase geschlagen hat und Wasser über ihr Nachthemd läuft, zwischen ihren Brüsten hindurch zum Bauch. Hinterher hat sie einen halbmondförmigen blauen Fleck auf dem Nasenrücken.

Seit einer Weile interessiere ich mich für Nacktheit. In allen Spielarten. Besonders seitdem meine Schwägerin eingezogen ist. Es ist, als könnte sie sich nicht bedeckt halten. Alles scheint ihr zu entgleiten. Einmal kam ich versehentlich herein, als sie im Bad war. Ihr Körper war um den Umriss ihres Badeanzugs herum gebräunt. Am Rumpf war die Haut sehr weiß, wie ein entrindeter Baum.

Ich habe eine Idee für eine Ausstellung im Kopf. Ich möchte mich an verschiedenen Stellen in der Stadt fotografieren lassen, und zwar nackt. Zeitunglesend auf einer Bank im Banner-

man Park, am Bowring Store und an dem Laden der Heilsarmee vorbei Fahrrad fahrend, mit einem Pappbecher voll
Kaffee auf dem Kriegerdenkmal sitzend. Ich werde immer ein
Wickelkleid parat haben, für den Fall, dass jemand vorbei-
kommt. Ich denke, morgens um fünf, wenn noch niemand unterwegs ist, lässt sich das machen.

Vor dem Abendessen schubst Mike, mein Mann, Joan vor die
Haustür und schließt hinter ihr ab. In der Tür ist ein kleines
viereckiges Fenster. Joan presst ihr Gesicht dagegen. Sie kichert und sagt: »Komm, Mike, lass mich wieder rein.«

Sieben Jungs aus der Nachbarschaft stehen im Halbkreis
um sie herum, mit Wasserballons bewaffnet, die sie in den
erhobenen Händen halten.

Mike hält das Gesicht an das kleine Fenster, damit er Joan
in die Augen sehen kann, gleichzeitig hebt er lautlos die Brief-
kastenklappe, schiebt eine Pistole hindurch und spritzt, er
trifft sie im Schritt ihrer Jeans. Sie braucht einen Moment, um
zu begreifen, was los ist. Dann öffnet Wiley, der in den zweiten
Stock hochgegangen ist, das Fenster über der Haustür und
lässt einen wabbelnden Ballon auf ihren Kopf fallen. Sie
kreischt. Die Jungs eröffnen das Feuer, und die Ballons klatschen auf sie nieder. Der Wind wechselt die Richtung. Am
Ende der Straße stehen acht Mädchen in einer Reihe, vom
einen Gehweg zum anderen. Sie scheinen zur Musik der See-
kadettenkapelle, die aus der Star-of-the-Sea-Hall am Straßen-
ende zu hören ist, vorwärtszumarschieren. Jede hält einen
prallen Ballon wie ein Baby im Arm. Die Jungs sind einen Moment lang still, dann schreit einer: »Schnell weg!«, und sie

stürmen davon, die Sohlen ihrer Sneakers klatschen auf den Asphalt.

Ich habe Joan überredet, morgen Abend mit mir in das einzige Striplokal der Stadt zu gehen. Ich will einfach mal sehen, wie das ist. Als Frau kommt man dort nur in männlicher Begleitung rein. Joan hat sehr kurze Haare, und sie wird sich als Mann verkleiden, damit man uns hereinlässt. In der Zeitungsannonce steht: Abendkleidung erforderlich. Die Frau am Telefon hat mir erklärt, das heiße, keine Arbeitsstiefel oder zerrissene Hemden. Ich krame den Smoking hervor, den Mike zu unserer Hochzeit getragen hat, den soll Joan anziehen.

Es ist eigentlich nicht meine Art, Fremden viel von mir zu erzählen, aber irgendwie habe ich mir angewöhnt, der Frau, die in der Cafeteria des Gebäudes, in dem ich arbeite, Kaffee und Muffins verkauft, die intimsten Dinge von mir zu erzählen. Frühmorgens ist die hässliche Cafeteria riesengroß und leer, meine Schritte hallen wider wie in einer Kathedrale. Normalerweise sind um diese Zeit nur wir beide da. Sie trägt ein braunes Polyesterkostüm mit zwei Ziernähten vorne drauf und um den Hals ein Kettchen mit einem goldenen Stierhorn. Manchmal sehe ich beim Einschlafen dieses Horn vor mir, und die Haut an ihrem Hals. Die Stelle mit dem Muttermal, und das winzige goldene Horn, das baumelt, wenn sie die Tische abwischt. Wenn ich ihr einen Zwanziger gebe, sieht sie mich an, als sollte ich es besser wissen. Mit hochgezogener Augenbraue fragt sie: »Wollen Sie mich fertigmachen?«

Manchmal, wenn ich am Wegdämmern bin, sehe ich übersteigert ihre hochgezogene Augenbraue und höre eine losgelöste Stimme sagen: »Wollen Sie mich fertigmachen?«

Ich habe ihr zum Beispiel erzählt, dass meine Schwägerin bei uns eingezogen ist, weil ihr Haus abgebrannt ist, dass Joan ihren Exmann hasst und dass wir keine Ahnung haben, wann sie wieder ausziehen wird. Dass mein Mann mit einer anderen Frau eine Tochter hat, aus der Zeit, bevor er mich kennenlernte. Manchmal kommt das Kind zum Essen zu uns. Ich habe der Cafeteria-Frau von meiner Vermutung erzählt, dass Joan sich betrunken und das Haus absichtlich in Brand gesteckt hat. Oft höre ich mich zu ihr sagen: »Das Leben ist schon sonderbar, oder?«, und dabei schüttele ich den Kopf wie ein alter Mann. Sie trägt ein Namensschild aus Plastik, auf dem »Cathy« steht. Einmal habe ich »Guten Morgen, Cathy« gesagt, und da hat sie gesagt: »Das ist nicht mein echter Name.«

Am Esstisch sagt Mike: »Ich habe dir was mitgebracht, Joan.«

Mike steckt eine Kassette in das Tapedeck. Es sind Herb Alpert & The Tijuana Brass. Joan quiekt vor Freude und springt auf, um zu »Tijuana Taxi« zu tanzen. Auf die beschwingten Bläsersätze folgt eine Art gequetschtes Hupen. Joan windet und wiegt sich, und als das Hupen kommt, streckt sie den Hintern raus. Dann lässt sie sich kichernd auf den Boden fallen. Japsend stößt sie hervor: »Das haben Mike und ich als Kinder immer gemacht.«

Wiley nutzt die Gelegenheit, um seinen Brokkoli in den Abfalleimer zu entsorgen. Ich nehme ein einzelnes dreieckiges Stück Pizza aus dem Kühlschrank, halte es mir vor den Schritt, lege mir ein Büschel Bananen auf den Kopf und führe einen imaginären Striptease auf, während The Tijuana Brass ihr Ding machen. Joan rafft sich vom Boden auf, zieht sich an den Sprossen der Stuhllehne hoch, immer noch keuchend vor Lachen, und fängt an, ihren Kaffee zu trinken. Wir sagen zu Wiley: »So, jetzt ist es aber gut.« Doch als das nächste Hupen ertönt, verschluckt sich Joan an ihrem Kaffee, er tritt ihr aus der Nase. Sie würgt und schnaubt, ihre Augen tränen. Wiley sagt: »Mensch, Mom, jetzt hör doch mal auf.«

Beim vierten Hupen bricht Joan in Tränen aus. Mike schaltet den Kassettenrekorder aus. »Herrje, Joan.« Ich deute mit der Gabel und einem schlappen Stück Brokkoli auf Mike: »Lass sie in Ruhe, sie darf weinen.« Seit dem Feuer bricht Joan häufig in Tränen aus.

Joans letzter Freund hat sich zwei oder drei Abende vor dem Feuer von ihr getrennt. Sie sagt, er sei ein ganz Lieber gewesen. Sie hat vor einem Restaurant eine Zeitung nach ihm geschmissen, die von seiner Brust abgeprallt und zwischen einen Briefkasten und einen Zeitungsautomaten gefallen ist. Dort liegt sie immer noch. Auf dem Weg zum Supermarkt kommen wir daran vorbei. Sie ist völlig durchnässt, und man sieht, dass Joan sie vor dem Werfen zusammengedreht hat.

Ich erinnere mich an eines der Schallplattencover von Herb Alpert & The Tijuana Brass. Eine offenbar nackte Frau in einem Berg Schlagsahne, herzförmige Schwünge bedecken ihre Brüste, und sie leckt einen Klacks von einem langen roten Fingernagel. In der Bläsermusik meint man die Sahne geradezu zu schmecken.

Später am Abend, als Wiley schon im Bett ist, haben Mike und ich Streit. Ich schmeiße mit voller Wucht meine Kaffeetasse durchs Zimmer. Die Tasse knallt hinter ihm gegen die Gipswand und hinterlässt einen Abdruck, der aussieht wie ein unfreundliches Gesicht. An den Fenstern zur Straße hin hängen keine Vorhänge. Draußen ist es dunkel, und unser erleuchtetes Wohnzimmer ist wie ein Aquarium. Eine Frau in einem mit schwarzen Palmwedeln bedruckten Baumwollrock steht auf dem gegenüberliegenden Bürgersteig unter der Straßenlampe, die Arme über der Brust verschränkt. Sie schaut sich unseren Streit an wie einen Film. Dann erscheinen zwei Köpfe direkt vor unserem Fenster, ein Mann und eine Frau. Sie winken, anscheinend überrascht, uns zu sehen. Mikes Gesicht ist starr vor Wut, aber wir winken beide zögerlich zurück. Sie klopfen an die Tür. Wie sich herausstellt, waren die beiden bis vor zwei Jahren unsere Nachbarn. Wir haben damals kaum mit ihnen geredet und sie seither nicht mehr gesehen, aber sie scheinen hocherfreut, uns zu sehen. Mike und ich stehen in der offenen Tür und unterhalten uns mit ihnen. Ich spüre, wie meine grimmige Miene dahinschmilzt. Es geht ein warmer Wind, der in den Bäumen auf der Verkehrsinsel rauscht, als könnte er sich nicht entscheiden, wo er hinwill.

Der Mann ist gebräunt und hat einen Tennisschläger in der Hand. Er schwingt ihn, während er redet. Er sagt: »Ja, ich war länger weg, habe zu Riesenmuscheln geforscht, die können bis zu fünfzig Kilo wiegen. Die Schalen schließen sich nie ganz, da kann man den Arm reinstecken, richtig fleischig ist es da drin. Stimmt's, Schätzchen?«, sagt er, an seine Freundin gewandt. »Wenn man sie lässt, saugen sie stundenlang an dem Arm. Die Inselbewohner behaupten, Muschelfleisch wäre ein Aphrodisiakum, davon würde der Penis wachsen oder so. Die Leute da unten sind nämlich ziemlich klein. Sie haben immer Witze darüber gemacht, wie groß ich bin, stimmt's, Schätzchen? Sie haben gemeint, Barb muss eine glückliche Frau sein.«

Barb sieht lächelnd zu ihm hoch. In ihrem Mund glitzert überraschenderweise eine Zahnspange. »Ja, die fanden Tony riesengroß.«

Als Mike die Haustür geschlossen hat, sagt er: »Diese Tasse hätte mich umbringen können.«

Ich sage: »Willst du mich fertigmachen?«

Dann holt er einen Lappen aus der Küche und wischt die Kaffeeflecken von der Wand. In diesem Moment kommt Joan herein, sieht die zerbrochene Tasse und geht wieder.

Wenn Mike und ich uns lieben, röten sich seine Wangen und der obere Rand seiner Ohren. Das ist meine private Farbe für ihn, fast pflaumenfarben. Das erste Mal waren wir hinter den Reihenhäusern zusammen, unter den kreuz und quer verlaufenden Wäscheleinen, weißen Hemden, die aus dem Bauch lachten. Wir waren betrunken, und seine Zunge in meinem Ohr klang wie ein Topf kochender Miesmuscheln, deren salzige, sich öffnende Schalen gegeneinanderklackern, ein Radau aus kleinen Geräuschen. Ich erkältete mich. Er kochte eine Kanne Tee: Zimt, Nelken, Apfel- und Orangenstückchen. Am nächsten Tag liebten wir uns in seinem neuen Haus, in dem noch keine Möbel standen, nur eine von seidigen Sittichen übersäte Couch, die den Vorbesitzern gehört hatte. Das Licht der Straßenlampen strömte herein. Eine Plastikpackung mit Hühnerbrüsten schimmerte auf dem Boden, wo ich sie abgelegt hatte. Ich war an dem Tag in einem Hotelpool schwimmen gewesen, wo man Badekleidung aus Papier kaufen konnte. Ich sagte Mike, er solle die Augen schließen, und zog den feuchten Badeanzug an, der nach Chlor roch und unzerstörbar war.

Mike hat mal eine Führung in einer Glasbläserei mitgemacht. Als wir uns gerade kennengelernt hatten, schenkte er mir ein ungleichmäßig geformtes Parfumfläschchen, in dessen kleinen Bläschen sein Atem eingefangen war. Ich trage seit meinem dreizehnten Lebensjahr Fliederduft. Als er den Stöpsel aus dem Fläschchen zog, stellte ich überrascht fest, dass es roch wie ich. Flieder an dem aufgerauten Streifen, mit dem er mir über den Hals strich, klebrig und warm. Jetzt will er für ein Jahr weggehen, zum Arbeiten. Ich will nicht, dass er weggeht. Ich brauche ihn hier. Es sieht ganz danach aus, als würden Joan und ich zusammenwohnen, wenn er geht.

Gegen fünf klingelt es an der Tür, und Jill steht davor, das kleine Mädchen, mit dem Wiley oft spielt. Die ganze Straße steht voller Streifenwagen. Die Polizisten ziehen sich gerade schusssichere Westen an. Sie nehmen Gewehre und Pistolen aus den Kofferräumen und laden sie. Ein Polizist kommt an unsere Tür. Er schiebt Jill herein und fragt: »Kann sie hierbleiben? Sie kann jetzt nicht weitergehen.«

Ich frage, was los ist, meine Stimme ist schrill. Der Polizist sieht aus, als wollte er mir antworten, aber dann wendet er sich ab und trabt mit der Pistole davon. Ein Übertragungswagen von CBC trifft ein. Ein Typ, der aus der entgegengesetzten Richtung kommt, sagt, in einem der Häuser in der nächsten Straße sei ein Mann mit Gewehr. Früher am Tag war Prinzessin Anne auf der George Street. Ich bin mit Wiley und ein paar

Kindern aus der Nachbarschaft hingegangen, um zu gucken. Es muss einer der Scharfschützen von der George Street sein. Wiley sitzt auf der Treppe vor dem Haus gegenüber und isst einen Teller Jiggs Dinner, den er von den Nachbarn bekommen hat. Die Streifenwagen zwischen uns glitzern, und ich sage laut: »Komm rüber.«

»Und mein Essen?«

»Komm einfach.« Er nimmt den Teller mit. Ich rufe Maureen an, Jills Mutter, um ihr zu sagen, dass Jill bei uns ist. Eine Polizistin nimmt ab.

»Sergeant Peddle«, sagt sie.

Ich sage: »Könnte ich Maureen sprechen?«

Sie sagt: »Ich wünschte, das ginge, aber sie will nicht herunterkommen. Warum rufen Sie an?«

Ich sage, ich wolle nur Bescheid geben, dass Maureens Tochter bei uns sei, ich sei eine Nachbarin.

»Die Tochter ist bei Ihnen«, sagt Sergeant Peddle und legt auf.

Ich flüstere Mike zu: »Der Mann mit dem Gewehr ist bei Maureen.«

Wir haben Maureen über Wiley kennengelernt. Maureen ist lesbisch. Ihre Partnerin, eine Chirurgin, haben wir bisher kaum zu Gesicht gekriegt. Die beiden bleiben meist für sich, aber seit Joan bei uns eingezogen ist, rufen sie und Maureen einander gelegentlich an, um zu fragen, ob die andere mal für eine halbe Stunde babysitten kann.

Nach zwanzig Minuten fahren die Streifenwagen wieder weg, aber der CBC mit seinen Kameras ist immer noch da. Jill will nach Hause. Ich rufe bei Maureen an. Das Telefon klingelt eine Weile, bevor sie abnimmt. Ich höre lange Schluchzer. Ich sage immer wieder: »Maureen?«, aber sie schluchzt nur ins Telefon, ohne ein Wort. Ich erkläre ihr, dass ich Joans Schwägerin bin, und sage: »Ich habe deine Tochter hier.« Sie sagt nichts, also frage ich: »Soll ich vorbeikommen?«

»Ja.«

Die große Glasscheibe in Maureens Haustür ist eingeschlagen. Scherben liegen auf den Betonstufen. Drinnen knirscht der Plüschteppich bei jedem Schritt. Ich rufe nach ihr. Im Flur sind zwei Gemälde von der Wand gerissen worden, die Rahmen sind entzweigebrochen. Maureen sitzt in der Küche, die Arme auf dem Tisch, den Kopf darauf gebettet. Das Fenster neben ihr ist ebenfalls eingeschlagen. Der Inhalt des Kühlschranks ist über den ganzen Boden verteilt, und die Glasplatten wurden herausgerissen. Irgendein oranges Getränk ist auf dem Boden verschüttet, sodass meine Sneakers, als ich zum Tisch gehe, ein Geräusch wie reißende Baumwolle machen. Ich nehme Maureen in den Arm, lege meine Hand auf ihre. Ich streiche mit dem Daumen über die Rückseite ihres Daumens. Ich frage: »Wer war das? Wer hat das getan? War ein Mann mit Gewehr hier drinnen?« Sie schüttelt den Kopf. »War es dein Exmann?« Sie schüttelt den Kopf.

Ich lasse sie los und setze Wasser auf. Mir wird bewusst, dass ich sie überhaupt nicht kenne. Drei riesige gelbe Becher Margarine liegen auf dem Boden. Es kommt mir wie eine unglaubliche Menge Margarine vor. Ich kann das Ausmaß des Schadens kaum fassen. Ich denke an die Wut, die es erfordern muss, solchen Schaden anzurichten. Ich denke an den Schaden in Joans Haus. Ich fühle mich sehr müde. Es ist vollkom-

171

men still. Ich frage: »Wo ist denn deine Partnerin? Kann ich sie für dich anrufen? Weiß deine Partnerin, was passiert ist?« Das aufgeschlagene Telefonbuch liegt neben Maureen. »Komm, ich rufe sie für dich an.«

Maureen hebt den Kopf. Ihre Augen sind tief eingesunken und blutunterlaufen, vom Weinen oder vom Alkohol. »Das war meine Partnerin«, sagt sie.

Ich setze mich.

»Das war deine Partnerin«, wiederhole ich. »Sie hat das getan. Wie ist die Polizei hierhergekommen?« Ich habe Angst. Der Wasserkessel pfeift. »Wo sind die Teebeutel?« Sie deutet hin.

»Sie hat hier in den letzten drei Monaten so viel kaputt-gemacht, über zweitausendfünfhundert Dollar hat mich das schon gekostet. Ich musste die Fensterscheiben alle mehrmals ersetzen lassen. Sie lässt mich nicht raus. Sie erlaubt mir nicht, mich mit irgendjemandem zu treffen. Und sie kommt wieder, heute Nacht bringt sie mich um, ich komm nicht von ihr los. Wenn sie ein Mann wäre, hätte ich etwas unternommen, dann hätte ich das nicht mitgemacht. Aber sie ist halt keiner, und es hat ewig gedauert, bis meine Mutter das akzeptiert hat. Wie könnte ich ihr das hier erzählen?«

Ein leichter Wind weht durchs Fenster herein. Es ist der sonnigste Tag seit langem. Ab und zu ist die Musik von den Feierlichkeiten zum Canada Day zu hören. Ich frage noch mal nach der Polizei.

»Ich habe auf der Treppe vor der Tür gesessen, und die Scherben sind auf mich runtergeregnet, und da hab ich mir ge-sagt, bei Gott, das ist das letzte Mal, dass sie mir hier ein Fenster kaputt macht. Als Tom, mein Nachbar, reingekommen ist, war ich schon auf dem Weg zu ihr, ich wollte sie umbringen. Ich hab gesagt, Tom, bitte, ruf die Polizei. Und die haben sie dann festgenommen.«

Es klopft an der Tür. Maureen fällt in sich zusammen. »Bitte lass niemanden rein.« Ich gehe über die Scherben zur Tür. Ein Mann steht davor, er sagt: »Ich bin von der CBC. Können Sie uns sagen, was hier passiert ist? Wir haben gehört, dass jemand festgenommen wurde.«

Ich sage: »Es ist ziemlich unsensibel, gerade jetzt hierherzukommen, finden Sie nicht?«

»Wir wissen halt nicht, was passiert ist.«

»Hier wird Ihnen das auch niemand sagen.« Mir fällt auf, wie absurd es ist, durch das zerbrochene Türfenster mit ihm zu sprechen, ohne die Tür aufzumachen. Ein Stück entfernt hält ein Mann eine Kamera auf uns gerichtet.

Dann trinken Maureen und ich den Tee. Wir sitzen schweigend da, bis das Telefon klingelt. Es ist Mike. Er fragt, ob alles in Ordnung ist. Er sagt, dass er den Kindern jetzt eine Pizza bestellen wird. Ich antworte: Gute Idee. Zu Maureen sage ich, dass Jill bei uns übernachten kann. Wir holen einen Besen und fangen an aufzuräumen. Maureen schleift die große Plastikplane her, mit der sie immer die kaputten Fenster abdeckt.

Als ich nach Hause komme, hat Joan Mikes Tuxedo an. Sie hat von dem Vorfall ein paar Häuser weiter nichts mitbekommen und sich für unseren Ausflug ins Striplokal zurechtgemacht. Ich rechne damit, dass die Tänzerinnen irgendwie hässlich sind, aber sie haben schöne Körper. Sie tanzen auf einer hohen

Bühne, deren Seiten mit Spiegeln verkleidet sind. Ich war noch nie in diesem Lokal. Es gibt hier ultraviolettes Licht, das alles im Raum, was nicht weiß ist, auslöscht. Die Frauen tragen weiße G-Strings, sodass man nur leuchtende Dreiecke sieht, die durch die Luft zu schweben scheinen. Ein Mann im dunklen Anzug mit Krawatte sitzt an dem Tisch vor mir. Ich hebe den Blick etwas und sehe ihn in den Spiegeln unten an der Bühne. Sie zeigen ihn vom Hals abwärts, sein Kopf befindet sich oberhalb der Bühne. Sein weißer Kragen, scharf umrissen, leuchtet grell. Auf den ersten Blick meint man, einen kopflosen Körper zu sehen. Ich beobachte im Spiegel, wie seine Hand das Glas Scotch anhebt und in Richtung des leeren Kragens führt.

Joan und ich haben einen sitzen, wir gehen an der anglikanischen Kirche vorbei nach Hause. Sie fängt an zu weinen. Ich umarme andere Leute normalerweise nicht. Ich bin keine Anfasserin. Aber jetzt nehme ich Joan plötzlich in den Arm. Ich ziehe ihren Körper an meinen und fasse ihr ins Haar. Es ist ein kleiner Schock, ihre Haare in der Hand zu halten und festzustellen, dass sie sich genauso anfühlen wie die von meinem Mann. Sie trägt eine seiner Jacken über dem Smoking. Die Jacke ist aus goldener Seide. An ihm sieht sie aus wie ein Ehering. Auf dem Heimweg hat es angefangen zu regnen, während Joan weiterweint. Der Regen platscht auf die gesteppte Jacke und macht sie schwer und glanzlos.

Es klingelt, dann schließt Bethany die Tür auf und tritt ein. Sie trägt einen roten Blazer zum marineblauen Rock. Kommt von der Frühmesse.

Hinter ihr wehen Blätter herein, rascheln seitwärts über das Linoleum.

Trigger springt vom Küchenstuhl und flitzt durch den Flur, knallt gegen Saras Knie, verschüttet ihren Kaffee, kläfft, schlägt mit dem Schwanz gegen den Kleiderständer.

Die Straße hinter Bethany glänzt nach dem Regen bläulich. So hell. Ein Junge auf einem Fahrrad rackert sich ab, die Sonne lässt das Chrom unter ihm zerfließen, verwischt die Speichen, die Räder unbeständig wie Schneeflocken. Taubenschwarm. Ein paar ausgestreute Brotrinden. Ein Mann mit gestohlenem Einkaufswagen, wild hüpfende Flaschen und Dosen.

Bethany zupft ihr rotes Jackett energisch zurecht, ihre Augen gewöhnen sich an die Dunkelheit im Flur. Von der Decke tropft Wasser auf sie herunter.

Mehrere Tropfen fallen unbemerkt auf ihr dichtes graues Haar, bis ein einzelner eisiger Tropfen seitlich an ihrem Gesicht hinab und sie erschreckt. In der Kirche war es still und dunkel. Möwen flogen über das Dachfenster. Pater Ryan hielt die eucharistischen Gaben hoch, träge Klage der Orgel, kreischende Seemöwen, die Sonnenlichtsäule unterm Dachfenster von Flügeln durchschnitten. Sein kahler Schädel.

Jetzt dieses kalte Getröpfel. Sie berührt ihre Wange. Er kennt sich selbst nicht wieder. So dunkel hier, kühl. Eine Wasserflut, Teil ihres Traums letzte Nacht. Alles wird wahr.

Die Badewanne sollte endlich in Ordnung gebracht werden, sagt Bethany. Nichts bringen sie in Ordnung. An der Terrassentür die Abdrücke von mit Erdnussbutter verschmierten Fingern, Hundehaare überall. Staub auf der Lampe, Spinnweben. Wenn sie doch mal auf mich hören würden.

Sara erhascht über Bethanys Schulter einen Blick auf die Bäume neben der Kirche. Große, porige Schwämme, die das herabströmende Sonnenlicht aufsaugen, ein höllisches Orange.

Da ist ja mein Kleiner!

Bethany geht in die Hocke, eine leichte Drehung aus den Knöcheln, die eine Ferse hebt sich aus dem Schuh, ein Strumpf wie Raureif. Thomas läuft ihr durch den Flur entgegen, lachend.

Die Wölbung von Bethanys Fuß. Er streckt sich im schimmernden Nylon. Sara stellt sich Bethany als Mädchen vor. Wie Grant McCarthy seine Schüchternheit überwand. Eine Tanzveranstaltung der Kolumbusritter, kurz bevor Grant in den Koreakrieg zog. Das Foto neben Bethanys Bett. Ihr Kleid mit Schultern aus Satin und duftigem Rock. Ihr Haar ist so dunkel, dass es schwarz gewesen sein muss, und lockig, französische hohe Wangenknochen. Vielleicht auch ein kleiner Einschlag von Mi'kmaq, diese ausgeprägte Bräune im Sommer. Sie schaut kess und bewundernd drein.

Ihre Arme um Grants Hals, eine seiner Hände auf ihrer Taille. Sie sehen einander in die Augen. Treffen eine Übereinkunft, dort auf dem Foto. In der Folge werden sie sechs Kinder haben, einander aus verschiedenen Räumen über das Vakuum hinweg zurufen. Ein Kombi, der Strand. Sie wird zur Messe gehen. Sie werden den kleinen Davy verlieren, seinen aufblasbaren roten Dinosaurier auf den Wellen tanzen sehen. Der Atlantik weiter draußen aufgepeitscht. Bell Island, rauchiges Blau, blitzende Fensterscheiben. Sie fassen Fremde am Arm. Haben Sie vielleicht. Ungefähr so groß. Dabei ist er wohlbehalten im Auto. Eingeschlafen. Gelächter. Und der aufblasbare Dinosaurier so weit draußen. Unter den Pullovern eingeschlafen. Sie werden sich einig sein, dass es für alles einen Platz gibt. Sie wird Bananen in den Mixer geben. Er wird aus dem Keller nach ihr rufen, die Hand auf dem Geländer, den Kopf geneigt, lauschend. Sie werden unverhofft zu Geld kommen. Er berührt die Gabel, das Messer, den Fransenrand des Sets, wartet. Ein Glas Milch. Eine Leinenserviette. Sie bedient ihn. Er dankt ihr. Er hört auf sie. Sie sagt, was sie will. Sie lassen neu tapezieren, sie will eine andere Tapete, also wird tapeziert. Sie will eine Wandtäfelung, neues Linoleum. Sie sind sich einig, dass sie alles tun werden. Für die Kinder werden sie alles tun. Er löst das Kreuzworträtsel. Er steht einen letzten Augenblick vor dem Fernseher. Sie wird ein Kaminfeuer wollen. Er stützt sich auf den Rechen, wischt sich die Stirn. Das Wasser schmeckt nach sonnengewärmtem Gummi, gemähtem Gras und Messing von der Düse. Ist es Messing? Er setzt den Rasensprenger in Gang. Sie werden hart arbeiten, aber auch gern. Die Kinder werden mit der Schneefräse kommen. Er zündet das Feuer an. Pater Ryan. Enkelkinder. Ein Tropfen Wasser, die Seemöwen.

Das ist der Inhalt des Fotos neben Bethanys Bett: ihre Hände auf seinem Nacken, eine Swingband, das Glitzern eines Saxophons, die volle Tanzfläche, eine sich entrollende Luftschlange.

Ein ruhiges Bild. Das Bild ist ein Versprechen.

Komm zur Oma, sagt Bethany.

Thomas streckt die Arme aus, um das Gleichgewicht zu halten, zwei hellblaue Fäustlinge hängen an Schnüren aus den Ärmeln seines Schneeanzugs. Er stürmt los, jeder Schritt in den neuen Schuhen ein harter, triumphierender Tapser. Er wirft sich in ihre Arme, seine Wange an ihrer Brust. Ihre erhobene Ferse rutscht wieder in den Schuh.

Warum kümmert ihr euch nicht um diese undichte Stelle?

Sie schwingt Thomas in die Luft, schließt die Augen und drückt ihre Nase gegen seine rote Kordbrust.

Die Oma frisst dich auf.

Sie befeuchtet ihre Finger und streicht sein zartes Haar zurück. Auf seiner Wange der winzige Abdruck eines Ankers von dem weißen Plastikmatrosenknopf an ihrer Bluse. Thomas greift nach ihrem goldenen Ohrring, und sie löst seine Finger wieder.

Er hat es immer auf die Ohrringe abgesehen.

Sara küsst Bethany auf die Wange. Sie liebt ihre Schwiegermutter, keine Frage. Alles Gute zum Geburtstag, Bethany. Sie hält ihr eine Azalee in cranberryroter und silberner Folie hin. Die Folie wirft Sonnenlichtsplitter auf Bethanys Gesicht, auf die Wände. Die Splitter wechseln die Richtung, schwimmen hin und her wie Goldfische in einem Glas.

Du sollst kein Geld für mich ausgeben, sagt Bethany. Das habe ich dir doch gesagt.

Als Ersatz für die andere.

Ich bring sie wieder zurück. Das hättest du nicht tun sollen.

Versuch einfach, dich daran zu freuen!

Sara schleppt Thomas' Ausrüstung zum Wagen hinaus. Penatencreme, Tempra-Tropfen, Trinklernbecher, die königsblaue OshKosh-Latzhose.

Der Wind pflügt die New Gower Street hoch, Blätter, eine Hamburgerverpackung. Sherry O'Rourke mit ihrem lindgrünen Hut schwenkt grüßend die Handtasche, ehe sie in den Bus steigt.

Bethany findet, dass Königsblau Thomas' Farbe ist.

Als Sara wieder ins Haus kommt und die Tür wegen des kräftigen Winds zuwirft, hat Bethany die Pflanze auf den Couchtisch gestellt und ist ein paar Schritte zurückgetreten.

Ich kann die nicht annehmen.

Bitte.

Es ist keine gute Pflanze.

Wie meinst du das?

Die Blüten sind schon offen.

Ich möchte –

Diese Pflanze ist durch.

Sara nimmt die Pflanze und trägt sie flugs aus dem Zimmer. Sie wird eine Runde um den See laufen gehen. Oder an ihrem Angebot weiterarbeiten. Diese paar Stunden –

Bethany nimmt Thomas oft. Zwischendurch streikt ihr

Rücken. Sie ist resolut, schiebt Thomas' Kinderwagen bei jedem Wetter. Sie und Thomas. Im Park mit altbackenem Brot. Die Schnäbel, wütendes Flügelschlagen, nachmittäglicher Nebel. Wenn Thomas in der frischen Luft einschläft.

Du solltest mal seine rosigen Bäckchen sehen, sagt Bethany am Telefon zu ihr.

Sara steht in ihrer Küche. Eine alte Matratze hinten am Zaun, gelbes Laub. Eine Katze mit einer kahlen Stelle läuft über die Zaunlatten. Bethanys Garten kann mit glänzendem Rhododendron aufwarten. Mit Gras, das zwischen Dunkelblau, Smaragd und Feuergrün changiert, gläsernen Windspielen.

Ist ihm auch warm genug?

Wenn du ihn sehen könntest!

Thomas schläft unter einem Nachmittagshimmel, der so dunkel ist wie kochende Marmelade, der Mond, Schulkinder rennen den Gehweg entlang, ihr Haar nach vorn geweht, wirbelnde Blätter, der Wind wummert gegen das Verdeck von Thomas' Kinderwagen.

Sara stellt die Azalee auf den Rücksitz von Bethanys Wagen. Neues Leder und Tweed. Sie setzt Thomas in den Kindersitz und tritt zurück. Bethany fasst durch das Fenster nach Saras Ärmel.

Diese Pflanze ist halb tot.

Der Sicherheitsgurt legt sich um Bethany, während sie spricht, ein kaum wahrnehmbares Surren. Die elegante Bewegung des automatischen Gurts rührt Sara an, dieser vernünftige Luxus. So ist Bethany: eherne Kompetenz. Sechs Kinder, eine Beratungsfirma, St. John's, Winteraufenthalte in Florida.

Bei ihr ist immer alles picobello. Es wäre unschicklich, jemanden für etwas zu bezahlen, das man selbst erledigen kann. Sie wird sich immer selbst um ihren Haushalt kümmern. Sie mag Geräte mit Pfiff, einen Grill, der das Fett ableitet, eine Fusselrolle mit langem Griff, einen silbernen Toastständer. Aber keinen Krimskrams. Sie und Grant sind weder in Gier noch in exzentrische Genügsamkeit verfallen. Sie haben stetig gearbeitet, waren großzügig und umsichtig.

Der Sicherheitsgurt ist jetzt ganz nach hinten gefahren.

Thomas hinter der Fensterscheibe. Die Spiegelungen von Holzwand, Telefonmast und Ästen gleiten zur Seite, als Saras näher kommendes Gesicht erscheint und ihn verdeckt, seine Hand an der Scheibe. Sie hört das leise Patschen. Helle Handfläche. Bethany fährt los, und Sara rennt ins Haus, denn das Telefon klingelt.

Ein Chocolate Chip Cookie in der Hand, hört sie zu. Mit Blick zum Küchenfenster, es hat angefangen zu regnen. Die Matratze, die Katze. Wenn eine schwarze Katze Unglück bringt, was ist dann mit einer weißen? Wo sind Thomas und Bethany jetzt? An der Ampel bei Don Cherry's Sports Grill? Der Regen hinterlässt dünne Spuren am Fenster, wie Nähnadeln. Sie hat die Kekse mit Butter gebacken, seine kleine Hand zwischen den gleitenden Ästen. Sie hält den Hörer ans Ohr.

Dave sagt: Ich habe die Stelle in Montreal bekommen.

Was Sara weiß: Sie sind nicht so weltgewandt, wie sie dachte. Er ist dies, sie ist das. Sie sind eine Erfindung der Zufälligkeit. Beziehung als lustlose Verschwörung gegen. Gegen was? Eine Situation nicht ohne eine gewisse Romantik. Aber belebend, ein Hagelsturm, eine Tanzfigur auf Blitzeis.

Der Bauernmarkt. Bethany redet immer von den Karotten. Thomas isst sie gern mit Tafelbutter. Ein bisschen Tafelbutter. Geh zum Bauernmarkt, der ist einfach eine Freude!

Bethany nennt die Dinge, auf die es im Leben ankommt. Ein pochiertes Ei, Walkfilz, frische Bettwäsche, Rehlederhandschuhe, gebügelte Hemden, Bohnen nach alter Art, Tafelbutter, der Bauernmarkt.

Die Frau am Gemüsestand, ihr Atem hängt in der Luft. Sie trägt eine südamerikanische Mütze mit Ohrenklappen, die Bändel hängen herunter, fingerlose Handschuhe. Sara nimmt Karotten und Kartoffeln, eine Tüte Rosenkohl. Den mag Dave nicht. Er sagt immer: Aber wenn du ihn magst, kauf ihn doch. Nur weil ich, heißt das ja nicht.

Sie tut es nie. Sie kauft nie etwas, was er nicht mag. Diesmal allerdings schon. Sie will die geschuppte Festigkeit, die heftige Geballtheit, das dumpfe Grün des Rosenkohlröschens. Er wird nicht. Er kriegt immer. Sie hat nie. Frühstücksspeck, Leber, rohe Pilze, die mittleren dicken Rippen von Römersalat, das alles hat sie für ihn aufgegeben.

Sie will die Organe, das, was Wurzeln schlägt.

Sie will ein Huhn zum Essen, Rosinen und Knoblauch in der Soße. Einen Kürbis mit Notfallkerze. Den Geruch bratender Süßkartoffeln.

Die Sonne fällt auf Gläser mit Moltebeeren, und sie will sie allein wegen der Farbe kaufen.

James Anderson. Jim, fällt ihr zu spät ein. In den letzten zwei Jahren hat sie ihn Jim genannt.

Mr. Anderson.

Sara.

Das Weiße seiner Augen ist gelb, fast senfgelb, und seine Wimpern sind von irgendeinem Medikament verkrustet, etwas Sickerndem. Eine neue, drastische Gebrechlichkeit.

Sie aßen gemeinsam im Sommerzimmer. Damals brachte sie ihm das Kochen bei. Sie saßen an einem Tisch aus Chrom und Glas. Ein riesiges Fenster, das auf den Rosengarten seiner verstorbenen Frau hinausging. Die Sträucher waren alle mit Rupfen umwickelt und von Schneehäubchen gekrönt. Als der Spätnachmittag in den Abend überging, wurde die Scheibe schwarz, und sie spiegelten sich darin. Drei schwebende Kerzenflammen. James' weißes Haar.

Würdest du immer noch nach Montreal ziehen, fragt Dave.

Eine Stubenfliege, die zwischen den Scheiben des Küchenfensters gefangen ist. Die Katze auf dem Zaun zuckt mit dem Ohr, die Matratze. Die Fliege quicklebendig, sie reibt ihre Vorderbeine aneinander, eines über das andere, dann umgekehrt. Der Kühlschrank setzt ein. Diese Beständigkeit, ein hypnotischer Arbeitseifer. Sie beißt von ihrem Plätzchen ab. Gestern hatte sie es noch gewollt. Warum noch gleich? Jayne hatte Nancy eingeladen, Sara aber übergangen. Sie hatte die gewaltige Anstrengung gespürt, die unverbindliche Vertrautheit einem abverlangt. Das erdrückende Netzwerk ihres Privatlebens, die unabsichtlichen Kränkungen. Sie hatte den Pappkaffeebecher zerdrückt. Dave war schon da, als sie nach Hause kam. Noch bevor sie den Mantel ausgezogen hatte, sagte er ihr, dass er wegwollte. Stell dir mal eine Stadt vor, sagte er. Sie hatte gesagt: Ja, das machen wir. Ich will das auch.

Ihre Augen, sagt sie.

Ich werde operiert.

Die Moltebeeren leuchten und leuchten und leuchten. Der Verkehr. In den Häusern gehen die Lichter an. Dämmerung. Sara hat Mr. Anderson seit Thomas' Geburt nicht mehr gesehen. Er hat einen Strampler vorbeigebracht, aber da war Dave an die Tür gegangen. Sie konnte nicht aufstehen. Verließ das Bett kaum. Die weinerliche Phase. Sie schaute sich alte Filme an. Sämtliche Paul Newmans. Schnee fiel auf die Straße, die Autodächer, die Äste. Sammelte sich an, stumm und emsig, bedeckte die schwarzen nassen Äste, schwebte in der grauen Dämmerung herab, im Licht der Straßenlampen, schließlich vor dem blauschwarzen Himmel. Sie hatte darauf gewartet, Dave die Stufen heraufkommen zu hören, seinen Schlüssel, die Tür. War kaum aufgestanden. Paul Newman. Wie er seine gebrochenen Daumen vorstreckt. Sie weinte über Paul Newman. Seine Augen. Seine Daumen. In einem Film wurden ihm tatsächlich die Daumen gebrochen. In St. John's hatte es angefangen zu schneien, und ihre Milch war eingeschossen. Ihre Milch und der Schnee. Dave arbeitete. Sie weinte über St. John's, The Narrows, den Schnee. Jemand brachte einen Eintopf vorbei, und sie weinte vor Dankbarkeit.

Sie traf sich mit James' Tochter. Sie kannten sich von der Uni. Emily und ihr neuer Lover. Er hatte seine Frau verlassen. Obwohl Sara ihn damals zum ersten Mal sah, hatte sie den Eindruck, diese Zerreißprobe habe sein Gesicht über Nacht verändert. Das Gesicht eines Mannes, der den Kurs gewechselt hat. Emily trank. Sie waren im Theater gewesen. Ein Stück über eine Affäre. Es ging doch um eine Affäre, oder, Schatz? Um eine leidende Ehefrau. Meinst du nicht? Aber du.

Der Liebste rieb sich mit beiden Fäusten die Augen. Eine bewusste Geste – ein Straßenpantomime oder ein eingesperrter Affe, der seelische Erschöpfung andeutet.

Es erfordert unglaubliche Willensstärke, das Richtige zu tun, sagt er. Jeder muss es versuchen. Wie viel Mut man aufbringen muss.

Das Ende war einfach unbefriedigend, sagt Emily, fand ich zumindest. Ich hätte es gern eindeutig gehabt. Erwartet man das nicht von einem Theaterstück? Wenn ich hilflose Ambivalenz gewollt hätte, dann hätte ich auch gleich zu Hause bleiben können.

Sara versuchte, sich daran zu erinnern, was der Mann beruflich machte. War es irgendetwas, das ihm das nötige Rüstzeug mitgab? Hatten sie wenigstens ein Auto zur Verfügung?

Es ist sehr anstrengend, die mieseste Schlampe der Welt zu sein, sagt Emily. Sie kichert.

Dann berührt sie Saras Hand.

Halt dich von meinem Vater fern, Sara, sagt sie. Nicht dass er …

Dass er was?

Dir an die Wäsche will.

Da liegst du völlig daneben.

Hör einfach auf mich.

Regen schlägt gegen das Küchenfenster, und Sara sieht den Garten hinter der Stubenfliege. Die Fliege ist verloren, der Garten von Regen und Farbe erfüllt. Ein oranges Handtuch ist vor langem von der Leine gefallen, und niemand hat sich darum geschert. Es ist halb von Laub bedeckt. Im gegenüberliegenden Garten steht eine Buddha-Statue, von der die goldene

Farbe abblättert, sodass der weiße Gips darunter zum Vorschein kommt.

Geh du mal nach Montreal, sagt sie. Ich überleg mir das noch.

Was redest du denn da, sagt Dave.

Er kann ruhig gehen. Sie wird vielleicht hierbleiben. Eine prickelnde Aufregung durchläuft sie bei dem bloßen Gedanken. Dieses Plätzchen ist wirklich lecker. Die Tafelbutter ist Bethanys Einfluss.

Das Gemüse kommt direkt aus dem Boden, sagt Bethany. Nicht gespritzt, keine Pestizide, nichts dergleichen. Zerdrück sie in einer kleinen Schüssel, mit etwas Tafelbutter.

James ist siebzig. Sara kochte die exotischsten Gerichte. Rezepte aus dem Internet. Sie hatte sie vorher nie ausprobiert. Er bestand darauf, für Essen und Wein zu bezahlen.

Einmal hatte er zu ihrer Überraschung ein kleines Glas Trüffeln dagehabt, aus Italien importiert. Sie nahmen eine Trüffel heraus, insgesamt waren fünf in dem Gläschen. Sie legten sie auf das Schneidebrett. James neigte sich vor, die Hände hinterm Rücken verschränkt, berührte sie fast mit der Nase.

Mein Gott, sagte er. Riechen Sie mal.

Sie hatte sich vorgebeugt und es ihm gleichgetan. Ein erdiger Geruch natürlich, aber sie meinte auch noch etwas anderes zu riechen. Was immer die Schweine danach wühlen ließ. Es ging ihr durch und durch, kitzelte im Bauch, dann spürte sie es zwischen den Beinen. Errötend richtete sie sich auf. Sie fragte ihn, was er von Emilys verheiratetem Lover hielt. Die Frage war zu persönlich, sie war angetrunken, aber jetzt war es zu spät.

Ich möchte, dass meine Tochter Leidenschaft erlebt – um jeden Preis. Schlimm, wenn ein Vater so was sagt.

Er nahm die Trüffel und biss hinein. Die andere Hälfte hielt er Sara hin. Sie öffnete den Mund, und er schob die Trüffel hinein, den Daumen auf ihrer Lippe.

Später las sie, dass eine einzige Trüffel ein ganzes Gericht aromatisieren kann.

Sara hatte auf keine der beiden Nachrichten reagiert, die James nach dem Baby auf dem Anrufbeantworter hinterlassen hatte. Der Sommer. Ein Wasserfall. Der Strand, ein Fahrrad. Holzäpfel, Petroleumlampen, Regengüsse, die Wale. Ihre nackten Füße auf dem Armaturenbrett, ein unterwegs gekaufter Kaffee. Dave am Steuer. Daves schwarze Locken, seine gebräunte Haut. Ein Knäuel Ohrenkneifer, das vom Schrank aufs Regal fiel, ein Glas mit verrosteten Schrauben. Drei Rottweiler, die sich wie Aale durch das hohe Gras wanden. Sie hatte gerade noch genug Zeit, um das Baby hochzuheben und hineinzurennen. Die Hängematte, das Massageöl, mit dem sie Dave einrieb, Schultern, Bauch, Oberschenkel. Das Öl roch nach Zimt und Orangenschale, auf der Flasche stand Rizinus, süße Mandel und Kokosnuss. Etwas davon geriet in ihre Haare, und der Geruch verursachte ihr Träume von heimlichem Sex im Dschungel, zwischen Sanddünen, in einem Gewächshaus. Sie weckte Dave auf.

Die Frau am Gemüsestand reichte ihr das Wechselgeld, und sie stopfte es sich in die Tasche. Der Wind kam aus James' Rücken, sein weißes Haar, sein Schal.

Meine Augen machen mir Probleme.

Wir müssten ja nichts essen.

Sie waren so lange nicht da.

Ich hatte viel zu tun. Ich war müde.

Und Sie mussten sich um das Baby kümmern.

Ich habe ständig geweint. Ich habe Unmengen von Paul-Newman-Filmen gesehen. Und wir hatten so viel Schnee.

Letzten Winter.

Nach dem Kind.

Die Katze springt auf einen überhängenden Ast. Der Ast wippt heftig. Zwei Spatzen fliegen auf, über den Buddha. Es regnet jetzt stärker. Die Fliege regt sich nicht. Vielleicht ist sie da drin gestorben. Sara sieht, dass die Flügel staubig sind. Von Spinnweben bedeckt. Hat sie sich vorgestellt, dass die Fliege die Beine aneinanderreibt? Die ist doch seit Jahren tot.

Du würdest mich verlassen?, fragt Dave.

Wer weiß das schon, sagt sie.

Sie kommt zu spät, als sie Thomas abholt, aber nur ein paar Minuten. Bethany lässt gerade einen Topfdeckel vor ihm auf dem Boden kreiseln. Sara packt ihn mit einiger Mühe in seinen Schneeanzug. Sie küsst sein ganzes Gesicht ab. In seinem Haar schmeckt sie Bananen.

Auf dem Weg hinaus kommt sie am Wohnzimmer vorbei. Bethany hat es kürzlich in einem dunklen Gold streichen lassen. Eine neue Tapete. Dann bemerkt Sara die Azalee. Die Knospen sind fest geschlossen.

Eine glitzernde Ahnung fährt Sara durch den Magen.

Wie kann das sein?

Ach, sagt Bethany, ich habe die, die du mir geschenkt hast, zurückgebracht. Diese hier hat noch nicht geblüht.

MELODY

1

Melody lässt das erste halbe Dutzend Autos vorbeifahren; sie sagt, bei denen hätte sie kein gutes Gefühl.

Wir brauchen so lange, wie wir eben brauchen, sagt sie. Die ganze nächste Stunde kommt kein weiteres Auto vorbei. Sie zieht ihre Zigaretten und ein paar Streichhölzer vom El Dorado aus ihrer Jeansjacke. Gestern Nacht haben wir dort getanzt, bis der Besitzer die Lichter angeknipst hat. Die Band war schlagartig gealtert, es hätten unsere Eltern sein können. Sie trugen Acid-Wash-Jeans und T-Shirts, auf denen stand ARME HAT MAN ZUM UMARMEN, VIVA LA SANDINISTA und FEMINIST? UND OB!!!

Draußen vor dem El Dorado ließen zwei ramponierte Camaros, die für das Crash-Derby am Wochenende aufgemotzt waren, die Motoren aufheulen und rasten dann vom Parkplatz. Ich sah den schlingernden und hüpfenden Rücklichtern im Dunkeln nach. In der Nähe der Mall setzten sie kurz auf, und Funken glommen vor den zerbeulten Kotflügeln. Das sopranhohe Jaulen von Gummi, dann fast völlige Stille. Ich konnte das Meer weit hinter der Kaserne riechen. Der rotierende Kentucky-Fried-Chicken-Behälter leuchtete im ersten schwachen Licht der Morgendämmerung. Wellen tuschelten über den Kiesstrand; Brian Fiander stellte sich zu mir. Er hatte die ganze Nacht B52s gekippt. Er war schlaksig und etwas verlegen, bis seine große Hand meine Schulter umfasste und seine zu langen Beine sich fest auf den Boden pflanzten, wie Zeltstangen unter Spannung.

Der Radiowecker in meinem Wohnheimzimmer sprang am frühen Nachmittag an, und ich hörte zu, wie der Sprecher die Temperaturen auf der Insel herunterleierte. Neunundzwanzig Grad. Scham und das belebende Prickeln des Frisch-Verknalltseins. Ich hatte Brian Fiander meine beiden Handgelenke über meinem Kopf gegen die Backsteinmauer des Wohnheims pressen lassen, während er mich küsste; er stieß mit selbstvergessenem Eifer, der Himmel im Morgengrauen hell und körnig wie Zucker. Brian Fiander wusste, was er tat. Seine Könnerschaft brachte meinen Körper zum Glimmen und Klingen. Mein Gedanke beim Aufwachen: Ich bin gefeiert worden.

Ich fühlte mich träge und dankbar. Und abgeklärt. Ich hatte einen Orgasmus gehabt, auch wenn mir das nicht bewusst gewesen war. Ich hatte nicht gewusst, dass es *das* war. Ich konnte die Gelegenheiten, wo ich dieses Wort ausgesprochen hatte, an einer Hand abzählen, hatte aber darüber gelesen. Ich hielt mich für beschlagen auf diesem Gebiet. Ich hatte die Augen geschlossen, während Brian mich berührte, und was ich empfand, fühlte sich an wie Einschlafen, nur andersherum und in alarmierender Geschwindigkeit: ein rasantes Erwachen. Aufgewecktsein. Aufsein, Wegsein. In mir drin.

Ich ging durch den Korridor zum Duschraum, der Gestank

aufgewärmter Spaghetti waberte aus der kleinen Küche herüber. Wavy Fagan kam in ihren Puschelschlappen an mir vorbei und grinste. Ich hatte ein meterbreites Lächeln im Gesicht; seine Hand auf meiner Brust, listiges, langsames Kreisen. Wavy grinste, und ich dachte: *Ah, das war das.*

Der Duschraum war von fruchtigem Dampf erfüllt. Brenda Parsons putzte sich die Zähne. Ihre Brille war beschlagen. Blind wandte sie sich mir zu, Zahnpastaschaum vor dem Mund. Sie ging mit Brian Fiander.

Wenn ein Auto kommt, sehen wir es schon lange vorher, aber es kommt keins. Der Highway erstreckt sich in den tristen, diesigen Nachmittag, und Melody und ich werden nie von diesem Straßenrand wegkommen. Die vergangene Nacht flimmert in kurzen Bildern auf. Ein zerbrechendes Glas, verschwommene Scheinwerfer, rot und blau. Hände, Knöpfe. Der Pick-up, der schließlich auftaucht, ist ein wispelnder Strich, der mal da ist, mal wieder in einer Senke verschwindet. Ein schwarzer Pick-up, der die flirrende Hitze durchschneidet. Gleißendes Sonnenlicht weitet die Windschutzscheibe.

Ich sage: Halt ich jetzt den Daumen raus, oder wie?

Das Denken übernehme ich, sagt Melody. Sie bindet sich die Jeansjacke mit einem klobigen Knoten um die Taille. Wir strecken den Daumen nicht raus, aber der Pick-up hält an. Ich renne hin und mache die Tür auf. Melody bleibt, wo sie ist, steht einfach da und raucht.

Meine Freundin kommt gleich, sage ich. Ich klettere auf den federnden Sitz hoch. Der Typ sieht umwerfend aus. Smiley auf dem Sweatshirt. Rauchgraue Sonnenbrille. An Brian

Fiander kaum ein Gedanke. Brian ist zu dünn und willig, er verdient mich nicht.

Der Typ stellt den Rückspiegel schräg und legt die Hand auf den Schaltknüppel, der vibriert wie der Zeiger eines Ouijabretts. Er trägt einen Ehering, kann aber kaum älter als zwanzig sein. Die feinen Härchen auf seinen Fingern sind blond und kräuseln sich über dem Ring, das Licht fängt sich darin, und fast beuge ich mich zu ihm rüber, damit er mit dem Handrücken meine Wange berührt.

Ich habe zu viel Sonne abgekriegt, bin von der vergangenen Nacht womöglich noch betrunken. Kann das sein? Ich erlebe einen kurzen hellseherischen Moment, und was ich sehe, ist genauso real wie der Geruch der Abgase. Auf der Innenseite meiner geschlossenen Lider zeichnet sich die Form der Windschutzscheibe ab, leuchtend violett mit grüngelbem Rand. Und ich weiß mit einem Mal und ohne jeden Zweifel: Ich werde heiraten, nie ein Händchen für Pflanzen haben, einen unermesslichen Verlust erleiden, der mich fast aus der Bahn wirft, doch ich werde mich fangen, ich werde Melody völlig vergessen, aber sie wird wiederauftauchen, und etwas an ihr, wie sie jetzt ist – wie ich sie mit trotzig aufrechter Haltung von hinten im Rückspiegel sehe –, wird völlig unverändert sein. Sie wird mir einen Talisman schenken und genauso unerwartet, wie sie kam, wieder verschwinden.

Melody steht immer noch mit ihrer Zigarette da, den einen Ellbogen umfasst. Sie schaut die Straße entlang, mit dem Rücken zu uns, und der Wind bläst eine Zickzacklinie in ihr Haar. Auf ihrer rosa Bluse ein blasser Schweißfleck, wie ein Rorschachtest zwischen ihren Schulterblättern.

Schließlich lässt sie ihre Zigarette fallen und tritt sie mit ihrem Turnschuh aus. Sie geht mit gesenktem Kopf zu dem Pick-up, klettert zu mir hoch und zieht die Tür zu. Den Fahrer würdigt sie keines Blicks.

Rutsch mal rüber, sagt sie. Mein Arm berührt den nackten Arm des Fahrers, und ich spüre die Hitze von seinem Sonnenbrand, den gleitenden Muskel, als er den Gang einlegt.

Kann's losgehen, fragt der Typ.

Wir sind so weit, sage ich.

Ein Duftbäumchen mit Kieferngeruch hängt am Spiegel, auf dem Armaturenbrett liegt ein Beutel Tabak, darin eine Apfelscheibe zum Frischhalten, Gerüche so ursprünglich wie der Südpol. Es wird bald regnen. Melody sucht einen anderen Sender, zwischendurch knistert und rauscht es. Der Himmel wird dunkel, dunkler, noch dunkler, und auf das erste Grollen folgt ein atemberaubendes Krachen. Ein flaches zuckendes Leuchten. Der Regen rast vom Himmel herab wie eine Meute wettlaufender Whippets. Ihre Krallen scharren über das Dach der Fahrerkabine. Bleigraue Regenmuskeln.

Melody und ich machen Mathe in meinem Zimmer im Wohnheim. Sie küsst mich auf den Mund. In meinem späteren Leben – beim Geschirrspülen mit Blick auf die Ahornblätter vor dem Fenster, an deren Spitzen Regentropfen zittern, oder während einer Konferenz, wenn jemand etwas auf ein Whiteboard schreibt und der Geruch nach Filzstift sich im Raum ausbreitet, in solchen Schwellenmomenten fruchtbarer Leere werden mich regelrechte Collagen von Erinnerungen durchzucken. Eine berauschende Desorientierung, genussvoll und quälend. Eine dieser Erinnerungen: Melodys Kuss. Denn es war ein Kuss von aufschlussreicher Schönheit. Mir wurde klar, dass ich in meinem ganzen Leben nie die Initiative ergriffen hatte. Melody machte, ich ließ mit mir machen.

Ich bin nicht so, sage ich, also lesbisch oder so was.

Sie lächelt. Kein Problem. Sie zwirbelt eine kastanienbraune Locke um ihren Finger, ganz und gar unbeeindruckt. Aplomb. Sie zeigt mir, was das bedeutet.

Also, ich mag dich, sage ich.

Alles okay, sagt sie. Sie wendet sich wieder ihrer Mathe zu, ist so rasch vertieft, dass sie die Aufgabe im Nu gelöst hat.

Was ich empfinde dort auf dem Highway, die Luft voller Ozon, der unendlich weite Himmel: Ich verliebe mich umfassend. Hank, der Typ, der uns in seinem schwarzen Pick-up mitnimmt. Brian Fiander. Melody, ich selbst. Egal wer. Eine hormonelle Metamorphose – die nicht artikulierte Lust einer Jungfrau, so willkürlich, intensiv und wahr wie ein Blitz. Eine halbe Stunde später gerät der Pick-up auf der nassen Fahrbahn ins Rutschen.

Hank tritt voll auf die Bremse. Der Pick-up dreht sich, zwei schwerelose Kreise. Ich höre die kreischenden Bremsen des Sattelschleppers, der auf uns zukommt, gewaltige Wasserfontänen spritzen vor ihm auf. Das Geräusch so kraftlos und verzweifelt wie das eines ins Fischernetz geratenen, erschöpften Wals. Der Kühlergrill des Sattelschleppers hinter dem hochschwappenden Wasser wie die gebleckten Zähne eines Monsters. Der Lastzug kommt knapp vor uns zum Stehen, unsere Stoßstangen berühren sich fast.

Nach einem langen Augenblick steigt der Fahrer aus. Er stellt sich neben sein Fahrzeug, Regenstacheln auf den Schultern, als trüge er eine Rüstung. Melody öffnet die Beifahrertür und steigt aus. Sie geht auf den Lkw-Fahrer zu, aber dann wendet sie sich zum Straßenrand und übergibt sich.

Der Mann geht zu ihr. Als sie sich ausgekotzt hat, dreht er sie zu sich, seine Hände auf ihren Schultern. Sie sagt etwas und lässt den Kopf hängen. Er spricht mit ihr, mahnt, redet ihr gut zu, einmal legt er den Kopf in den Nacken und schaut hoch in den Regen. Er schmunzelt. Das über die Windschutzscheibe strömende Wasser verzerrt ihre Körper, sie krümmen sich träge wie sonnentrunkene Schlangen. Nach einer Weile hebt er ihr Kinn an. Er zieht ein Taschentuch aus einer Innentasche, schüttelt es aus, hält es vor sich und betrachtet es prüfend von beiden Seiten. Dann reicht er es ihr, und sie wischt sich das Gesicht ab.

Hank flüstert mir zu: Das ist nicht meine Schuld. Er legt die Hand auf die Hupe.

Melody steigt wieder in den Pick-up ein. Der Lkw-Fahrer klettert in seine Führerkabine. Seine Scheinwerfer gehen an. Die riesigen Lichter splittern sich in rosa, blaue und violette Nadeln auf, und in der Umarmung des Lichts ist der Regen deutlich zu sehen; als der Sattelzug sich in Bewegung setzt, werden die Lichter matter und schmaler, als schauten sie listig drein. Dann fährt er weg. Hank nimmt die Sonnenbrille ab, klappt sie zusammen und legt sie in eine dafür bestimmte Halterung auf dem Armaturenbrett. Er fährt sich über das Gesicht, runter und wieder rauf, dann legt er die Stirn auf das Lenkrad. Er hält es fest umklammert.

Was hast du zu ihm gesagt, will Hank wissen. Er wartet darauf, dass Melody antwortet, aber das tut sie nicht. Schließlich hebt er den Kopf. Er legt einen Arm über die Rücklehne, damit er den Pick-up besser wenden kann, und ich sehe die kleinen Fältchen in seinen Augenwinkeln.

Ein paar Stunden später beobachte ich Melody im Gebäude der Irving-Tankstelle, sehe ihre ärmellose rosa Bluse hinter der Scheibe zwischen den Spiegelungen der Zapfsäulen und des schwarzen Pick-ups, an dem ich lehne. Sie läuft durch mein Spiegelbild hindurch, und als sie zur Kasse geht, läuft sie erneut hindurch, wie eine Nadel, die etwas zusammennäht. Hank macht die Motorhaube auf und zieht den Ölmessstab heraus. Er nimmt ein Papierhandtuch aus seiner Hintertasche und fährt damit über den Stab, der aufhört zu wippen.

Melody kommt mit einer Flasche Orangensaft heraus. Es hat aufgehört zu regnen. Dampf steigt vom Asphalt auf und schwebt in die Bäume. Himmel, kanadische Flagge, Kind mit rotem Hemd – alles in dem spiegelglatten Wasser auf dem Asphalt vor unseren Füßen reflektiert. Ein Auto fährt vorbei, und das Spiegelbild des Kindes ist eine verrückte rote Flamme, die unter den Reifen aufreißt. Der Saft in Melodys Hand hat einen orangefarbenen Heiligenschein. Kurz erscheint ein Regenbogen über den Bäumen hinter der Irving-Tankstelle.

Bist du verheiratet, Hank?, fragt Melody. Er hantiert immer noch unter der Motorhaube herum.

Ich glaube, ich kenn dich aus dem El Dorado, sagt Melody.

Hank löst die Befestigungsstange aus der Verankerung,

senkt die Motorhaube herunter und lässt sie zufallen. Er reibt sich die Hände mit dem Papierhandtuch ab und wirft ihr einen Blick zu.

Das glaube ich nicht, sagt er.

Ich glaube, du hast mir einen Drink spendiert.

Das muss jemand anders gewesen sein, sagt er.

Ich hätte schwören können, dass ich es war, sagt Melody, es hat sich jedenfalls eindeutig so angefühlt. Sie lacht, und es kommt als eine Art Quaken heraus.

Ich fahr ab hier allein weiter, sagt Hank.

Aber wahrscheinlich hast du recht, sagt Melody. Der Typ, den ich im Kopf habe, hat keinen Ring getragen.

Viel Glück, sagt er. Melody stemmt sich auf einen Stapel weißer Plastikliegestühle neben einer Reihe von Grills hoch und lässt die Beine baumeln. Hank steigt in seinen Pick-up und fährt wieder auf den Highway.

Ich komm auch allein klar, schreit Melody. Aber jetzt haben wir keine Mitfahrgelegenheit mehr, und wir werden eine gute Stunde brauchen, um von hier zur Klinik in Corner Brook zu gelangen.

Die Krankenschwester lehnt an der Untersuchungsliege, die Arme um das Klemmbrett verschränkt.

Du brauchst die Unterschrift deiner Mutter, sagt sie. Wer unter neunzehn ist, braucht die Erlaubnis eines Elternteils oder Vormunds. Außerdem musst du dir von einem Gremium von Psychiatern in St. John's bestätigen lassen, dass du gesund bist.

Tränen laufen auf Melodys Kinn hinunter, und sie hebt eine

Schulter und wischt sich das Gesicht grob am Kragen ihrer Jeansjacke ab.

Die würde nicht unterschreiben, sagt Melody.

Die Krankenschwester wendet sich von Melody ab, zieht einen kegelförmigen Pappbecher aus einer Halterung und hält ihn unter den Wasserspender. Eine riesige Blase steigt taumelnd darin auf und zerplatzt an der Oberfläche. Es klingt wie eine gurrende Taube, dumpf und melancholisch. Ich höre Wasser aus einer undichten Regenrinne auf einen metallenen Mülltonnendeckel tropfen.

Meine Mutter hat vierzehn Kinder, sagt Melody.

Die Krankenschwester trinkt das Wasser und zerknüllt den Becher. Sie drückt mit ihrem weißen Schuh auf das Fußpedal des Abfalleimers, und der Deckel knallt gegen die Wand. Sie wirft den Becher, er trifft den Deckel und fällt in den Eimer. Dann wischt sie sich mit dem Handrücken den Schweiß ab.

Du kannst die Unterschrift fälschen, und ich bezeuge sie, sagt sie. Mit den Zähnen zieht sie den Deckel des Bic-Kugelschreibers ab. Sie blättert ein paar Seiten durch und zeigt Melody, wo sie unterschreiben soll. Melody unterschreibt, und die Krankenschwester unterschreibt darunter.

Ich muss dir wohl nicht sagen, sagt die Krankenschwester.

Vielen Dank, sagt Melody.

In diesem Jahr lebe ich von Jumbo-Sandwiches, die ich mit der Plastikverpackung in der Mikrowelle warm mache. Wenn ich die Plastikfolie abziehe, hängt das Sandwich durchweicht und erschöpft heraus, wie die Zunge eines Strangulierten. Der heraussickernde Schmelzkäse ist heiß genug, um Blasen zu verursachen. Ich trage eine Holzfällerjacke über Röcken aus indischer Baumwolle und dazu rote Chucks. Ich lerne, einen Tupfen weißes Make-up in die äußeren Augenwinkel zu setzen, was mich unschuldig und leicht erstaunt aussehen lässt. Am Valentinstag reiße ich im Aufzug des Wohnheims einen Umschlag auf, und getrocknete Rosenblätter fallen heraus; sie wirbeln im Luftzug der sich öffnenden Fahrstuhltür, und da steht Brian Fiander. Ich sehe, dass ich mich geirrt habe: Er ist nicht zu dünn. Wenn er mich immer noch will, kann er mich haben. Ich werde tun, was immer Brian Fiander will, und wenn er meint, er müsste mich danach sitzenlassen, so wie Brenda Parsons, soll er das ruhig tun. Er scheint einen ziemlichen Verbrauch an Mädchen zu haben, und ich möchte verbraucht werden.

Melody und ich fahren mit dem Canadian-National-Bus nach St. John's zu ihrer Abtreibung. Ich warte vor einem Konferenzzimmer im Gebäude der Gesundheitswissenschaften auf sie. Ich erhasche einen Blick auf die Psychiater, fünf Männer, die in einer Reihe hinter einem Tisch sitzen. Eine halbe Stunde später kommt Melody wieder heraus.

Was haben sie gesagt?

Einer von ihnen hat eine Bemerkung zu meinem Hut gemacht, sagt sie. Er hat gemeint, ich hielte mich wohl für was Besonderes mit so einem schicken Hut. Dann hat er mich gefragt, ob ich mich für was Besonderes halte.

Und was hast du gesagt?

Das gleiche Lächeln wie damals, als sie mich geküsst hatte. So lächeln zu lernen wird dauern. Der Regenbogen muss zu irgendeiner anderen Geschichte gehören. Wie er sich über die Hügel hinter der Irving-Tankstelle spannte, kaum vorhanden.

Nach der Abtreibung halte ich ihre Hand. Sie liegt auf einer Liege, und das weiße Laken ist um ihre Schultern festgestopft, sodass sie ihren Arm nur mit Mühe herausbekommt.

Geht schon, sagt sie. Sie ist aschgrau. Tränen von den Augenwinkeln zu den Ohren.

Manche Dinge muss man eben tun, sagt sie.

Den restlichen Winter über verbringe ich viel Zeit mit Wavy Fagan. Sie heiratet ihren Werklehrer aus der Highschool, sie müssen ihre Beziehung geheim halten. Wavy raucht und hält die Zigarette aus dem Fenster. Ich wedele den Rauch mit ihrem Handtuch vom Feuermelder weg.

Mit Melody verbringe ich nicht viel Zeit, es ist anstrengend, mit ihr zusammen zu sein. Wavy raucht, und dann klopft sie mit ihrem harten Fingernagel ans Fenster und sagt, dass ich mal kommen soll. Sechs Stockwerke weiter unten überquert Melody den dunklen Parkplatz. Es schneit, und ein weißer Ring aus Schnee hat sich auf ihrer Hutkrempe gebildet, er leuchtet im Licht der Straßenlampen.

Die war das mit der Abtreibung wegen Hank Mercer, sagt Wavy.

Ich bin betrunken und habe heftige Schmerzen, mein Zahn. Ich bin eine vierzigjährige Witwe und liege in jemand anderes Bett. Wessen Bett? Robert schaltet die Nachttischlampe ein. Ich bin in Primrose Place. In Roberts neuem Haus, wo alles neu ist. Große Einweihungsparty. Ich spüre das Wummern durch die Dielen. Schmiedeeisernes Dies und marmornes Das. Wo ich die letzten elf Monate aufgewacht bin. Er angelt seine Bifokalbrille von dem Spitzendeckchen auf dem Nachttisch, kommt auf meine Seite herüber und kniet sich hin. Er legt mir die Hände auf die Wangen. Ich kann den Alkohol in seinem Schweiß, seinem Atem riechen.

Mund auf, sagt er.

Ich sage: Du musst ihn rausmachen.

Es ist fünf Uhr früh. Er bezahlt das Taxi. Ich lehne mich an die Glastür seiner Praxis, während er nach dem Schlüssel wühlt. Unmittelbar bevor die Tür aufgeht, flutscht dahinter alles in Position. Das Neonlicht flimmert grau, dann überall gleichmäßiges kühles Praxislicht. Die Praxis simuliert eine Praxis. Eine sterile Umgebung, um einen Zahn zu ziehen. Robert geht durch den Flur, solide Trennwände zu beiden Seiten. Er schaltet das Röntgengerät ein.

Das muss erst warmlaufen, sagt er.

Zieh ihn einfach, sage ich.

Robert nimmt eine kleine Karte von der Empfangstheke und wirft sich in einen Drehstuhl. Der Stuhl rollt ein Stück und kippt, und Robert landet auf dem Boden. Er greift nach der Tischplatte, zieht sich daran hoch und setzt sich richtig hin. Er steckt sich einen Stift hinters Ohr, tastet dann auf der Tischplatte danach, erinnert sich, dass der Stift bereits hinter seinem Ohr steckt. Die Oberseite seines Kopfs schimmert feucht.

Irgendwelche Allergien, ungewöhnliche Erkrankungen, Geschlechtskrankheiten? Er lallt. Es ist mir egal.

Er verlässt das Zimmer, und ich höre Wasser in ein Waschbecken laufen. Das Rascheln von Papierhandtüchern, die aus einem Spender gezogen werden. Er kommt wieder zurück und streift sich Latexhandschuhe über, lässt sie am Handgelenk schnalzen, bewegt die Finger.

Wer war der Mann, mit dem du dich unterhalten hast, fragt Robert.

Die Handschuhe sind der Geruch, den ich an seinen Händen bemerkt habe, wie frisch gegossene Geranien. Er macht eine Röntgenaufnahme und führt mich dann zum Zahnarztstuhl.

Mach's dir bequem, sagt er. Auf einem Poster an der Wand faulendes Zahnfleisch – in Vergrößerung, entzündetes, eiterndes Zahnfleisch, die Wurzeln der schwarzen Zähne sichtbar, blutend. Fotos von allen, die in der Praxis arbeiten, den anderen Ärztinnen und Ärzten, Zahnhygienikerinnen, Arzthelferinnen. Ich halte nach der Rothaarigen Ausschau. Eine kurze, unkomplizierte Affäre, hat er gesagt. Fantastischer Sex. Als es längst vorbei war, tilgte er ihren Ausbildungskredit und ihre Visa-Schulden. Zöpfe und ein Laborkittel mit Ballons und Teddybären. Ich sinke in den Stuhl, nehme aber erst einen Moment später wahr, dass ich in den Stuhl sinke. Robert richtet eine Spritze. Sie fällt ihm herunter. Er hebt sie wieder auf und betrachtet die Nadelspitze. Studiert sie ausgiebig.

Der Kerl hat richtig an dir geklebt, sagt er.

Ich darf mich ja wohl noch unterhalten.

Er wirft die Spritze in Richtung des Abfalleimers, sie trifft die Wand, überschlägt sich und schliddert durch das Zimmer. Robert hebt einen Finger.

Ich hol eine andere.

Mach das, Robert. Ich kriege den Mund kaum auf. Er legt die Hände auf mein Gesicht und beugt sich vor, um zu schauen, stützt sich mit seinem ganzen Gewicht auf meine schmerzende Wange. Er fängt sich, richtet sich auf.

Die Entzündung ist zu stark, sagt er.

Feigling, sage ich.

Du solltest erst mal ein Antibiotikum nehmen.

Robert, bitte.

Das ist unmoralisch, sagt er, ich liebe dich. Er fängt an zu schluchzen. Er schluchzt stumm, mit offenem Mund, die Schultern nach innen geneigt, die Arme um seinen Oberkörper geschlungen. Mir ist es egal, in welche Lage ich ihn gebracht habe. Sein Haus mit den neuen, dicht schließenden Oberlichtern und der Zedernsauna. Dem geräumigen Gewächshaus, dem Gestank von aggressiven Rosensträuchern, Dill, Torf. Wie er seine Essensgäste bat, die Perlzwiebeln selbst aus der Erde zu ziehen. Orchideen in Aquarien mit automatischer Bewässerung. Aus den Lautsprechern Philip Glass, spannungsvolle, vergeistigte Crescendi. Pixeldichte dies, Leichtbau das, Gigabyte jenes, Surround Sound. Zieh meinen verdammten Zahn, du besoffener Trottel.

Du bist so unnahbar, sagt er und wischt sich die Augen.

Falls du wegen diesem Typ heulst.

Hast du denn gar keine Gefühle?

Er sticht die Nadel in mein entzündetes Zahnfleisch, und ich kralle die Nägel in sein Handgelenk und haue mit den Fersen gegen den Stuhl. Die Betäubung zieht das Gesicht hinauf und erfasst einen Teil meiner Oberlippe. Meine Wange ist kalt und dumpf, und die Schmerzen sind in weniger als einer Minute verschwunden. Meine Nägel ritzen seine Haut auf.

Jetzt warten wir, bis alles schön taub ist, sagt er. Er verlässt das Zimmer. Ich höre ihn zum Empfangsbereich vorgehen. Er knallt gegen irgendetwas. Eine Kaffeemaschine beginnt zu gurgeln. Es riecht nach Kaffee. Er macht das Radio an. Eine Frau sagt: So ist die Lage, Rauschen, dann klassische Musik. Er kommt mit dem Röntgenbild wieder. Er scheint etwas nüchterner zu sein.

Die Bakterien denken, sie sind tot und in den Himmel gekommen, sagt er. Er klingt jetzt ehrfürchtig.

Robert, ich muss sicher sein, dass du aufhörst, wenn ich es sage. Er klemmt das Röntgenbild vor einen Leuchtkasten. Meine Zähne sehen blau und gespenstisch aus. Der weiße Kieferknochen. Ich denke an meinen Mann, der auf dem Friedhof in der Nähe des Quidi Vidi Lake begraben liegt. Robert geht wieder in den Empfangsbereich, ich höre, wie er sich einen Kaffee eingießt. Er öffnet die Schublade eines Aktenschranks.

Er ruft: Und, alles schön taub?

Die Zahnschmerzen waren wochenlang harmlos gewesen. Ich meine, wach zu sein, aber das Bett steht verkehrt herum. Oder ich liege im falschen Bett. Eine Kloschüssel läuft unentwegt voll. Nasses Laub und Erde, gibt es hier ein Fenster? Stenographinnen an quietschenden Tastaturen warten auf einen Lufthauch und machen dann weiter. Ein vorbeifahrendes Auto zerteilt eine dünne Wasserschicht. Harte Fingernägel klackern auf Glas, das Laub, das Oberlicht, tippen Daten ein. Daten tropfen von Blattspitze zu Blattspitze. Eine Sekte in der Kanalisation, man kann sie in der Kloschüssel flüstern hören. Eine Verschwörung, und die Stenographinnen wollen sie unbedingt auffliegen lassen. Wind schwappt durch die Bäume, und das Tippen hört auf. Die Bäume sind nur noch Bäume. Ich bin mein Zahn, ein monolithischer Schmerz. Ein Mann neben mir. Bitte lass es Des sein, bitte. Es ist Des.

Den Strand ganz für uns, der Park geschlossen, Anfang September. Was für eine Hitze, so spät im Jahr. Jede zurücklaufende Welle hinterlässt einen schimmernden Streifen auf dem Sand. Die Sonne steht tief und rot am Himmel, vom hohen Gras durchschnitten. Des zieht sich bis auf die Unterwäsche aus, trabt zum Wasser. Bleibt am Rand stehen. Hoch oben eine weiße Möwe.

Des stürmt los, brüllend, die Arme über den Kopf gehoben. Die Möwe ist still. So weit oben, dass sie kaum da ist. Weite Kreise. Dann kommt sie näher zu uns herab. Der Wellenkamm schimmert rosig, tastet sich vorwärts. Des taucht in die Welle, als sie sich überschlägt. Seine Fußsohlen. Schnell auf der anderen Seite wieder hoch. Schleudert sich das Wasser aus den Haaren. Seine Faust fliegt in die Höhe, ein Flügel aus Wasser an seinem Arm. Die Möwe schreit. Ein metallenes Kreischen, die Krallen ausgestreckt, dem Sand entgegen. Die Sonne hinter dem Gras auf dem Hügel fällt als Laserstrahl auf das Auge der Möwe, ein rotes Hologramm. Die Pupille der Möwe ein langer mitternächtlicher Tunnel zu einem prähistorischen Purpurblitz tief in ihrem Schädel.

Er ruft: Das Wasser ist herrlich. Meine Bluse, Jeans, die eine Socke zieht sich lang. Ich muss hüpfen. Die Socke gibt auf. Ich renne, was ich kann. Die Welle baut sich unter meinem Bett auf. Aber so kalt. Mein Körper verkrampft sich.

Schau mal die an, die jetzt kommt, sagt Des. Die Welle naht mit opernhafter Stille. Welche Gewissheit und Selbsterkenntnis, so kalt und sinnlos und voll gleichgültiger Kraft. Ich strecke die Hand aus. Hier ist sie. Eine Welle voller Licht, fast durchsichtig, auf der Unterseite ein spitzenartiges Gewebe. Das Meer saugt heftig an meiner Wirbelsäule. Der sandige Untergrund sackt weg.

Sie schmettert uns nieder. Das Bett stürzt, schlägt auf dem Boden auf. Das Zimmer macht sich bemerkbar. Kommode, ein Morgenmantel an einem Haken. Des ist vor vier Jahren an Herzversagen gestorben. Das Erdnussbutterglas auf dem Boden, der Kühlschrank offen. Das Messer noch in seiner Hand. Im klemmenden Toaster ein qualmender Toast. Das rote Licht des Notarztwagens an den Wänden im Flur. Jetzt bin ich wach.

Tequila habe ich getrunken, Scotch. Elastisches Top und Sarong. Bier. Robert hat mich gewarnt: Wenn er eine Party schmeißt. Tanzen. Türenknallen, Gelächter, die Stones. Ich hatte Beziehungen seit Des' Tod, mit niemandem: einem

Fluglotsen, einem sehr jungen Maler, niemandem, diesem Reporter, überhaupt niemandem, dem Zimmermann. Der Zahn ist vor zwei Tagen unerträglich geworden. Ich habe Robert nichts davon gesagt. Pleased to meet you, hope you guess my name. Du kannst doch nicht gehen. Wie kannst du jetzt gehen? Körper dicht gedrängt, Rauch unter der Decke. Lautsprecher am Anschlag. Wir haben ein Taxi genommen. Hope you guess. Nimm ein Taxi. Wenn wir tanzen. In der Kühlschranktür. Meine sind die kalten. Pleased to meet you. Nimm eins von meinen. Die kalten. Hab mich flachlegen lassen. Erzähl. Ich erzähl's dir danach. Wer spricht einen Toast. Wo sind noch mal unsere Jacken? Vergiss die Jacken. Geh nicht, das ist doch eine Party. Weil die Toilette. Wo ist eigentlich der Tequila? Dein eigener dummer Fehler. Meine Frau hat die traditionelle Route genommen. Ist da ein Wurm drin? Ich tu einen rein, wenn du willst. Es hat Frauen gegeben, ja. Es hat Frauen gegeben, das räume ich ein. Wir werden uns die Fleshettes nennen. Am meisten haben mich die Menschen beeindruckt. Das ist nicht meine Schuld. Hope you guess my. Wir haben uns noch gar nicht unterhalten. Tun wir doch gerade. Das soll eine Unterhaltung sein? My name. Ich liebe dich. Sag das nicht. Ich liebe dich, was sagst du dazu? Ich sage, mehr Bier.

Der Himmel ist von dem tiefen Blau, das er annimmt, bevor er anfängt, schwarz auszusehen. Die Sterne sind blau. Die Bäume tosen im Wind, dann wieder Stille. Ich liege rücklings auf dem Grab meines Mannes und schaue in die Sterne. Frisch gemähtes Gras, ein schwacher sumpfiger Geruch, die Enten am Rand des Sees. Heute Morgen, die Stirn an den Händetrockner in der Toilette von Roberts Praxis gelehnt. Tränen kommen so: Nasenrücken, Augenlider, das ganze Gesicht kitzelt, ein Muskel in der Kehle krampft. Der Geruch von verbranntem Kaffee – heimeligem, ungeliebtem Praxiskaffee – bringt mich zum Weinen. Bestimmte Songs: Patsy Cline. Schlechter blauer Zuckerguss auf dem Geburtstagskuchen, den die Mädels für ihren Chef gekauft haben. Ich weine mindestens viermal am Tag. Die Tränen bleiben an der Plastikfassung meiner Brille hängen. Meine Lider wie Nacktschnecken. Während ich auf den Aufzug warte, höre ich von drinnen Gelächter, aufsteigend, vertraulich, erotisch. Ich weine vor Neid. Marcy Andrews kommt in die Toilette. Sie öffnet den Schnappverschluss ihrer Handtasche, nimmt das Wattepad aus einem Tablettenglas, klopft zwei Tabletten in meine Hand. Marcy streicht mit den Daumen über meine nassen Wangen. Sie dreht mich zum Spiegel und mustert mich.

Sie sagt: Mit Lippenstift gehst du wieder ganz anders durchs Leben.

Ich kann nicht allein sein, sage ich.

Das Laub auf dem Friedhof riecht ledrig, nach Kürbis. Die Äste knarren, wenn sie sich im Wind aneinander reiben. Des' Hände über einer Rose gefaltet, sein Ehering. Wann lösen sich die Zähne vom Schädel? Passiert das überhaupt? Es wird langsam kalt. Schnee auf seinem Grabstein versetzt mich in Panik.

Das unstete Licht einer Taschenlampe leuchtet zwischen den Sträuchern hindurch, trifft auf die hellgrün bemooste Wange eines gemeißelten Engels, seinen zerbrochenen Flügel. Eine weitere Taschenlampe, ihr mattes Lichtoval hüpft über mir in den Blättern, das Geraschel von Schritten. Eine Gruppe von Teenagern mit Baseballschlägern und Zaunlatten umringt mich. Einer nach dem anderen treten sie zwischen den Bäumen und Sträuchern hervor. Oder sie stehen schon die ganze Zeit da. All die Grabsteine, halb umgesunken, von Flechten überzogen. Ich stehe auf, habe wackelige Beine. So bleiben wir stehen, ohne ein Wort oder eine Regung.

Haben Sie hier jemanden vorbeirennen sehen?

Ich flüstere: Nein. Ich habe niemanden gesehen. Drei Polizisten erscheinen, und die Teenager hauen ab. Einer der Polizisten tritt vor und legt mir den Arm um die Schultern, und ich weine in seine Achsel.

Robert führt ein Instrument in meinen Mund ein, und ich sage: Halt.

Ich sage: Das war ein Test.

Er sagt: Das war ein Skalpell. Ich an deiner Stelle würde mir einfach vertrauen.

Ich spüre, wie er in mein Zahnfleisch schneidet und es aufklappt. Seine Augen voll blauer und violetter Äderchen; mein Blut sprüht in feinen Tröpfchen auf seine Brille. Er greift nach einem anderen Instrument und zerrt an dem Zahn, dreht ihn, und ich spüre, wie er sich löst. Das heisere Gurgeln des Absaugschlauchs, mit dem Blut und Speichel entfernt werden. Robert hat nach seinem Examen unentgeltlich in Nicaragua gearbeitet, hat die Revolutionäre zu Zahnärzten ausgebildet, während von den Feldern jenseits seines Unterrichtsraums fernes Gewehrfeuer ertönte. Im Dotcom-Boom hat er investiert – kurz, aber knackig – Geld wie Heu.

Mein Zahn fällt mit einem hellen Klirren in eine Chromschale. Er beginnt, die Wunde zu nähen. Ich spüre, wie der Faden durch mein Zahnfleisch gezogen wird, und obwohl es nicht wehtut, wird mir von dem Gefühl übel. Drei feste Stiche, mein Zahnfleisch gerafft. Er gibt mir eine Watterolle und sagt, ich soll draufbeißen. Er streift sich die Handschuhe ab. Ich spiele mit meiner lahmen Zunge an den Fadenenden herum. Wie die Schnurrhaare einer Katze fühlen sie sich an.

Ich will dich schon seit ein paar Wochen fragen, sagt Robert.

Vielleicht ist das jetzt nicht der beste Zeitpunkt, sage ich.

Ich will dich heiraten, sagt er.

Das Geräusch der rutschenden Metallringe, wenn ich den Vorhang öffne, entnervt mich. Während ich mit einem Buttermesser in der Hand darauf warte, dass der Toast hochspringt, spüre ich eine Gegenwart. Die Waschmaschine wandert über den Boden der Waschküche, bis sie den Stecker aus der Wand reißt und der Motor verstummt. Das Wasser hört auf zu schwappen. Eine fesselnde, belebte Stille. Jeder einzelne Gegenstand – der Staubsauger, eine Vase mit getrockneten Disteln – ist empfindsam geworden. Der Kühlschrank weiß Bescheid. Das ungemachte Bett ist nichts Gewöhnliches. Ich stelle ein Glas ab und schaue nach: Es steht noch genau da, wo ich es hingestellt habe. Einen toten Menschen zu lieben, kostet unglaublich viel Energie, und es bringt mich zum Weinen.

Robert lockert mit beiden Daumen den Champagnerkorken. Der Korken prallt von der Decke ab und knallt gegen einen Spiegel, auf dem sich ein Netz aus Sprüngen ausbreitet. Er reicht mir ein Glas, und ich spüre das Bitzeln im Gesicht.

Er sagt: Heute ist der glücklichste Tag meines Lebens.

Wir haken die Arme ineinander und trinken, und die ungelenke Intimität dieser Geste, das völlige Fehlen jeglicher Ironie – ich weiß sofort, dass ich einen Fehler gemacht habe.

Robert ist noch bei der Arbeit, und ich schaue den Inneneinrichtungssender. Die Kamera schweift durch ein palastartiges leeres Haus in Vermont, dazu die muntere Stimme einer Frau: Hier haben wir einen Eichenholztisch, sehr rustikale, aber *praktische* Stühle, dieses Esszimmer schreit wirklich danach, benutzt zu werden. Benutzt mich!, schreit es.

Ich schalte den Fernseher aus und horche auf das schrille Nichts, das Roberts Haus erfüllt. Blätter wehen in aufsteigenden Wirbeln vom Rasen auf. Ein braunes Blatt trifft die Scheibe und bleibt daran haften. Die Stare fliegen in Formation über die Universität. Eine schwarze Wolke ballt sich und zerfasert wieder, als sie die Richtung wechselt. Der Himmel ist von einem grauen Glanz erfüllt, und die Stare wirken fieberhaft aufgeregt. Mir fällt ein, wie Des einmal bei der Uni angehalten hat, nur um ihnen zuzuschauen. Es war schon spät, und wir hatten Lebensmittel im Kofferraum, Eis.

Die spielen einfach, sagte er. Ich möchte am liebsten hierbleiben, du nicht auch? Ich möchte ihnen die ganze Nacht zuschauen.

Ich denke: Wenn du jetzt hier bist, nimm mit mir Verbindung auf. Ich glaube plötzlich, dass er das kann, dass ich nur darum bitten muss.

Genau in diesem Augenblick klingelt das Telefon. Es klingelt und klingelt und klingelt. Dann hört es auf. Ich lege die Hand auf den Hörer und spüre ein warmes Summen. Dann klingelt es wieder, laut. Ich gehe nach oben und putze mir die Zähne. Ich spüle den Mund aus und greife zur Zahnseide. Das Telefon klingelt wieder. Es klingelt in allen Zimmern und macht mir Angst. Ich lasse mir ein Bad einlaufen und setze mich hinein, und als das Wasser hoch genug steht, tauche ich die Ohren unter.

Robert reicht mir ein Glas Scotch und lässt sich neben mir in den Sessel sinken. Er drückt auf das Zifferblatt seiner Uhr, sodass es aufleuchtet und einen Kreis aus grünem Licht über sein Gesicht huschen lässt. Der Verkauf meines Hauses ist abgeschlossen. Ein junges Paar mit einem Dalmatiner. Der größte Teil der Einrichtung ist an den karitativen Secondhand-Laden gegangen. Ein Schrank voll Hemden von Des, ein Schlüsselring mit einem kleinen Plastikteleskop, in dem ein Urlaubsbild von Des und mir in Mexiko steckt. Man muss es ins Licht halten. Wir lachen und trinken aus Kokosnussschalen. Die Pflanzen hatte ich alle sterben lassen. Robert hat alles, was wir brauchen.

Du bist müde, sage ich. Wir sind beide müde.

Was hältst du von Stammzellenforschung, sagt er.

Das Geschirr wartet.

Ich könnte ein Haar von deinem Kopf nehmen und ein zweites Du daraus machen.

Die Wäsche ist –

Zweimal du. Das echte Du und noch ein anderes.

Also, ich bin jedenfalls müde.

Dabei erfüllt schon ein Du das ganze Zimmer.

Ich kann heute Abend nicht mit dir schlafen, falls du das denkst, sage ich.

Warum sollte ich so was denken?, sagt er.

Ich dämmere ein, während er redet. Im Traum sage ich, dass ich meinen wirklichen Mann will, und ich weiß nicht, ob ich das ausgesprochen habe oder nicht. Ich glaube, dass Des in dem Sessel neben mir sitzt und alles so ist, wie es vor fünf Jahren war, als könnte die Vergangenheit das. Sich über die Gegenwart legen. Sie überdecken. Selbst Gegenwart werden, und sei es nur für einen Augenblick. Ein Paar Flipflops, ich war gestolpert und hatte mir die Zehe aufgeschürft. Des hatte den ganzen Tag gehämmert. Das Hämmern hatte aufgehört, aber im Stillen erklang der Hammer weiter. Es war Ende September, und wir fuhren an den Strand.

Am Morgen höre ich einen Wagen die lange Einfahrt heraufkommen und springe aus dem Bett. Ein dunkelgrüner Minivan hält unter den Ahornbäumen. Die Bäume werfen Schatten auf die Windschutzscheibe. Der Motor des Minivans wird ausgeschaltet, und ein Mann steigt aus. Er trägt eine cremefarbene Hose und ein pastelliges kariertes Hemd. Er reckt sich und stützt die Hände in die Hüften. Dann hilft er einem kleinen Mädchen auf der Fahrerseite aus dem Auto. Sie trägt ein weißes Kleid, der Rock bauscht sich im leichten Wind. Schließlich öffnet sich die Beifahrertür, und eine Frau steigt aus. Ich stehe im ersten Stock am Fenster und mühe mich, in meine Jeans zu kommen. In meinem Innern steigt eine Welle auf. Sie ist voller Licht. Sie ist dumpf und scharf und schmerzt in meiner Kehle. Robert rollt sich im Bett zu mir.

Er sagt: Wer stört uns denn um diese Uhrzeit?

Die Frau hält sich zum Schutz vor der Sonne die Hand über die Augen, sie schaut zu dem Schlafzimmerfenster hoch, wo ich stehe, und ohne sie zu erkennen, weiß ich, dass das Melody ist. Ich renne ohne Schuhe die Treppe hinunter und durch die Hintertür hinaus. Ich habe in meinem ganzen Leben nie die Initiative ergriffen. Ich habe Melody vollkommen vergessen, und jetzt ist sie hier. Sie wird mir etwas geben.

Sie ist noch genauso wie früher. Und das Kind ist wie sie. Der Mann streckt mir die Hand entgegen. Melody sagt seinen Namen, und ich sage ihm, dass ich mich sehr freue, aber ich habe den Namen schon wieder vergessen. Ich vergesse auch den Namen des Kindes, Jill heißt sie.

Ich habe versucht anzurufen, sagt sie mit ausgestreckten Armen.

Ich sage: Ich bin verheiratet. Ich breche in Tränen aus. Melody küsst mich.

Ich flüstere: Ich habe Mist gebaut, Melody.

Sie sagt: Dann musst du etwas dagegen unternehmen.

WIR SEHEN UNS
IN SIDI IFNI

Du findest mich in Sidi Ifni. Ich lasse den Garten zurück. Das Unkraut, das du den halben Sommer lang niedergekämpft hast, ist unversehrt wiedergekommen, noch dichter und grüner, und die Luft ist feucht von seinem Duft. Es ist nachgewachsen, als du kurz aufgehört hast, um eine Flasche Limo zu trinken. Wir können nicht einfach so aufhören.

Dies alles lasse ich zurück. Ich lasse die Spielsachen zurück, die über die ganze Treppe verteilt sind. Den Zauberstab mit dem im Dunkeln leuchtenden Stern, der auf dem Kaffeetisch liegt: Wenn man nachts ins Wohnzimmer geht, scheint er zu schweben. Den Briefbeschwerer mit dem Einhorn und einem Schneesturm, wenn man ihn schüttelt. Es ist Mai, und wir haben immer noch nicht den Weihnachtskranz von der Hintertür genommen, aber die Plüschtaube liegt unter dem Küchentisch auf dem Rücken, den Schnabel aufgesperrt, die Krallen vorgestreckt. Ich lasse meine Wasserfarben in der Keksdose zurück.

Einmal haben wir uns während eines Stromausfalls geliebt. Kerzenhalter aus Messing in Placken von abgeschiedenem Wachs.

Am Fuß der Cathedral Street gerieten die Autos ins Schlingern: lethargisch mit dem Schwanz schlagende Krokodile. Motoren jaulten.

Du sagtest: Ich blase die Kerzen aus.

Die Dochte rollten sich ein, um sich zu schützen, flammten in deinem Atem noch einmal orange auf und verloschen.

Du sagtest: Hier, auf dem Sessel.

Das Scheinwerferlicht eines nahenden Autos schimmerte auf dem abgenutzten rosaroten Brokatstoff des Armsessels, da, wo der Bezug eingerissen ist, die Füllung und eine Sprungfeder, neben der Innenseite deines Handgelenks. Die Schatten der Gummibäume krochen über die Decke wie blinde Krustentiere und zogen sich wieder in sich selbst zurück, als das Auto vorbeigefahren war.

Da sieht man uns doch, sagte ich.

Die ganze Insel liegt im Dunkeln.

Speichelfeucht löste sich Wasserfarbe von deinen Fingern. Wirbelsäule in gebrannter Siena, Kirschrot auf den Nippeln, tintenschwarzes Streicheln. Meine Knie in die hinteren Ecken des Sessels gestemmt, um deine Taille. Auf und nieder über den Wellenkämmen der feinen Eisschicht am Fenster, wie eine Meerjungfrau. Ein Auto hupte. Und hupte und hupte.

Egal, hast du geflüstert, egal.

Ich lasse die Kakerlaken auf den schmutzigen Fliesen in der Dusche zurück und all die ausländischen Münzen, die wir für Parkuhren gesammelt haben.

Deine Tochter, die nicht schwimmen kann, umklammert panisch meinen Hals und erwürgt mich fast. Ihr nackter Körper zittert, die Lippen sind blau, sie protestiert gellend. Dann schauen wir uns in die Augen, unsere Nasen berühren sich fast. Ich versuche, mich in ihre Erinnerung einzuprägen. Sie reißt plötzlich den Mund auf, kreischt, haut mit der Faust ins

Wasser. Ihre Magnetbuchstaben an der Kühlschranktür arrangieren sich von selbst: HA HA HA.

Ich nehme den Zug. Den ersten, mit dem wir zusammen fuhren. Wir hielten einander auf der schmalen Liege, die beiden Liegen unter uns waren ebenfalls belegt. Die Dunkelheit drückte auf den Zug, und die Vibration durchlief uns bis in die Zehen. Der Schaffner schüttelte seine schwarzen Ringellöckchen, als er die Morgensonne durch die Vorhänge riss.

Sonnenlicht fiel durch das Lattendach über dem Souk, Streifen auf den Messingtöpfen, Diagonalen auf deinem Gesicht, deinen sommersprossigen Armen. Der Schlangenbeschwörer stupste den Korbdeckel mit der großen Zehe weg. Pyramiden aus erdfarbenen Gewürzen, ein Junge mit einer leuchtend grünen Eidechse in der ausgestreckten Hand. Und vergiss den deutschen Spielzeugmacher nicht, der sich orientierte, indem er das Gesicht der Sonne zuwandte. Die Brille in die geröteten Wangen gedrückt wie Zähne in einen Apfel. Wie entschlossen er die Füße aufsetzte, zwei Staubwölkchen. Tropfende Bahnen gefärbter Stoffe, fuchsiafarben, türkis, der Geruch von Urin, das Licht drang durch das grobmaschige Gewebe.

Ich fahre nach Sidi Ifni. Ich lasse den Schatten zurück, den die Jalousie auf den Küchentisch wirft, und den Kühlschrank, der so laut ist, dass er wie ein Raumschiff klingt. Ich kann nicht die ganze Nacht darauf warten, dass du endlich ziehst. Du studierst das Brett mit zusammengekniffenen Augen, die Bierflasche zwischen deine Beine geschmiegt, und dann kickst du triumphierend einen Läufer quer über das Brett und bietest deinem eigenen König Schach.

Du findest mich in Sidi Ifni. Es wurde von den Spaniern erobert. Ein alter Mann schiebt eine Schubkarre voll leise knisternder Krapfen, sie glänzen und zischeln wie Wespen. Erinnerst du dich an ihn? Das Meer zeigt keine Regung. Es benimmt sich wie ein Teich. Ich werde den blauen Mercedes mit dem winzigen Wetterfähnchen auf der Motorhaube mieten. Die Windschutzscheibe ist zerbrochen, und in seinem Innern riecht es nach amerikanischen Zigaretten.

Ich werde von Tiznit aus losfahren, der Silberhauptstadt des Landes. Es gibt dort einen Händler, der behauptet, er sei der Enkel des Karawanenführers. Er trägt eine Adidas-Jacke unter seiner Dschellaba und akzeptiert Kreditkarten. Ich werde losfahren, wenn gerade ein Fest im Gange ist und sich in den Straßen die Menschen drängen, Schulter an Schulter. Jungen auf Bäumen, gekochte Eier, Mandarinen in Plastiktüten. Frauen mit Tambourinen, kehlig singend, den Kopf zurückgeworfen. Sie halten Gewänder an Kruzifixen in die Höhe, mit Minzebüscheln im Halsausschnitt. Die Würdenträger fahren in ihren Wagen über Perserteppiche, und man lässt Rosenknospen auf sie niederregnen.

Wie hieß diese Frau noch gleich? Die Schwedin mit dem eng anliegenden Blumenkleid. Sie war eine Chaiselongue, weich wie eine Wanne. Meinst du, ich habe ihre Küche nicht gerochen, die zerriebenen Kamillenblüten und das Kokos-Sonnenöl? Ah, bei ihr konnte man verschlafen, die Telefongesellschaft kam immer mal wieder und stellte versehentlich den Wecker ab. Ihre Saat geht auf, noch während sie sie ausbringt. Sie brachte mich dazu, meinen Knoblauch zu reiben. Ich fand sie naiv, bukolisch. Aber du sagtest, denk dran, ihr

Feigensaft ist cremig und ihr Schamhaar purpurn. Ich werde in Sidi Ifni sein.

Die Hupe des Taxifahrers wird dröhnen, nasaler Gesang, schnelles, unmögliches Banjospiel. So schnell werden wir fahren.

Ich werde ein Hotel in kreidigem Rosa führen. Die Farbe blättert in der Form der Kontinente und Ozeane ab, in denen ich lesen kann wie in Teeblättern.

Ich werde eine Affäre mit dem Filmvorführer aus dem Kino haben. Das Kino hat eine Anzeigetafel mit vielen demolierten Glühbirnen. Er spricht nur Spanisch und grunzt *Me gusta*, während er stößt. Der Film in dem lauten Projektor. Du auf der Leinwand. Du auf dem Highway, als das Auto liegenblieb, in deinem gelben Regenmantel. Du, vom Nebel am Signal Hill verschluckt. Du, wie du in der Küche zu Bob Dylans Geschrei herumzappelst. Deine Stimme durch die Wand, übertrieben munter, als du deiner Tochter Gute-Nacht-Geschichten vorliest. Du, wie du mit dem Gartenschlauch kauernd auf deine Schwester gewartet und dann versehentlich deine Mutter nassgespritzt hast, all die Jahre von ihr heruntergespritzt, sodass ihr Gesicht, als sie wieder hineinhastete, dem einer Vierzehnjährigen glich.

Ich werde mit meinem spanischen Geist im Staub tanzen. Wir werden Tango tanzen, sehr ernsthaft. Vom Schweiß zerläuft mein Make-up, und wir pressen unsere Wangen aneinander. Wir werden nach Gin riechen, der uns aus den Poren tritt, ein hauchdünner Film auf der Haut. Sein borstiger Schnauzer wird mich kitzeln. Er wird sagen *Mi amor mi amor*, und dann wirst du – mit Air Canada, einem klapprigen Bus und schließlich einem blauen Mercedes angereist – durch die Tür herein-stürmen, deren rostige Schlösser du in der Faust zerdrückt hast. Du wirst deine Jeans und die Hosenträger anhaben, aber statt dieses rosafarbenen T-Shirts wirst du ausnahmsweise mal ein dem Anlass entsprechendes Oberteil tragen, ein wei-ßes Piratenhemd mit Pluderärmeln. Du wirst ein Schwert zie-hen. Einen nach dem anderen wirst du die Knöpfe vom Hemd meines spanischen Troubadours abhauen. Sie werden zu Bo-den fallen, ein Rasseln, das klingt wie dein Zähneknirschen.

WAS
BEWACHEN

Die Sexarbeiterinnen sind einen Block weiter gezogen, von der Henry Street in die Livingstone Street. Es sind fünf oder sechs, alle paar Wochen taucht eine neue auf, oder eine verschwindet. Sie warten darauf, mitgenommen zu werden, eine nach der anderen, auf den Betonstufen der grasbewachsenen Verkehrsinsel vor Lauries Haus.

Die Verkehrsinsel, ein von ausgewachsenen Bäumen markiertes Dreieck, war kürzlich Gegenstand einer städtebaulichen Maßnahme. Man hat ein Denkmal für die Holloway School errichtet, eine protestantische Grundschule, die vor einigen Jahrzehnten abgerissen wurde, als das katholische und das protestantische Schulsystem verschmolzen.

Ein erhalten gebliebener Betonbrocken aus dem Fundament der Schule wurde mit dem Gabelstapler in der Mitte der Verkehrsinsel platziert und dann mit einem Gehäuse aus Backstein samt kupfernem Zeltdach versehen. Es ist eine gedrungene Säule, umgeben von einem Kiesweg mit ein paar Parkbänken und neuen Sträuchern in frisch angelegten Zedernmulch-Ovalen.

Unverändert stehen lassen musste die Stadt allerdings den hässlichen braunen Metallkasten, der den Zugang zu unterirdisch verlaufenden Telefonkabeln ermöglicht, an seiner Vorderseite ein abblätternder gelber Warnaufkleber.

Abends sitzt Laurie mit ihrem Laptop im Fenster ihres Wohnzimmers, gegenüber der Verkehrsinsel. Sie skypt mit Lila, ihrer Tochter, die in Montreal einen Sommersprachkurs macht.

Lila ist einundzwanzig, und in ihrem Wohnheim gibt es kein Internet, deshalb skypt sie von nahen Straßencafés aus. Montreal erlebt gerade eine Hitzewelle, und Lilas Haar lockt sich in der Feuchtigkeit, ihre Augen sind groß und blau, und ihre Bewegungen in der Bruthitze erscheinen auf dem bläulich leuchtenden Bildschirm in matter Zeitlupe, hinter ihr das Getöse der Stadt, zwischendurch jähes Knistern oder weißes Rauschen. Manchmal ist im Hintergrund das Scheppern der Töpfe und Deckel auf den Demonstrationen zu hören. Lila drängt Laurie immer wieder, sich auf YouTube die Polizeigewalt anzuschauen.

Die haben jemanden mit einem Streifenwagen angefahren und dann nicht mal angehalten, sagt Lila. Das ist Fahrerflucht.

Manchmal bewegen sich Lilas Lippen wegen einer technischen Verzögerung erst nach dem Sprechen, ein stummes Echo, das allem, was sie sagt, zusätzliches Gewicht verleiht.

Laurie hat Lila noch nichts von der Trennung gesagt. Sie bringt es nicht über sich. Ihre Tochter kommt ihr vor wie eine Abgesandte aus ihrer eigenen Jugend. Sie erwartet dauernd, dass ihre Tochter irgendeine Wahrheit von sich gibt, und sei sie noch so fragmentarisch, die alles rückgängig machen wird. Sodass sie wieder einundzwanzig ist, wie damals, als sie Gary kennenlernte. Sie waren durch Indien getrampt. Sein ausgeblichenes Piratenhemd aus Baumwolle, der Duft seiner Sandelholzseife, die riesigen Blutegel, die sich während des Monsuns an ihren Knöcheln und Waden festgesaugt hatten. Sie hatten sie mit normalem Tafelsalz bestreut und dann zugeschaut, wie sie sich einrollten und abfielen.

Willst du mal mein Kleid sehen? Ich habe es auf einem privaten Flohmarkt gekauft, sagt Lila, während sie den Laptop bereits auf dem Cafétisch abstellt, das Bild wackelt und bebt. Sie streckt die Arme aus, dreht sich zur Seite und wieder zurück. Lauries Tochter in einem zarten Seidenkleid aus bunten Schals, der Rock vom Wind gebauscht. Dann kommt sie gemächlich wieder näher, und für einen Augenblick füllt sich der Bildschirm mit wogendem, zuckendem Rot, dem Ende eines der Schals.

Wie läuft dein Kurs?, fragt Laurie. Lila schaut weg, über ihre Schulter, einen ausgedehnten Moment lang.

Ich muss jetzt aufhören, Mom, sagt sie. Und dann sagen ihre Lippen es stumm noch einmal.

Eine der Sexarbeiterinnen hat irgendein Problem mit ihrem rechten Bein. Sie trägt Overknee-Stiefel, und zuerst denkt Laurie, dass wohl einer der Absätze abgebrochen und womöglich nur noch lose mit der Sohle verbunden ist. Ein eigenartiges Wanken, als wäre irgendetwas außerhalb ihrer Person nicht in Ordnung und sie müsste es mit jedem Schritt erst wieder zur Kenntnis nehmen. Aber es ist einfach ihr Gang.

An manchen Abenden, wenn sie high ist, ringt das Mädchen die Hände, wie beim Händewaschen, und dreht zwanghaft den Kopf hin und her, rechts, links, um den Verkehr im Blick zu behalten, selbst wenn gar kein Verkehr ist. Sie wird immer dünner. Sie hat ein Handy, und die meisten Freier fahren Pick-ups. Sie kommen Long's Hill herunter, fahren an

Lauries Fenster vorbei und bremsen, und das Mädchen klappt das Handy zu, humpelt zu dem Auto und redet durchs Fenster mit dem Fahrer, dann geht sie vorne um den Wagen herum und steigt auf der Beifahrerseite ein.

In der Abenddämmerung gibt es eine kurze Phase, in der das Licht körnig wird und die Konturen verschwimmen, und Laurie weiß, dass man sie dann von der Straße aus nicht sehen kann. Sie fühlt sich unsichtbar. Zur selben Zeit hört man Stimmen auf der Straße aus irgendeinem Grunde besonders deutlich. Klar und intim. Sie hat mal eine Sexarbeiterin zu einer anderen sagen hören, sie solle vorsichtig sein.

Sei vorsichtig heute Abend.

Du auch, Schätzchen.

Sie hört die Schuhe der Frauen auf dem Pflaster. Sie hört die Türen der Pick-ups, wenn sie einsteigen, die Reifen auf dem Asphalt.

Dann letzte Woche eine Art Sportwagen, schwarz mit Rostflecken und einem tiefblauen Rallystreifen auf der Motorhaube, das Hinterteil des Wagens brach aus, als er mit quietschenden Reifen die Long Street entlangraste. Schleudernd kam er zum Stehen, die Scheinwerfer in die kleine Gasse gerichtet, die zum Tessier Place führt, der Fahrer stieg aus und rannte hinter einem der Mädchen her, und Laurie lief auf die Straße hinaus, sie konnte das Mädchen schreien hören, der Mann brüllte etwas, und dann hörte sie noch eine andere Männerstimme. Anscheinend hatten die beiden dem Mädchen einen Hinterhalt gelegt.

Der Fahrer des Sportwagens hatte die Tür offen stehen lassen, der Motor lief noch, und Musik wummerte. Laurie war gerade dabei gewesen, Sahne zu schlagen, und hatte die Stahl-schüssel mit dem Schneebesen im Hinausrennen auf der Trep-pe abgestellt. Mit verschränkten Armen wartete sie mitten auf der Straße, am ganzen Leib zitternd. Dann sah sie das Mäd-chen, sein rotes T-Shirt, über die Livingstone Street in einen Garten rennen. Es war das Mädchen mit dem wankenden Gang. Sie hatte sich wohl durch das Erlendickicht am Tessier Place gezwängt, das einen schmalen Durchgang zwischen zwei Häusern verdeckte.

Der Fahrer trabte durch die Gasse zurück und stieg wieder in sein Auto, und Laurie ging zu ihm hin und fragte, warum er dem Mädchen nachgelaufen sei. Der Mann sagte, er sei Poli-zist.

Sie sind von der Polizei?, fragte Laurie. Sie hatte die Arme fest verschränkt und umfasste ihre Ellbogen, aber ihre Stimme rutschte immer wieder in die Höhe, wurde schrill.

Ja, sagte der Mann. Genau. Die schwarzen Ledersitze lagen tief, vorn leuchteten blaue Lichter, der Geruch von Rasierwas-ser drang heraus. Ein strenger Moschusgeruch mit einem Hauch von Süße, vielleicht Kokos, der etwas Saures über-lagerte. Vielleicht hatte er da drinnen Milch verschüttet. Der Mann war kahl, seine Arme waren sehr kräftig, sein Hals war dick und hässlich, und sie fragte ihn noch einmal.

Sie sind also Polizist, sagte sie.

Kein richtiger, sagte er. Ich bin Wachmann. Dieses Mäd-chen hat mir etwas gestohlen.

Tatsächlich, sagte Laurie. Was denn für ein Wachmann? Aber er stieß bereits zurück.

Was bewachen Sie denn?, schrie Laurie. Das Auto fuhr mit

225

quietschenden Reifen rückwärts bis zum Anfang der Long Street, wendete dort, raste Long's Hill entlang, hinter der Verkehrsinsel vorbei, und verschwand um die Ecke in die New Gower Street. Als Laurie auf ihre Haustür zuging, hörte sie von drinnen ein metallenes Klappern. Der Hund hatte die Schüssel mit der Sahne gefunden und stupste sie mit der Schnauze gegen die Heizung, während er sie ausschleckte. Laurie rief bei der Polizei an, hatte sich aber das Autokennzeichen nicht gemerkt.

Später am Abend rief sie Gary an, aber der sagte: Das wollten wir doch eigentlich nicht machen.

Hast du Besuch?, fragte sie.

Laurie, sagte er.

Was ist mit Paarberatung?

Schauen wir erst mal, was das jetzt bringt.

Die Mädchen lassen sich in den Pick-ups auf den Parkplatz der Kirche fahren und tun im trüben Licht der eingeschalteten Innenbeleuchtung, was immer sie eben tun. Laurie kommt manchmal mit dem Hund dort vorbei, aber sie schaut nie hin, wenn ein Wagen mit laufendem Motor dasteht. Sie hat Angst auf dem dunklen Parkplatz, aber der Hund muss einfach ständig raus. Er ist noch jung, zwei Jahre. Ein lebhafter English Setter, der sie in den Hintern zwickt, wenn er aufgeregt ist, oder an ihr hochspringt, ihr die Vorderpfoten auf die Brust legt und sie gegen die Wand drückt.

Sobald die Haustür offen ist, zerrt er so heftig an der Leine, dass sie das Gefühl hat, er kugelt ihr gleich den Arm aus. Das Japsen und Keuchen, mit dem er sich nach vorn wirft, als drohte ihn das Halsband zu erwürgen. Hinter dem Kirchenparkplatz liegt unbebautes Gelände, ein steiler Hang mit jungen Bäumen, dann Schotter, ganz unten der leere Parkplatz der Tanzschule. Laurie hat den Hund an der Leine, während sie die Livingstone Street und Long's Hill überqueren, aber sobald sie die Kirche erreicht haben, macht sie ihn los, und er stürmt davon.

Seine Pfoten berühren kaum den Boden. Der Hund ist weiß, mit ein paar schwarzen Flecken, und im Licht der Straßenlaterne wirkt er silbrig und fließend. An dem grauen Müllcontainer am Ende des Parkplatzes bleibt er stehen und hebt das Bein, auch auf die Tulpen in dem Beet vor dem Gemeindesaal pinkelt er, und dann jagt er um die Ecke zu dem steilen Hang hinter der Kirche und wuselt im Gras zwischen den jungen Bäumen herum. Sie ruft ihn, aber er kommt nicht.

Einmal steht sie abends auf dem Parkplatz, und der Hund hat ein Fleckchen im hohen Gras gefunden, er hat den Rücken gekrümmt und den Schwanz gehoben und versucht angestrengt zu scheißen, da wird ein Motor angelassen und Scheinwerfer leuchten auf. Laurie ruft nach dem Hund. Sie beugt sich vor, klopft auf ihren Oberschenkel, beschwört ihn zu kommen.

Hierher, Hunter, sagt sie. Los jetzt, komm. Der Hund taumelt ein, zwei Schritte nach vorn, bleibt ansonsten aber, wo er ist, und der Pick-up nähert sich. Es ist nach Mitternacht, und sie dreht sich um und geht mit flottem Schritt den Parkplatz entlang, die Leine über die Schulter geworfen. Der Pick-up schließt zu ihr auf und kriecht dann neben ihr her, unter den Rädern knirscht der Schotter, ab und zu eine Pfütze.

Schöner Abend heute, sagt der Mann. Laurie sieht ihn nicht an.

Lassen Sie mich in Ruhe, sagt sie.

Bisschen Gesellschaft gefällig? Dann kommt der Hund aus dem Nichts herangeschossen und knallt gegen ihre Kniekehlen, sodass sie stolpert. Er bellt und knurrt und schnappt nach dem Pick-up, und der Mann fährt los und biegt auf Long's Hill ein, Richtung Parade Street.

Zur Einweihung des Denkmals auf der kleinen Verkehrsinsel findet ein Gottesdienst statt. Die Livingstone Street ist für zwei Stunden gesperrt, auf dem Asphalt stehen jetzt hundert Klappstühle, und eine Schulkapelle spielt, Laurie kann sie vom Bad aus hören.

Die Musik schwingt in der gusseisernen Wanne nach, Laurie spürt sie im Hintern, in den Fußsohlen, an den Schultern. Sie spielen Musical-Songs, *Over the Rainbow, Singin' in the Rain.*

Ihr zwölfjähriger Sohn Carl und sein Freund Neil haben das Fenster im Bad eingeschlagen, die zerbrochene Scheibe ist momentan nur mit einem Stück Sperrholz abgedeckt. Laurie hat einen Kostenvoranschlag für eine Neuverglasung eingeholt, aber die Handwerker haben furchtbar viel zu tun. Es kann noch den ganzen Sommer dauern.

Anscheinend hatten Carl und Neil den ganzen Nachmittag in Carls Zimmer Videospiele gespielt, amerikanische Soldaten sprengen irakische Kasernen in die Luft, schießen mit Maschinengewehren auf alles, was sich bewegt, verpixelte Blutfontänen und Rauchschwaden. Sie hatten ein beträchtliches

Level an Erregung und aufgestauter Langeweile erreicht und barsten regelrecht aus dem Zimmer, flogen gegen die Wand und das Treppengeländer, zwängten sich in das winzige Bad und knallten die Tür hinter sich zu, um imaginäre Angreifer abzuwehren.

Dort im Bad erzählte Carl Neil, dass er mal gesehen hatte, wie seine Eltern in einem Fluss geschwommen waren und sein Vater seiner Mutter Wasser ins Gesicht gespritzt hatte.

Laurie hörte die ganze Geschichte erst von Carl, dann von Neils Mutter und schließlich von Lila, die an dem Abend als Babysitterin fungierte und ihrem Bruder seine Version des Geschehens abringen konnte. Lila hatte von der Küche aus die Badezimmertür zuknallen hören und war drauf und dran gewesen, Neil nach Hause zu schicken.

Carl also, so die Geschichte, hatte sich am Waschbecken den Mund mit Wasser gefüllt und es Neil ins Gesicht gespritzt. Das, erzählte ihr Lila, hatte dann zu der Schlägerei geführt.

Carl hatte gesagt, seine Eltern hätten sich unter einen Wasserfall gestellt und sein Vater sei untergetaucht und nicht mehr zu sehen gewesen, und als er wieder auftauchte, seien seine Backen prall mit Wasser gefüllt gewesen. Seiner Mutter habe der Wasserfall auf den Kopf geprasselt, und dichter weißer Schaum habe um ihre Schultern gelegen wie ein Pelzmantel. Carl hatte den Wasserhahn aufgedreht, den Mund druntergehalten, sich schnaubend und mit unterdrücktem Kichern wieder aufgerichtet und Neil das Wasser voll ins Gesicht gespuckt.

Es stimmte, da war dieser Wasserfall gewesen letzten Sommer, ein paar Jugendliche auf Enduros oben auf dem Kliff, und Laurie hatte mit der Hand die Augen beschirmt, um gegen das Licht die Teenager da oben zu sehen, die den Motor ihrer Maschinen aufheulen ließen.

Sie konnte nicht erkennen, wer sie waren und ob sie auf ihren Motorrädern über die Kante sausen würden, sodass die Maschinen sich von ihren Körpern lösen würden, während sie in die Gumpe stürzten, Garys Hände lagen auf ihren Schultern, eins seiner Beine zwischen ihren, und der arme kleine Carl hatte ihnen vom Ufer aus durch den Dunst des Wasserfalls zugesehen. Das Tosen des weiß schäumenden Wassers war ohrenbetäubend, und Carl hatte zitternd unter einem nassen Handtuch gekauert.

Gary war untergetaucht, und Laurie, die in der Badewanne liegt, taucht mit dem Kopf unter, als sie wieder hochkommt, ist die Band draußen bei einem ABBA-Hit angelangt, und Gary kam wieder hoch, schüttelte den Kopf, sodass die Wassertropfen flogen, ein glitzernder Fächer, er hatte die Backen prall voll mit Wasser und spritzte es auf Lauries nach oben gerichtetes Gesicht, nach oben gerichtet, damit sie das Wasser auffangen konnte, lachend, mit offenem Mund, und das goldene Licht der sinkenden Sonne hatte im Sprühnebel kleine Regenbögen entstehen lassen.

Wo ist Gary jetzt?, fragt sich Laurie. Wo ist er?

Carl hatte in dem engen kleinen Badezimmer zu Neil gesagt: So hat er das gemacht, so hat mein Dad meiner Mom das Wasser ins Gesicht gespritzt. Carl spuckte Neil das Wasser ins Gesicht, und Neil wurde sofort wütend, packte Carls Hemd nah am Hals mit beiden Fäusten und schleuderte ihn gegen das Fenster, einmal und dann noch einmal, die Scheibe zerbrach, und Carl hing schon halb draußen, aber Neil hielt ihn fest. Hielt ihn am Hemd, zerrte ihn wieder ins Bad herein, und Laurie kann richtig vor sich sehen, wie die Sexarbeiterin mitten auf der Straße stehen blieb, das Mädchen mit dem komischen Hinken, und zu den Jungs hochschaute, erstaunt und händeringend, händeringend.

Laurie war mit Gary in Kuba, als das Fenster eingedrückt wurde. Sie waren nach Baracoa gefahren, letzten Monat war das erst gewesen, und hatten bei einer Familie gewohnt, jeden Morgen hatten sie auf dem Dach gefrühstückt, mit Blick über die Stadt, an drei von den sieben Tagen hatte es in Strömen geregnet. Sie tranken wunderbar seidige heiße Schokolade aus einer Teekanne, die ihnen die Frau des Hauses aufs Dach brachte, und wenn es regnete, saßen sie unter einem gewellten grünen Fiberglasquadrat, während die Blitze über die Himmelskuppel zuckten.

Die Reise war ein letzter Versuch. So drückte Gary es später aus.

Es gab eine Schokoladenfabrik, noch von Che Guevara eröffnet, und heiße Schokolade war eine Spezialität der Region, außerdem gab es ein Hotel, zu dem hundert Stufen hinaufführten, und die stiegen sie hoch, setzten sich oben an den Pool und tranken Bier, das ihnen ein Kellner mit Fliege servierte. Sie hatten ein Taxi zum Strand genommen, als das Wetter aufklarte.

Sie hatten viel Sex gehabt, üblen Sonnenbrand bekommen, und einmal waren sie in eine Bar gegangen, wo Laurie von einem professionellen Tänzer, der in der Bar angestellt war, um die Gäste aufs Parkett zu bringen, zum Tango aufgefordert wurde.

Es war ein großer Schwarzer, der trotz seiner schlechten Haut sehr gut aussah, und Laurie war erst nicht klar, dass er dafür bezahlt wurde, mit ihr zu tanzen.

In der Badewanne dachte sie daran, wie sich das angefühlt hatte, seine Hand auf ihrem Kreuz, die Musik, und wie er sie nach hinten über sein Knie gebogen hatte, sie hatte das Gefühl gehabt, durchaus mithalten zu können, und gesehen, dass er überrascht eine Augenbraue hochzog, weil sie so gut war. Es hatte ihr einen totalen Kick gegeben, hinterher Garys Gesichtsausdruck zu sehen.

Froh hatte Gary gewirkt, strahlend, wie er da mit seiner Zigarre am Tisch auf sie wartete. Er schien stolz auf sie zu sein. Wie sexy sie war, außer Atem, erhitzt und anmutig, hinterher hatte es Applaus gegeben. Sie hatte eine ironische kleine Verbeugung gemacht und dann eine schwungvolle Geste in Richtung ihres Tanzpartners, und auch er hatte sich verbeugt. Er hatte sein Hemd ein paarmal mit Daumen und Zeigefinger von der Brust weggezogen, als hätte sie ihn ins Schwitzen gebracht oder als hämmerte ihm das Herz in der Brust, und das Publikum lachte. Er hatte sich die Stirn gewischt und durch die zum O geformten Lippen die Luft ausgestoßen, richtig dick aufgetragen, und das Publikum jubelte. Der Mann brachte das Publikum zum Lachen, aber sein Verhalten ihr gegenüber hatte etwas Aufrichtiges.

Sie hatte aus dem Augenwinkel die Andeutung einer Grimasse gesehen, einer gewissen Anstrengung. Als hätten sie gemeinsam versucht, das Publikum auf ihre Seite zu bringen, und es wäre ein heikles Unterfangen gewesen. Er hatte ihre Finger fest umschlossen, sie in seiner erhobenen Faust zusammengedrückt, als sie sich zum letzten Mal verbeugten, dann hatte er sie losgelassen und ihr zwei Kusshände zugeworfen.

Später, als Gary und Laurie am Aufbrechen waren, hatte sie kurz über die anderen Gäste hinweggeschaut, der Mann saß an der Bar, und sie hoffte, er werde ihren Blick bemerken, er sah sie, hob ein Schnapsglas mit einem im Licht schimmernden dunkelgelben Drink und nickte, als hätten sie eine Vereinbarung getroffen.

Als Laurie und Gary nach St. John's zurückkamen, entdeckten sie die Fensterscheibe.

Na super, sagte Gary. Wer soll das jetzt wieder in Ordnung bringen? Kannst du mir das mal sagen?

Lila brach direkt am nächsten Morgen nach Montreal auf, und zwei Wochen später fuhr Carl ins Sommerlager und Gary sagte ihr, er wolle es mal mit einer Trennung versuchen, was aus heiterem Himmel kam, zugleich aber auch nicht.

Die Vibration in der gusseisernen Badewanne, als die Blaskapelle *Darling, can't you hear me, SOS* spielt. Auf der Fußleistenheizung glitzern noch Glassplitter.

Laurie glaubt, dass der braune Telefonschaltkasten wahrscheinlich irgendeine Art von Strahlung aussendet, die rätselhafte Nervenschäden verursacht. Sie kennt einen Mann, neben dessen Badezimmerfenster ein Sendemast stand und der an einer fortschreitenden, bald halbseitigen Gesichtslähmung litt. Als die Lähmung auch auf den Hals überzugreifen begann, entschied er sich auszuziehen.

Die Sexarbeiterinnen haben ihren Standort in Lauries

Straße verlegt, weil es letztes Jahr eine Facebook-Kampagne gab, um die Freier in der Henry Street zu beschämen. Das hinkende, händeringende Mädchen sitzt meistens auf den Betonstufen vor dem braunen Metallkasten, und Laurie nimmt an, dass das Mädchen irgendwann im Gesicht oder überall gelähmt sein wird.

Vor ein paar Abenden hat sie das Mädchen ins Handy sagen hören: Du weißt doch, dass ich alles für dich tun würde. Aber verlang nicht von mir, dass ich es allein mache. Das Mädchen warf den Arm in die Luft, eine Geste, mit der sie die ganze Straße einschloss, auch Laurie, die wegen der Lichtverhältnisse zu dieser Tageszeit unsichtbar war, und all die Autos und Häuser, die Kirche, den Parkplatz und das jämmerliche, stummelige Denkmal, als würde das Mädchen der Person am Telefon die ganze Welt geben, wenn es denn möglich wäre und wenn es bedeutete, dass sie nicht allein sein müsste.

Laurie hatte zugesehen, wie das Mädchen, das Handy ans Ohr gepresst, die Straße entlanggehumpelt war. Die Pfingstrose, die Laurie in einer niedrigen Glasvase auf dem Beistelltisch stehen hatte und die vom Tischschmuck eines Abendessens übrig geblieben war, das sie kürzlich gegeben hatte, der ersten Essenseinladung ohne Gary, hatte ihre Blütenblätter verloren, und während Laurie das Mädchen beobachtete, fuhr sie mit dem Finger zwischen den abgefallenen Blütenblättern umher, die unter der Berührung schrumpelig und klebrig und schwarz wurden.

Verlang nicht von mir, dass ich es allein mache. Der schwarze Wagen tauchte wieder auf, der mit dem blauen Rallystreifen, er kroch auf der Livingstone Street neben dem Mädchen her, aber sie stolperte weiter und ignorierte den Fahrer. Was hatte sie gestohlen? Sie hätte ihm alles nehmen sollen. Es hätte nicht genügt, dachte Laurie.

Laurie wird mitten in der Nacht von hupenden Autos geweckt. Wildes Gehupe, wie bei einer Hochzeit. Der Hund tapst die Treppe hinunter, läuft zum Wohnzimmerfenster und stellt die Vorderpfoten aufs Fensterbrett, bellt. Laurie wirft die Decke ab, zieht sich ihre Jeans an, greift nach dem Telefon und wählt im Hinuntergehen Garys Nummer.

Das Klingelzeichen tutet ihr endlos ins Ohr. Vier Autos rasen mit gedrückter Hupe um die Verkehrsinsel herum, hintereinander, in einem Affenzahn. Die Sexarbeiterin mit dem bösen Bein steht vor dem braunen Schaltkasten gegenüber von Lauries Fenster. Von ihrem Handy, das sie gegen die Brust presst, geht ein schwaches grünliches Licht aus. Die vier Fahrzeuge haben sie eingeschlossen, eines biegt auf zwei Rädern um die Kurve, und sie zögert noch, aber es sieht so aus, als wollte sie gleich zwischen den Autos hindurchlaufen.

Sie sieht Laurie am Fenster, und sie wird gleich zu ihr hinüberrennen. Reißaus nehmen. Danach sieht es jedenfalls aus. Reifen quietschen, die Warnblinker sind eingeschaltet, und auch in den Häusern ringsum gehen jetzt Lichter an. Die Autos brechen mit dem Heck aus, nehmen schleudernd und quietschend die Kurven, und einer erwischt dabei einen geparkten Wagen, Funken fliegen, und das wilde Hupen geht immer weiter. Genau in dem Moment, wo Gary schließlich ans Telefon geht, hämmert Laurie mit der Faust gegen die Scheibe und schreit, so laut sie kann: Bleib, wo du bist.

Lyle und Anna wechseln auf dem Weg zur Dinnerparty der Ivanys kaum ein Wort. An einer Ampel auf der Empire Avenue fragt Anna ihn, was er glaubt, was es bei den Ivanys zu essen geben wird. Lyle sagt, er weiß es nicht.

Sie kommen am Friedhof vorbei. Eine Gruppe von Menschen steht zusammengedrängt im Dunkeln, neben einem offenen, leeren Grab mit einem Schutzdach darüber. Eine Frau am Rand der Gruppe hält einen dicken Strauß gelber Rosen in Plastikfolie, die Blüten zeigen zum schlammigen Boden. Anna fragt sich, was diese Leute abends auf dem Friedhof tun. Vor dem schwarzen Mantel der Frau wirken die Rosen lebendig. Sie sehen aus, als schwebten sie. Ein steinerner Engel auf einem Grab in der Nähe des Maschendrahtzauns hat Schnee auf den Flügeln, in den Augenhöhlen, auf der Unterlippe. Auch der Maschendrahtzaun hat einen feinen Überzug aus Schnee. Die Frau mit den Rosen sagt etwas zu dem Mann neben ihr. Er neigt ihr das Ohr zu.

Lyle tritt mehrmals hintereinander auf die Bremse, und das Auto bricht hinten aus, schlingert wie ein Boot, das vom Pier abgestoßen wurde. Ein Cadillac, grau und grazil wie ein Delfin, pflügt Schnauze voran durch eine hohe, geschwungene Schneewehe auf dem gegenüberliegenden Bürgersteig. Anna wirft den Arm über die Lehne und greift nach Petes Kindersitz. Lyle kommt haarscharf vor der Stoßstange des Wagens vor ihnen zum Stehen. Die Ampel wird grün; sie lassen den Friedhof hinter sich.

Anna sagt: Ich weiß jedenfalls, was ich gern hätte. Ich hätte gern ein Roastbeef, ein schönes blutiges Stück Fleisch.

Lyle sagt: Wahrscheinlich gibt es genau das.

Glaub ich nicht, sagt sie. Sie ist so müde, dass sie nur noch nach Hause will. Sie ist sauer auf Lyle, weil ihn die Aussicht auf die Party so begeistert. Er ist eine Herde Wildpferde, hat sie schon hinter sich gelassen. Trommelt mit seinen lederumhüllten Fingern auf das Lenkrad. Sie haben noch nicht besprochen, wer nüchtern bleibt, aber das ist längst entschieden, vielleicht seit sie entdeckt hat, dass sie schwanger ist. Er darf trinken, sie nicht. Er kurbelt das Fenster herunter und wischt mit einer alten Zeitung über die Windschutzscheibe. Kalter Wind und Schnee wehen ins Auto.

Was für ein Wetter, sagt er.

Sie klappt den Schminkspiegel in der Sonnenblende herunter, um nach Pete zu sehen. Er schläft, die Kapuze seines Schneeanzugs umschließt sein Gesicht, seine winzigen Augenbrauen sind konzentriert zusammengezogen.

In letzter Zeit schläft er nicht viel. Eine Ohrenentzündung oder vielleicht ein neuer Zahn, Anna weiß es nicht. Abwarten, hat die Ärztin gesagt. Aber Lyle und sie sind in den letzten drei Wochen schneller gealtert als in den zwölf Jahren davor. Gestern Nacht um halb drei fing Pete an zu weinen, und Lyle schlug die Decke zurück und setzte sich einfach nur auf die Bettkante, die Ellbogen auf den Knien, die Hände vorm Gesicht. Anna wartete darauf, dass er etwas tat, aber er tat nichts.

Ich wollte an diesem Punkt in meinem Leben eigentlich mit anderen Dingen beschäftigt sein, sagte er.

Mit was denn?

Schlafen zum Beispiel.

Anna tastete nach ihrer Brille und setzte sie auf. Pete stand in seinem Kinderbettchen und umklammerte die Gitterstäbe. Anna machte die Nachttischlampe an, und in dem breiten Lichtstrahl sah sie die Tränenspuren auf seinen Wangen schimmern. Pete holte tief Luft, und sein Körper wurde ganz starr. Er atmete vollkommen lautlos ein. Den Mund weit aufgerissen, das Gesicht wurde immer röter. Anna stellte sich vor, dass gerade das gesamte Universum in seinen kleinen Körper gesaugt wurde, sie und Lyle, ihre elfjährige Tochter Alex, die Telefonmasten, schmutzige Schneewehen, ein paar Pennys, Weihnachtsgeschenke, der Atlantik, Asteroiden. Und dann alles retour. Pete legte den Kopf in den Nacken, und die Welt, rau und untröstlich, kam wieder heraus. Anna hörte direkt unter dem Fenster einen Schneepflug seine Schaufel senken, das arthritische Knirschen und metallische Scheppern, als die angegrauten Zähne des Schneepflugs auf den Asphalt trafen, dann das Ächzen der Bremsen, bevor die Warnglocke ertönte. Die weißen Jalousien des Schlafzimmers wechselten zwischen apokalyptischem Blau und unterweltlichem Orange. Sie hatte nicht damit gerechnet, sich alt zu fühlen.

Anna fragte: Hast du vor, irgendwas zu tun, Lyle?

Lyle antwortete nicht, also stand Anna auf und hob Pete aus dem Bettchen. Sie schaltete die Deckenlampe an.

Was soll ich denn tun, fragte Lyle. Seine Hände waren von seinem Gesicht herabgesunken und lagen nun auf seinen

Knien, aber er hob den Kopf nicht. Er schaute auf den Boden. Sie sagte ihm, er solle weiterschlafen.

Ja und du? Er klang aufrichtig verwirrt. Er hatte nie Kinder gewollt, gar keine, aber als sie dann kamen, versuchte er sein Teil beizutragen. Er wühlte Petes Fläschchen aus den Decken im Kinderbett, ging durch den Flur und blieb vor dem Zimmer seiner Tochter stehen.

Alex schlief, einen Arm über den Hund gelegt, dessen Hinterbeine auseinanderhingen, der Penis war steif und sah wund aus, die Eier von kurzem, silbrig glänzendem Haar überzogen, unter dem rosige Haut hindurchschimmerte. Sie mussten den Hund kastrieren lassen; er bellte nachts im Garten, selbst mit Maulkorb, und die Nachbarn beschwerten sich. Ein Wachsmalstift war auf der Heizung geschmolzen, und das Zimmer roch nach verbranntem Staub und Wachs, muffig und fruchtig, wie Kirschen und Samt. Alex' Steppdecke war vom Bett gerutscht. Ihr Schlafanzug war mit roten Regenschirmen bedruckt, die in der Wäsche abgefärbt hatten, sodass jeder der windgeschüttelten Schirme eine rosa Aura hatte. Das von Reif überzogene Fenster, Alex' geöffneter Mund – die Unterlippe glänzte im sepiafarbenen Licht der Stadt –, das alles zusammen rüttelte Lyle auf. Weckte ihn, unwiderruflich. Er war jetzt hellwach.

Lyle deckte Alex bis zum Kinn zu. Dann stand er da und erinnerte sich an einen Nachmittag letzten Sommer, als er und Alex bei den Archibald Falls schwimmen gegangen waren, an der Conception Bay, wo sie ein Haus hatten. Es war ein längerer Fußmarsch durch den Wald bis zum Wasserfall, und meistens waren Alex und er dort allein. Unterwegs hatten sie wilde

Erdbeeren und Brombeeren gepflückt und sie im Gehen gegessen. Sie hatten sich Schwimmbrillen mit gelb getönten Gläsern aufgezogen und zwei kleine Forellen beobachtet, die direkt unterhalb der kerzengeraden, fedrigen Wassersäule im Kreis schwammen. Danach setzten sie sich auf die flechtenfleckigen Felsen und lasen beide in ihren Büchern.

Als er jetzt mit dem leeren Babyfläschchen in der Hand am Fußende von Alex' Bett stand, spürte Lyle, wie ihn dieser Sommernachmittag durchbrauste. Das Rauschen des Wasserfalls, der Duft der Heckenrosen und, wenn der Wind sich drehte, ein giftig süßlicher Geruch von einer fernen Müllkippe in den Hügeln. Abends hatte er auf dem Campingkocher Bohnen warm gemacht und Rührei gebraten. Sie hatten draußen gegessen und beim Essen wieder gelesen. Es war ein richtiger Lesetag gewesen. Sie hatten kaum miteinander gesprochen, aber zu einer tiefen Eintracht gefunden, bis der Junge von nebenan durchs Gras gewatet kam. Er war so alt wie Alex, gerade elf geworden, hatte fransige Haare, Sommersprossen und hellblaue Augen, die gebieterisch dreinschauten. Er trug einen frisch gefangenen, auf einer Dominion-Tüte liegenden Kabeljau vor sich her. Ohne ein Wort hatte Alex ihr aufgeklapptes Buch umgedreht, sodass der Plastikeinband von der Bücherei knackte. Sie zog sich mit einem Finger den baumelnden Sneaker über die Ferse und folgte dem Jungen um die Hausecke.

Lyle beobachtete die beiden durch die alte, schlierige Scheibe des Küchenfensters, während er das Geschirr abspülte. Die Küche roch nach Holzfeuer und bitteren Wildäpfeln. Lyles Hund, Sic'um, stürmte dem Jungen durch die Wiese hinterher, bis die Nylonleine sich mit einem Schlag straffte, Wassertropfen über das Gras flogen und dann schimmernd darin hängen blieben und der Hund ein paar Schritte zurückgeschleudert wurde. Die Kinder standen sich reglos gegenüber. Der Junge legte beide Hände vor der Brust aneinander und verbeugte sich tief. Dann ballte er neben seinen Hüften die Fäuste, hob einen Fuß auf Schulterhöhe und schwang ihn sanft, wie in Zeitlupe, auf Alex' Kinn zu. Sie tat, als hätte der Fuß sie am Kinn getroffen, warf sich, ballerinaartig mit den Armen wedelnd, nach hinten und verschwand im Gras. Der Junge stand wartend da, als suchte er einen See nach einer Schwimmerin ab, die schon zu lange unter Wasser war. Dann hechtete auch er in das hohe Gras, in dem Alex verschwunden war. Dort, im Gras, blieben sie. Als Alex dann hereinkam, um ihm in der Küche zu helfen, war sie auf eine Weise in sich versunken, wie Lyle es bei ihr noch nie erlebt hatte. Als ihre Blicke sich schließlich trafen – er hatte die Petroleumlampe angezündet, und die Dunkelheit in der Küche hatte sie beide umschlossen wie zwei riesige Hände, die eine Motte umschließen –, schien sie überrascht, ihn zu sehen. Sie sagte: Ein paar Mädchen in meiner Klasse tragen Sport-BHs. Sie war dabei, eine Brotscheibe mit einem Messer und einem Klumpen Butter zu traktieren. Aber, sagte sie, bei mir wäre in so einem BH natürlich nicht viel drin. Sie blickte auf, und ihr Gesicht war ganz rosig vor Scham und freudiger Aufregung.

Nachdem die Küche aufgeräumt war, gingen sie wieder hinaus, wo es noch hell genug war, um zu lesen. Ihre Bücher waren klamm, feiner Abendtau wellte seinen Heidegger. Sie lasen gemeinsam, bis der Junge wiederkam, er schlug mit einem Hockeyschläger aus Plastik auf das Gras ein. Er wollte mit Alex Spotlight spielen, Fangen im Dunkeln.

Lyle blickte von seinem Buch auf. Am Nachmittag hatte er Heidegger gelesen wie jemand, der von einer zu dünnen Eisscholle zur nächsten hüpft, möglichst schnell vorankommen will, hatte auf schwierige Begriffe nur so viel Zeit verwendet, wie nötig war, um zum nächsten Begriff springen zu können. Ein günstiger, kräftiger Wind war über das Eis gefegt und hatte ihn getragen. Er hatte beim Lesen einen Ingwerkeks in seinen Kaffee getunkt und dann vergessen, dass er ihn in der Hand hielt.

Aber da waren der Junge und seine Tochter, die Fransen an ihrer abgeschnittenen Jeans, die roten Blinklichter in den Sohlen ihrer Sneakers. Der Keks hatte so viel Kaffee aufgesaugt, dass er in seiner Hand zerfiel, Lyle fing ihn mit dem Mund auf. Alex' Gesicht: die großen neuen Zähne, ihre sonnenverbrannte, sich schälende Nase, ihre leuchtend blauen Augen, ein zarter Schweißfilm an ihrer Schläfe. Seine Brust schmerzte, so unsagbar schön fand er sie. Jetzt wusste er nicht mehr, was er gerade gelesen hatte, das Argument fiel auseinander. Als er wieder in das Buch schaute, waren die Buchstaben unscharf. Es war zu dunkel, um weiterzulesen. Das war der Grund, warum er keine Kinder hatte haben wollen. Sie waren eine permanente Ablenkung. Das Feld aus losen Eisschollen sank unter ihm weg, und es blieb nur ein Begriff, die *Seinsverlassenheit*, womöglich ursprünglich aus dem Sanskrit. Wo war Anna an diesem Tag gewesen? Sie war mit Pete schwanger. Lyle hatte zugesehen, wie der blasse Lichtarm der Taschenlampe durch die Bäume strich.

Anna rief: Lyle, bringst du das Fläschchen? Ich warte hier nämlich.

Er war ein Mann, der träumte, er sei ein Schmetterling, der träumte, er sei ein Mann. Die Winternacht verschaffte sich Geltung. Schnee prasselte leise gegen die Scheibe. Das rote S der Scotiabank, das in der rechten oberen Ecke von Alex' Fenster zu sehen war, trug eine Kochmütze aus rosa schimmerndem Schnee.

Als Achtzehnjähriger hatte Lyle mit einem Mädchen namens Rachel geschlafen, er hatte sie in seinem ersten Jahr an der Uni kennengelernt. Rachel war siebzehn, und er schlief vielleicht fünf, sechs Mal mit ihr. Beim ersten Mal hatten sie sich im Breezeway getroffen, einer lauten Studentenkneipe, die von schweifenden bunten Spots erleuchtet wurde.

Danach hatten sie es nie darauf angelegt, sich zu treffen, sie waren sich einfach zufällig über den Weg gelaufen. Das letzte Mal begegneten sie sich auf diese Weise in dem winddurchtosten schmalen Durchgang zwischen der Bibliothek und dem Chemiegebäude. Sie trug einen langen, rot-weiß geringelten Schal, der waagerecht vor ihr flatterte. Der Wind schob sie vor sich her auf eine vereiste Stelle, und sie quiekte und schlitterte Lyle direkt in die Arme. Sie prallten mit den Oberkörpern aneinander, und als er die Nase in den vereisten Fuchspelzbesatz steckte, roch er ihr Lipgloss.

Es war nachmittags um halb fünf, schon dunkel. Seine Handgelenke ragten aus den Lederhandschuhen, die er auf Drängen seiner Mutter angezogen hatte, und sie fühlten sich an wie aus Glas, das weiß er noch, so als könnte man die Hände mit einem kräftigen Schlag sauber abtrennen. Es war unter null Grad. Sie waren mit dem Bus zum Haus ihrer Eltern gefahren. Die Busfenster waren grau vom Streusalz, und ein Mann mit Krücken, deren Griffe seine Unterarme wie Manschetten umschlossen, setzte sich neben ihn, seine Beine verdreht und steif wie Pfeifenputzer.

Rachel sagte Lyle, er solle aufhören, Philosophie zu lesen. Sie sagte: Romane sind der Knaller. Die solltest du lesen. Und sie schaute über ihre Schulter aus dem Fenster, als öffnete sich draußen auf der Straße gerade eines jener dicken Penguin-Taschenbücher, von denen sie immer eins in ihren Rucksack gestopft hatte – *Middlemarch, Anna Karenina* oder *Schuld und Sühne*. Er sagte ihr, seine Handgelenke seien kalt, und sie zog ihm den rechten Handschuh aus und legte ihren sengenden Mund auf das Handgelenk, sodass es prickelte und stach.

Als sie zum Haus ihrer Eltern in Mount Pearl kamen, zog sie eine vereiste, zusammengerollte Immobilien-Broschüre aus dem Briefkasten, die zum Knüppel erstarrt war. Sie stupste ihn damit in den Bauch, und als er nach unten schaute, schlug sie ihm auf die Wange. Das Eis an der Broschüre zersplitterte und hüpfte über die Treppenstufe. Der Schlag hinterließ ein Brennen.

Das war einfach so, sagte sie, also halt dich zurück. Sie wandte ihm den Rücken zu und schloss die Tür auf, und er folgte ihr hinein.

Sie rauchten ein bisschen Gras im Bad, eine vergilbte hauchdünne Gardine flatterte am offenen Fenster in den Nachthimmel. Dieser Liebesabend kommt ihm immer wieder in den Sinn, die Erinnerung daran überfällt ihn, wenn er müde oder betrunken ist, lässt ihn nicht los, fast kann er die knisternde Hoffnung jener Neubauviertels riechen, den Hauch von Zedernholz und Kampfer in den Rüschen der rosa Tagesdecke, die sich an seiner Wange erstaunlich rau angefühlt hatte, den Gestank des Dopes im stürmischen Wind. Eine orangebraune Katze mit buschigem Schwanz hatte den gold- und rostfarbenen Zottelteppich auf dem Wohnzimmerboden mit den Krallen hochgezogen, sehr nah an seinem Ohr.

Bei ihm verlieh Gras dem Sex eine träge Intensität. Jede Berührung verlor sich im Ungefähren, überschritt ihre Lebenserwartung. Sie hatte ihn unter dem Arm geleckt, und diese kühle Spur fühlte er noch Tage später, während er für seine Mutter Geschirr spülte, benommen von dem Dampf aus dem Spülbecken und der Hitze des Ofens, oder während er sich vor *Gilligans Insel* oder *Mini-Max* auf dem Wohnzimmerteppich fläzte, das samtweiche Ohr des Golden Retrievers zwischen den Fingern. Ihre Pobacken, Brüste wie zart angehäufte Schneeflocken, der rauchige Atem, die abgekauten Fingernägel mit dem abblätternden blauen Nagellack. Er hatte ihre Arme über ihren Kopf gehalten, beide Handgelenke in einer Hand. Hatte ihren BH mit den Zähnen heruntergezogen, sodass die eine Brustwarze über der zusammengeschobenen Lochspitze hervorlugte, und er spürte mit der Zunge, wie rau die Baumwolle war und wie zart das vorderste Spitzchen der Brustwarze, die sehr, sehr rosa war. Als er sie dort mit der Zunge berührte, wand sie sich und drückte sich an ihn. Ihr Mund war ein richtiger Schock. Ein heißer, aktiver Muskel, eine Strömung, eine Kraft.

Nachdem sie einander ausgezogen hatten, ging sie in die Küche, um etwas Wasser zu trinken. Sie hatten einen Kühlschrank mit einer Eiswürfelmaschine in der Tür, was er noch nie gesehen hatte. Ein supermoderner Kühlschrank vom gleichen spiegelnden Schwarz wie die anderen Küchengeräte. Sie hielt ihr Glas unter eine Tülle in der Kühlschranktür, die Maschine machte ein polterndes Geräusch, und das Glas füllte sich mit zerstoßenem Eis. Sie trank das Glas aus, füllte es erneut und hielt kurz inne, um ihn anzugrinsen, während sie sich mit dem Handrücken einen Tropfen vom Kinn wischte. Sie trug einen dicken Stimmungsring, der gerade dunkelgrün war, was ihr zufolge bedeutete, dass sie fickbereit war. Er hob sie hoch, eine Pobacke in jeder Hand, überrascht, wie leicht sie war. Ihre Beine schlangen sich um seine Taille, der Rücken war an die Kühlschranktür gepresst. Bei jedem Stoß hörten sie Dosen klappern und Gläser klirren, irgendetwas ging zu Bruch, der Motor brummte, ihre Hand schlug dreimal gegen die schwarze Tür. Ein Reddy-Kilowatt-Magnet rutschte die glänzende Tür herunter und fiel zu Boden.

Rachel kippte ihm Eis über die Brust, es fühlte sich an wie fliegende Funken von einem Feuer, hinterließ eine glitzernde Spur auf ihren aneinandergepressten Bäuchen, es grub sich in seine Oberschenkel, knirschte in ihrem Schamhaar, und als er kam, fühlte es sich an, als liefe blaues Frostschutzmittel durch seine Adern, so kalt, dass ihm Schweiß auf die Stirn trat. Er küsste ihr zerzaustes Haar. Ihr Hintern quietschte an der Kühlschranktür, als er sie auf die Füße herunterließ. Ihr Mund war von dem Wasser kalt wie ein Iglu.

Sie schaltete eine Neonlampe ein, und beide fingen an zu kichern. Die kupfernen Kochtöpfe hingen der Größe nach über dem Herd, an der Wand ein Esso-Kalender mit dem Bild eines Terriers, eine rot-weiß gemusterte Baumwollschürze, über die Lehne eines Kiefernholzstuhls geworfen, eine Schachtel Ritz-Cracker. Ihre Nacktheit sprang jäh hervor. Nichts in diesem Raum hatte sich durch ihren Sex verändert. Die Küche, vollkommen gleichgültig, schloss ihre glitzernden, besternten Körper in eine Hülle aus nichtssagendem Neonlicht.

Die orangebraune Katze beäugte Lyle durch die offene Tür. Sie kam herein und stellte den Schwanz auf. Sie rieb sich am Kühlschrank, reckte das Kinn vor, dann überquerte sie die schwarz-weißen Fliesen und schmiegte ihr elektrisch aufgeladenes Fell an Lyles nackte Wade. Die Straße war jetzt ein perfektes, unheimliches Weiß. Ein vereinzelter Luftzug ließ Gänsehaut über Lyles Unterarm kriechen. Mit dem Frösteln erfasste ihn ein Gefühl der Stimmigkeit. Die Freiheit, die er in der Küche von Rachels Eltern empfand, hatte etwas Sinistres. Rachel hatte im Schrank gewühlt und eine Blechdose mit Chocolate Chip Cookies zutage gefördert. Sie kippte sie in einem Haufen auf die Arbeitsplatte und setzte den Deckel wieder auf die Dose, die mit einem Bild im Stil von Norman Rockwell bedruckt war. Es zeigte ein kleines Mädchen mit rosa Schleife im Haar, das die Unterhose heruntergelassen hatte, um den Hintern versohlt zu kriegen, hinter ihr an der Wand tintige Handabdrücke.

Hab ich einen Kohldampf, sagte Rachel, den Mund voller Kekse.

Panik durchzuckte ihn, und sein Herz ergriff die Flucht, dehnte sich aus der Brust, wie es das Herz einer Comicfigur tun könnte, und eilte dem restlichen Körper voraus, der nicht so schnell hinterherkam. Lyle konnte seine Jeans gar nicht schnell genug anziehen und hüpfte mit einem leeren, schleifenden Hosenbein durch den Flur, fiel fast hin, als er den Bund über die Knie zog, und hinterließ eine Spur von Münzen.

Er war auf der neu angelegten Stichstraße noch nicht weit gekommen, als ein Wagen an ihm vorbeifuhr und sein Schienbein mit Schneematsch einkleisterte. Der Wagen bog in Rachels Einfahrt. Ihre Eltern blieben noch einen Augenblick sitzen, dann stiegen sie aus. Sie hatten Lebensmittel eingekauft. Er sah zu, wie sie zum Haus gingen. Der lange fuchsiarote Mantel ihrer Mutter sah aus wie eine klaffende Wunde. Lyle war noch nah genug, um zu hören, wie die Sturmtür aus Aluminium hinter ihnen zuknallte. Das Licht im Wohnzimmer ging an. Er blieb stehen, wie lange, hätte er nicht sagen können, aber nichts weiter geschah. Das Haus blieb ohne Regung. Er stand unter der Straßenlampe und sah den Schneeflocken zu.

Die Freude, nicht erwischt worden zu sein, überwältigte ihn. Er beschloss, ja gelobte, dass er nicht mehr mit Rachel schlafen würde. Wahrscheinlich würde er ihr sowieso nicht mehr begegnen, aber falls doch, würde er gar nicht groß mit ihr reden. In seinem Leben als Achtzehnjähriger kamen und gingen Lieben, ohne Spuren zu hinterlassen. Er entschied, dass das Freiheitsgefühl, das er in Rachels Küche empfunden hatte, erst der Anfang sein würde. Er fasste einen Entschluss: Immer einen leichten Schwindel von der Stirn abstrahlen, wie aus einer Grubenlampe. Dann trat man zur Seite, wenn einem das Verderben auf den Fersen war. Man konnte immer entwischen, bevor die Eltern nach Hause kamen. Er wusste, dass er zugekifft war, aber er konnte nie entscheiden, welche Wahrnehmung, zugekifft oder nüchtern, die akkuratere war. Er nahm sich vor, immer die eine Sichtweise in der linken Hand zu halten und die andere in der rechten.

Als einige Wochen später das Telefon klingelte, erkannte Lyle am Ton seiner Mutter, dass es ein Mädchen war. Seine Mutter war der Ansicht, ein Mädchen, das bei einem Jungen anrief, habe keine Selbstachtung. Sie sprach so laut, dass er mithören konnte. Der Hörer lag auf einem langen Stück Baumwollvlies, das glitzerte und funkelte, eine Lichterkette mit winzigen weißen Lämpchen war darunter verborgen. Porzellanengel mit Samtkleidern und papiernen Gesangsbüchern waren über das Baumwollvlies verteilt. Zwischen ihnen sah der Hörer aus wie ein außerirdisches Raumschiff.

Rachel sagte bloß seinen Namen, Lyle.

Es erinnerte Lyle daran, wie er seine ersten Kontaktlinsen bekommen hatte. Er war aus dem Optikergeschäft auf der LeMarchant Road hinausgetreten, hatte in eine Baumkrone hinaufgeblickt und zum ersten Mal die einzelnen Blätter unterscheiden können. Jedes Blatt anders als das nächste, im Gegensatz zu dem verschwommenen Spiel leuchtender Farben, für das er Bäume bis zu diesem Moment immer gehalten hatte. Sein subjektiver Blick, bislang völlig klar, trübte sich ein. Er sah den dunklen Tweed-Ärmel seiner Mutter, von winzigen weißen Pünktchen durchsetzt, an den abgenutzten Stellen glänzend, winzige abstehende Wollhärchen. Er hatte gerade noch Zeit, nach diesem Ärmel zu greifen, bevor er auf den Bürgersteig fiel. Er war ohnmächtig geworden.

Rachel seinen Namen sagen zu hören, während er in seinem eigenen Wohnzimmer stand. Die Musik aus *Jeopardy*, das

Quietschen der Ofentür, als seine Mutter den Shepherds Pie herausholte. Das Geräusch des Küchenabfallzerkleinerers, der gerade einen leuchtend orangen Wust von Karottenschalen verschlang – das alles wurde durch Rachels Stimme dermaßen verändert, dass er fast zum zweiten Mal in seinem Leben ohnmächtig geworden wäre.

Sie sagte, sie wolle ihn *persönlich* sprechen. Wer hatte sie denn auf diese Idee gebracht? Wahrscheinlich die Beratungslehrerin an der Uni, eine junge Feministin, die üppig sprießende, aggressiv aussehende Pflanzen auf ihrer Fensterbank stehen hatte und mit einer Schachtel voll hölzerner Penisse durch die Unterrichtsräume zog, um zu erklären, wie man ein Kondom benutzte. Er hatte keine Ahnung, wie Rachel an seine Nummer gekommen war.

Die Stadt rieselte durch die lose Faust eines Schneesturms. Gerippte Eiszapfen tropften und funkelten. Der Schnee war rosa oder butterfarben, in den Einbuchtungen und Mulden blau. Schimmernde Schleier wirbelten von den Dächern und den Rändern der Schneewehen. Er wusste, was der Anruf zu bedeuten hatte, redete sich aber während des gesamten Wegs zur Uni ein, es müsse um etwas anderes gehen. Vielleicht glaubte sie, sie könnte die Beziehung auf eine andere Ebene heben. Als wäre eine Beziehung etwas, das man selbst in die Hand nehmen konnte. Er wusste jedenfalls, dass es nicht um eine Lappalie ging. Und falls diese Frau ihn ihrem Willen unterwerfen wollte, wäre auch das keine Lappalie. Vielleicht war sie in ihn verliebt. Liebe reichte vielleicht schon als Erklärung für die ungute Vorahnung, die ihn erfüllte.

Lyle hatte als Dreizehnjähriger angefangen, mit Mädchen

zu schlafen. Er war Ministrant gewesen, hatte sonntagmorgens in der Frühe ein an Ketten hängendes reich verziertes Weihrauchfass aus Silber und dunkel blutrotem Glas getragen, das gegen sein rot-weißes Polyestergewand schlug, während er zum Klang von Gitarren und folkigen Kirchenliedern einherschritt, und auch wenn er das Klebrig-Bedrohliche, den schmierigen Gestank der Lust bei ein paar älteren, verschrobenen Männern gespürt hatte, die an den gleichen Orten herumhingen wie er – hinter dem neuen K-Mart in der Topsail Road, beim Pfarrhaus, beim Schwimmbad des St. Bride's College –, war es ihm gelungen, eindeutig Unerfreulichem aus dem Weg zu gehen. Er hatte eine großzügige Sexualität ohne Schuldgefühle entwickelt.

Zum Beispiel hatte er Sex gehabt: in einem muffigen Hobbyraum, in dem es eine aus dem Sears-Katalog bestellte Junggesellenbar mit schwarzer PVC-Polsterung und ein kariertes Sofa mit gefährlichen Sprungfedern gab, er hatte ein mit Herzen, Karos, Kreuzen und Piks bemaltes Glas, grau vom Haschischrauch, an den Mund gepresst und so fest angesogen, dass der Rand einen weißen Ring hinterließ, als er es von seinem Mund löste. Das Mädchen hatte sich mit Kugelschreiber ein Herz mit seinem Namen unter die weiße Schulbluse gemalt. Sex bei einem Freund im Zimmer, mit Schwarzlichtlampe und schwarzsamtigen KISS-Postern an der Wand. Das Mädchen trug schmierig grünen Eyeliner und hatte eine Flasche Blue-Nun-Wein dabei, Donovan sang über die *Season of the Witch*, und seine Freunde spielten im Nachbarzimmer Dungeons & Dragons. Sex im Pick-up auf einem Feld, von Nebel und Pferden umgeben. Das Mädchen und er waren plötzlich in rotes Licht gebadet, und ehe er sich's versah, klopfte ein Polizist an das beschlagene Fenster. Als Lyle das Fenster herunterkurbelte, leuchtete der Polizist mit der Taschenlampe herein, und der schweifende Lichtstrahl traf auf die Brust des Mädchens, ihren nackten Fuß. Neben ihnen auf dem Feld hatte ein weißes Pferd den Kopf hochgeworfen, geschnaubt und war in den Nebel davongetrabt. Einmal hatte er mit einem Freund und zwei sechzehnjährigen Zwillingsmädchen LSD geschluckt, in einer Fertigbauhütte gleich hinter der Straßenüberführung. Er und sein Freund saßen auf dem Bett, die beiden Mädchen ihnen gegenüber, dazwischen auf dem Boden ein Kasten Bier, und da platzte der Vater der Mädchen mit einer Flinte herein. Die Tür knallte gegen die Wand, sodass die ganze Hütte bebte, und ein Aquarell, das einen Elch im Bowring Park zeigte, schwang hin und her. Dem Elch klappte die Kinnlade herunter, und Moos und Wasser ergossen sich in den See, der Lyles Knie umspielte, kräuselten die Oberfläche. Die rosa Tapete dehnte sich wie Kaugummi, immer weiter, bis sie zur konkaven, halbdurchsichtigen Membran geworden war. Lyle halluzinierte die Bäume hinter der Wand und den Weg zum Minigolf-Schloss und zum Ententeich, und er war davon überzeugt, dass er einfach durch die Wand treten könnte, wenn der Vater auf ihn anlegte.

Er hatte also schon jede Menge Sex gehabt, aber er wusste nichts über Mädchen. Alles an ihnen – ihr detailliertes Wissen über ihre gegenseitigen Gefühlszustände, wie sie ganze Ozeane von Überlegungen mittels einer Geste zu überqueren vermochten, die komplizierten Grausamkeiten, die sie einander unvermittelt zufügten – das alles begriff er nicht. Diese

Unwissenheit verlieh ihm Mut, als er jetzt durch den Sturm zur Uni lief.

Als er das Unigelände erreichte, war kein Mensch mehr da. Lyle vermutete, dass Rachel gar nicht kommen würde. Er schwor sich, nie wieder ein Risiko einzugehen, wenn er diesmal davonkam, er spürte in diesem Moment, dass er es ernst meinte, schwor es vor Gott und seiner Mutter. Und im nächsten Moment, während er sein Spiegelbild im Fenster des Chemiegebäudes wie eine Kerzenflamme wabern sah, wusste er, dass er seinen Schwur, falls er tatsächlich davonkommen sollte, auf der Stelle wieder vergessen würde.

Rachel war die einzige Person in der Cafeteria, bis auf den Hausmeister, der am anderen Ende des Raums die orangen Stühle umgedreht auf die Tische stellte. Die Neonröhren summten. Sie trug ein schwarzes T-Shirt mit einem Marihuana-Blatt vorne drauf. Auf einem Styroporteller vor ihr lag ein Kleie-Muffin. Daneben ein Plastikbecher mit Saft, der Aludeckel halb abgezogen. Sie trug eine dunkle Sonnenbrille, und als er das sah, wusste er, dass sie nicht verliebt war.

Er zog den Stuhl neben ihr unter dem Tisch hervor, und die Metallbeine kreischten wie ein Vogel, der in eine Maschine gerät. Noch bevor er saß, sagte sie, dass sie schwanger sei und nicht abtreiben wolle. Er fragte: Bist du dir sicher? Womit er meinte, bist du dir sicher, dass ich der Vater bin. Sie wusste, was er meinte, und die Frage kränkte sie, was ihn mehr überraschte als alles andere. Ihre sexuellen Begegnungen hatten für sie eine andere Bedeutung als für ihn. Vielleicht hatte jede einzelne sexuelle Begegnung, die er je gehabt hatte, dem Mädchen etwas anderes bedeutet als ihm. Sie hatte ihn in einem

Schneesturm herbefohlen. Er war gekommen und hatte sich somit zu seinem Anteil bekannt. Er war da.

Das Kind, ein kleines Mädchen, war drei, als Lyle Anna kennenlernte. Bis sie sieben war, wohnte sie die halbe Woche bei Lyle, dann kamen Rachel und er überein, dass es für alle einfacher war, wenn sie nur an einem Ort lebte. Er bezahlte Unterhalt und fuhr sie zum Hockey und zum Ballett. Sie kam zum Abendessen, wenn sie Lust hatte.

Eines Tages letzten März ging ich in Lyles Arbeitszimmer im dritten Stock. Ich schubste Sic'um von dem Sessel am Fenster. Mir war der Gedanke gekommen, dass wir uns wegen dieser Geschichte womöglich nach zwölf Jahren trennen würden. Ich fragte mich, was aus unserem Haus werden würde, aus dem Sommerhaus an der Conception Bay, dem Auto. Wie es für Alex wäre. Ich hatte meinen Wintermantel noch an. Ich hielt die Tüte von der Apotheke in der Hand.

Hier, sagte ich und raschelte mit der Tüte. Lyle wandte sich auf seinem Drehstuhl zu mir um. Er fuhr sich mit den Händen an den Oberschenkeln herunter. Ich hatte mir mehr als alles andere auf der Welt ein zweites Kind gewünscht, und Lyle nicht. Ich hatte es mit aller Macht gewollt. Alex war jetzt elf.

Na dann mal los, sagte er. Während ich im Bad die Gebrauchsanweisung las, hörte ich ihn tippen.

Wir hatten Urlaub in Frankreich gemacht. Ich stand unter der Dusche, spürte ein heftiges Zwicken und wusste Bescheid. Es war eine beliebige, eine zufällige Empfindung. Unmöglich, mir sicher zu sein; ich war mir sicher. Meine Stirn kribbelte, ich begann, leicht zu schwitzen. Sämtliche Gegenstände auf dieser Welt hellten sich mit einem einzelnen synchronen Pulsschlag auf. Wenn Lyle gehen wollte, sollte er gehen. Falls es einen Streit gab, würde ich mich kaum darauf konzentrieren können. Kein Mensch kann die Empfängnis spüren, ich spürte sie.

Die Rollen von Lyles Schreibtischstuhl quietschten über meinem Kopf. Der Test lag auf dem Fensterbrett. Der Linoleumboden im Bad war kalt, und im Waschbecken klebte ein kleiner flacher Klacks blauer Zahnpasta, in dem ein paar Haare von Alex hingen, die von dem dünnen Rinnsal aus dem undichten Wasserhahn in leichte Bewegung versetzt wurden. Über mir rollte Lyle auf seinem Stuhl zum Bücherregal. Er zog sich mit den Fersen vorwärts. Dann stieß er sich wieder ab, zurück zum Computer, und schrieb weiter. Unser Gepäck stand noch im Wohnzimmer, obwohl wir schon seit einer Woche zurück waren. Ich wollte es weghaben. Neben dem Schwangerschaftstest eine Seifenschale aus Emaille, ein strahlend weißes Stück Seife, von zwei daran klebenden grell roten Geranienblüten verfärbt. Das blassrosa Pluszeichen auf dem Plastikstab wurde dunkler.

Ich rief die Treppe hinauf: Positiv.

Lyle klingelt an der Tür, und wir warten. Prissy Ivany reißt die Tür auf und grinst uns an. Sie trägt ein langes, eng anliegendes schwarzes Kleid mit grünlichem Schimmer und hat das orangerote Haar zur Mähne auftoupiert.

Deine Haare sehen ja toll aus, Prissy, sage ich. Charles Ivany erscheint hinter seiner Frau.

Sie hat da mal ein paar Gabeln drin versteckt, sagt er.

Stimmt, sagt Prissy. Ein komplettes Gedeck.

Wo ist denn Alex, fragt Charles.

Die übernachtet bei einer Freundin.

Charles raucht mit einer smaragdgrünen Zigarettenspitze und trägt ein Smoking-Jackett mit Samtaufschlägen, dazu eine rote Fliege. Auf seinem kahlen Schädel sitzt ein Miniaturgeweih.

Schön, dass ihr gekommen seid, sagt er. Gebt mir eure Mäntel.

Kümmern wir uns erst mal um den Kleinen, sagt Prissy. Charles klatscht einmal in die Hände.

Was kann ich euch zu trinken anbieten? Ich habe einen sehr guten Sherry.

Den probier ich gern, sagt Lyle. Er strahlt vor Glück.

Brav, sagt Charles.

Prissy führt mich in ein Zimmer im ersten Stock und hilft mir mit dem Laufstall. Sie schaltet ein Babyphon ein und hält es sich ans Ohr. Dann schüttelt sie es.

Scheint zu funktionieren, sagt sie. Als wir wieder nach unten kommen, erzählt Charles gerade eine Geschichte über Thomas von Aquin.

Hat einfach aufgehört zu schreiben. Charles hält inne und grinst in die Runde.

Er hatte eine Vision gehabt: Alles, was er je geschrieben hatte, war Stroh. Charles wirft den Kopf in den Nacken und lacht.

Könnt ihr euch das vorstellen, *Stroh*, es war alles Stroh.

Blauen Dioden gehört die Zukunft, verkündet Joanne Barker. Von jetzt an wird's nur noch um blaue Dioden gehen.

Und was ist mit Taschenrechnern, fragt Lyle, hat nicht irgend so ein Taschenrechner-Fuzzi den Nobelpreis gekriegt?

Leg dich besser nicht mit mir an, sagt Joanne. Das Kinn zu Lyle hochgereckt, frech und flirtend.

Ich würde gern so verfahren, wie Diane McCarthy es immer macht, sagt Prissy. Nach dem Hauptgang rückt jeder Mann zwei Plätze von seiner Frau weg. Nachtisch erst nach Scheidung.

Seid mal kurz still, sagt Lyle. Sofort verstummen alle. Pete hat angefangen zu weinen.

Ich gehe mit Pete auf dem Arm zum Auto hinaus, der zusammengeklappte Laufstall schlägt gegen mein Schienbein. Ich werfe ihn in den Kofferraum, schnalle Pete auf dem Kindersitz fest. Im Tapedeck steckt eine J. J.-Cale-Kassette, und es dröhnt honigsüß und schwül in die frostige Luft: *Magnolia, you sweet thing, you're driving me mad.* Dicke Schneeflocken segeln auf die Windschutzscheibe. Das Lenkrad ist zu kalt, um es festzuhalten. Irgendwo auf der Welt gibt es Magnolien. Gibt es Männer, die Frauen, eine bestimmte Frau, lieben, bis zur völligen Hingabe. In diesem Teil der Welt schlafen Babys unter feinen Moskitonetzen, während die Eltern Eistee trinken oder sich in der Hängematte lieben. Die Babys schlafen, weil sie von der drückenden, duftgeschwängerten Hitze übermannt wurden, oder vielleicht gibt es auch gar keine Babys. Ich frage mich, ob ich zu betrunken bin, um zu fahren. Frage es mich auch dann noch, als ich auf der Elizabeth Avenue eine rote Ampel überfahre. Der Mann mit Filzhut, dessen Auto ich fast zu Schrott fahre, hat ein Gesicht aus zusammengedrückter Knete. Seine

Kinnlade hängt herunter. Pete ist hellwach, er schaut dem Schnee zu. Als wir letzte Woche durch ein Gewerbegebiet fuhren, sagte Alex: Und wenn wir in Wirklichkeit alle tot sind und bloß glauben, wir wären am Leben?

Folgendes ist in Frankreich passiert. Folgendermaßen bin ich schwanger geworden, nachdem ich mir elf Jahre lang nichts sehnlicher gewünscht hatte, als wieder zu spüren, wie sich ein Kind in meinem Bauch bewegt. Ein mittelalterliches Dorf mit Spitzenvorhängen an den Fenstern und gewundenen Sträßchen mit Kopfsteinpflaster, eine Burg auf einem Pass. Isobel fand am Strand die Autoschlüssel nicht mehr und nahm alles aus ihrem Rucksack, verkrustete Socken, Don DeLillo, schüttelte den Sand ab. Eine Ziege an einem zerkauten blauen Seil sprang auf meine Brust und hinterließ erdige gespaltene Abdrücke auf meiner Bluse. Eine ältere Frau lud uns zu sich nach Hause ein, servierte uns Portwein. Auf ihren hohen Regalen vier auf Baumstümpfe geklebte Wiesel. Die haben meine Kaninchen umgebracht, sagte sie. Wir sahen den Papstpalast. Unterhalb des Palasts liegt ein Gefängnis, die Mauern um den Hof waren mit einem feinen grünen Netzgewebe abgehängt. Einmal ist ein Häftling mit einem Hubschrauber geflohen. Ein Mädchen stand auf der Mauer und schrie ihrem Freund hinter einem dunklen Gefängnisfenster etwas zu. Hast du meine Nachricht bekommen? Ein tätowierter Totenschädel lugte über dem Tunnelzug ihrer Hose hervor. Ein Feld, das unter den ziehenden Wolken changierte, smaragdgrün, lindgrün, gelb und blau. Ein doppelter Regenbogen. Ein Himmel wie Kaschmir, von den Zacken der Berge zerfetzt. Ein Schweinemastbetrieb, aus dessen Richtung der Wind wehte. Von nur einem Mann und mehreren Computern geführt, wie Lucien uns erklärte. Lucien im Zickzackkurs auf einem Einrad, das Weiße seiner Augen unter der Iris sichtbar, während er die silbernen Kegel, mit denen er jonglierte, im Blick behielt. Zuckerwürfel, in Papierchen eingewickelt, auf denen »Daddy« steht. In Marseille verdrehte ein hochmütiger Kellner die Augen. Alex kaufte bei einem Schwarzen mit Cornrows eine Sonnenbrille, deren Gläser wie Hausfliegen geformt waren, der Mann zappelte wie ein Irrer mit dem einen Bein und schaute in die andere Richtung, während sie jede einzelne Brille aufprobierte. Wir schliefen auf einem Segelboot, das im Hafen vertäut lag, ein Wald weißer Masten, die in den indigoblauen Himmel stachen. Eine Frau an einem fernen Fenster schaute auf einen großen Platz hinaus, ein schlafendes Kind an der Schulter. Lammspieße brutzelten auf dem Grill, zischend und Fett verspritzend. Wir sammelten Mandeln vom Boden auf. Mein siebenunddreißigster Geburtstag. Lyle stellte den Kuchen schwungvoll auf den Tisch, sodass die Platte sich drehte, und ich rief: Warum kriegst du immer alles hin?

Bernard ist in Paris aufgewachsen, an den Lagerfeuern der Zigeuner, erzählt er uns, während er Tomaten schneidet. Er ist ein Freund von Lucien und Isobel, bei denen wir wohnen.

Ich versuche gerade, meine Eltern zu finden, sagt er, am Computer. Es gibt da so ein Programm. Er legt die Tomatenscheiben auf einen Teller, überlappend wie schlappe Dominosteine.

Irgendwo in Algerien, sagt er. Einen Namen habe ich.

Sein Bauch hängt ihm über den Gürtel, und seine Zähne sind gelb, einige fehlen. Tränensäcke. Im Vergleich zu Lyle ist er klein, seine Haut ist dunkel. Er spießt eine rote Paprika mit der Messerspitze auf und trägt sie zum Herd. Er stellt das Gas an und legt die Paprika in die blaue Flamme. Dann zieht er eine Kugel Mozzarella aus seinem Rucksack und schneidet sie in Scheiben. Er dreht die Paprika um, deren Haut schwarz ist und Blasen wirft. Dabei lässt er sich über Picasso aus. Alles auf Französisch, und ich kann ihm nicht folgen, aber er wendet sich mir zu und deutet mit der Messerspitze auf mich.

Picasso ist nichts für einfache Leute, sagt er. Seine Vehemenz hat etwas. Es gefällt mir, dass er nicht weiß, wer seine Eltern sind. Ich treffe meine Entscheidung.

Was sagt er denn über Picasso, frage ich Isobel.

Bernard ist ein Schwätzer, flüstert sie.

Wegen des Gewitters bleibt Bernard über Nacht. Er hat Angst vor Blitzen. Er erklärt mir, wenn ich in den Bergen unterwegs sei, könne es passieren, dass der Blitz wie Wasser die Straße herunterströmt und sich um meine Füße sammelt. In so einem Fall solle ich mich rechtzeitig auf einen Fels flüchten. Und auf keinen Fall den Zeh hineinstecken, egal wie schön es aussieht. Der Strom fällt aus, und wir stellen uns alle zusammen ans Fenster und schauen den Blitzen über den Bergen zu. Der Donner grollt und kracht. Wir hören die Kühe muhen, hören ihre Glocken. Jemand schlägt mit einer Gerte auf sie ein. Ich denke: Ein Teil dieser Welt lebt mit köstlichem, stinkendem Käse und Wieseln mit Glasaugen. Ein Teil dieser Welt hasst Picasso. Ein Teil dieser Welt tanzt um ein Freudenfeuer.

Wir essen Eis aus der Packung. Alex schläft nebenan, fest in ein weißes Laken gewickelt. Die Blitze sausen auf die knorrigen, ineinander verschränkten Äste des Olivenhains nieder.

Blitze strömen durch den Hain wie blaues Blut durch organisches Gewebe.

Es kommt näher, sage ich zu Bernard, während ich seinen Atem in meinem Nacken spüre. Im nächsten Moment bereue ich, dass ich das gesagt habe, denn ich merke an der Wärme oder dem Geruch, die von ihm ausgehen, oder an der Art, wie er atmet, seiner Reglosigkeit, dass Bernard schreckliche Angst hat. Wir stehen alle am Fenster zusammengedrängt. Den Winter über arbeitet er als Koch. Ich habe keine Entscheidung getroffen. Zu keinem Zeitpunkt habe ich eine Entscheidung getroffen.

Lyle, seine Schwester Isobel und deren Freund Lucien laufen in den Garten hinaus, um die Wäsche hereinzuholen. Sie ist vom Regen bereits so schwer, dass die Laken in den Schlamm hängen. Wir sehen zu, wie die drei hin und her rennen, in einem Hagel von Blitzen. Monströs und uralt ist er, der Blitz, körperlos, tödlich, voller Glückseligkeit. Etwas, das sie mit langen spitzen Fingernägeln ergreifen und über das Feld schleudern könnte. Bernard reibt mir mit den Handflächen kreisend über den Hintern, während ich am Fensterbrett stehe und den anderen zusehe. Der Blitz stapft auf dürren Beinen zu uns her; erst bohrt sich der eine knotige Röntgenknochen in den Matsch, dann der andere. Wieder und wieder. Lyle, Isobel und Lucien rennen unter den nassen Laken hin und her, wie Motten, die unter einem Glas gefangen sind und mit den Flügeln gegen die Wände schlagen. Bernard schiebt ein Knie zwischen meine Beine und drückt sie auseinander. Er rafft meinen Baumwollrock hoch. Streift mir die Unterhose bis in die Kniekehlen herunter. Ich stütze mich auf das steinerne Fensterbrett, es drückt gegen meine Ellbogen. Als er kommt, denke ich ungewollt an etwas, was ich über Thunfische gelesen habe. Dass man, wenn sie in Panik sterben, die Angst in ihrem Fleisch schmecken kann.

Das mit Bernard dauerte nur einen Moment. So wahr ich lebe: Als die Lichter wieder angingen und die anderen durchnässt mit den verdreckten, klatschnassen Laken hereinkamen, wechselten Bernard und ich nicht einmal einen verschwörerischen Blick. Es war weder wonnig noch obszön. Pete sieht aus wie Lyle. Jedenfalls gleicht er von der Mimik, von seinem Lächeln her Lyle.

Es ist nach vier Uhr früh, und Lyle ist immer noch nicht von den Ivanys zurück. Ich will, dass er nach Hause kommt. Meine Arme tun mir weh, weil ich Pete so lang herumgetragen habe. Ich sitze im kalten Wohnzimmer, habe Pete in eine Decke gehüllt und schaue die David-Letterman-Show. Er zeigt ein Video, in dem er einen Mann im Hühnerkostüm jagt. Er schnappt sich einen Feuerlöscher und sprüht den Mann ein, der sein eines Knie hochreißt und sich an die Schwanzfedern fasst, als täte es weh. Draußen fährt ein Taxi vor, und ich schalte den Fernseher aus, stelle mich im Dunkeln hinter den Spitzenvorhang und halte nach Lyle Ausschau. Aber aus dem Taxi kommt erst ein riesiges Büschel silberner Heliumballons, und dann tippt ein Frauenstiefel prüfend auf den Schneematsch. Es ist meine Nachbarin. Ihr Freund kommt um das Auto herum an ihre Tür und fasst sie am Ellbogen. Dann steht er neben ihr, während sie sich mit dem Hausschlüssel abmüht. Er schaut in den Himmel, sein Atem kondensiert. Er dreht sie von der

Eingangstür weg, nimmt den Kragen ihrer Jacke in die Hände, zieht sie an sich und küsst sie sehr lange. Dann versucht sie sich wieder mit dem Hausschlüssel, die Tür geht auf, und sie treten ein und ziehen die Ballons hinter sich her.

Pete fängt an zu weinen. Sein Körper streckt sich, wird steif, fast windet er sich dabei aus meinen Armen. Seine Wangen sind gerötet. Er kriegt ein paar von meinen Haaren zu fassen, schließt die Faust darum und reißt daran. Ich löse seine Hand. Ich hole seinen Schneeanzug und lege ihn auf den Teppich, schiebe Petes Arme und Beine hinein. Ich gehe zum Auto, setze Pete in den Kindersitz, lasse den Motor an und warte, bis er warmgelaufen ist. Ich will bei den Ivanys vorbeifahren. Will Lyles Silhouette hinter den Wohnzimmergardinen sehen.

Doch dann beschließe ich stattdessen, zum Fountain Spray zu fahren. Ich überlege, ob wir irgendwas brauchen, und mir fällt auch etwas ein. Wir brauchen Milch. Aber zum Fountain Spray fahre ich einfach deshalb, weil es aufhat. Wegen der Schilder, auf denen in Neonorange »Sale« steht. Je länger ich von zu Hause wegbleibe, desto wahrscheinlicher wird es, dass Lyle da ist, wenn ich wiederkomme. Ich werde mit einem Blick auf die Fassade wissen, ob er drinnen ist, auch wenn sich äußerlich vielleicht gar nichts verändert hat. Oder etwas hat sich auf eine Weise verändert, die ich nicht bewusst wahrnehme. Fußspuren im Schnee. Ich fahre auch wegen des Namens hin, Fountain Spray. Später werde ich sagen: Und dann stehe ich also um vier Uhr morgens im Fountain Spray und kaufe Milch. Eine Komikerin, die von ihrem schlaflosen Leben erzählt. Wobei der Laden schon seit Jahren nicht mehr so heißt. Er heißt jetzt Needs. Bedarf. Ein junger Mann sitzt hinter der

Ladentheke, über eine Zeitung gebeugt. Er hat die Arme verschränkt und wiegt sich beim Lesen vor und zurück. Der Radiosender ist schlecht eingestellt. Celine Dion, der Song aus *Titanic*. Auf einem kleinen Podest eine riesige Pyramide aus Zitronen. Selbst im grellen Licht des 24-Stunden-Ladens ist das Gelb der Zitronen knallig. Ich muss an die Frau mit den gelben Rosen auf dem Friedhof denken und frage mich, ob das nur ein Traum war. Ich habe schon so lange nicht mehr geschlafen. Die Traumwelt kriecht in die reale Welt. Der junge Mann, eigentlich noch ein Junge, blickt auf und schlägt die Zeitung zu. Der Mann, der die Tür so heftig aufreißt, dass sie gegen die Einfassung knallt und das Glas zersplittert, und dann ein Jagdmesser aus seiner Khakijacke zieht, erscheint hier weniger fehl am Platz als die Zitronen. Ich habe ihn oft auf der Straße gesehen, rachsüchtig vor sich hin brummelnd. Ich habe schon die Straßenseite gewechselt, um ihm aus dem Weg zu gehen. Ich habe ihn am frühen Morgen darauf warten sehen, dass die Theatre Pharmacy aufmacht, damit er ein Rezept einlösen kann. Innerhalb von Sekunden hat er den Jungen fast ganz über die Ladentheke gezogen und dessen hellblaues Hemd aufgeschlitzt. Der Ärmel trübt sich ein, klebt am Arm des Jungen, färbt sich rasch bis zur Manschette hinunter dunkel. Der Ständer mit Kaugummis und Riegeln steht mir im Weg. Pete fängt an zu weinen. Der Mann dreht sich zu uns um. Ich sehe seine Faust auf der Brust des Jungen, er verdreht den Hemdstoff. Womöglich kann der Junge nicht mehr richtig atmen. Ein großes Glas mit Soleiern fällt von der Theke, und die dicken Eier rollen über den Boden, als wollten sie sich mal umsehen. Ein Ständer mit Chipstüten fällt nahezu lautlos um. Eine Binsenweisheit: Es gibt fast immer unbeteiligte Zuschauer. Ich begreife mich als Zuschauerin.

Pete und ich, wie Statisten in einem Film. Es ist das grelle Licht, die späte Stunde, ich überprüfe mich, wie es ein Scriptgirl mit einer Statistin tun würde, um festzustellen, ob meine Anwesenheit erforderlich, glaubwürdig ist. Mein Wildledermantel mit Pelzkragen, der Gürtel hängt lose aus den Schlaufen, der Klettverschluss an meinem Stiefel steht ab. Es sind müde Stiefel mit welligen Salzrändern. Meine Füße sind nass. Der Klettverschluss löst sich beim Gehen, und ich muss mich in der Mall oder an der Parkuhr vor dem Supermarkt mit Pete im Arm bücken, um die Lasche festzudrücken, und dann löst sie sich wieder. Die Stiefel haben ausgedient. Ein Ausdruck, den meine Schwiegermutter gern verwendet. Ihre spezielle Wesensart kommt mir schlagartig in den Sinn. Lyles Mutter ist Teil all der widerstreitenden Liebes- und Hassgefühle und Nicht-Momente meines Lebens, die mir in diesem Moment geballt vor Augen treten. Petes waldgrüner Schneeanzug. Meine rehbraunen Handschuhe, verzogen und mit einem Loch am Daumen. Ich stelle verblüfft fest, dass die Nacht bodenlos ist. Das Scriptgirl überprüft die sich herausbildende Textur, die Nuancen jedes Details, das ich zu der Szene beitrage. Ich scheine genau das zu sein, was ich bin. Eine Frau mit einem Kleinkind in einem Minimarkt während eines Überfalls. Ich bin eine hartnäckige Nebenhandlung, beharre stur auf meiner Anwesenheit. Wie bin ich hierhergelangt?

Unbeteiligte Zuschauerin in einem Minimarkt um vier Uhr morgens wird man nur durch eine Abweichung vom normalen Ablauf. Eine Störung, die genauso dramatisch oder undramatisch ist wie die, wegen der ich hier bin. Ich bin hier, weil ich an Vergeltung glaube, weil ich seit jenem Abend mit Bernard in gewisser Weise darauf gewartet, mich nach der Erleichterung gesehnt habe, die sie mir bringen würde. Das jetzt ist die Quittung, ein Zur-Verantwortung-Ziehen, die gerechte Strafe. Und es ist meine Motivation als Statistin in dieser Szene, sofern Statisten überhaupt eine Motivation brauchen. Der Mann mit dem Messer wendet sich mir zu. Falls er von übernatürlichen Stimmen hierher befohlen wurde, sagen die ihm jetzt: *Nicht der Junge, Dummkopf, die Frau.* Ich bin zwar eine unbeteiligte, aber keine unschuldige Zuschauerin. Sirenen, so fern wie der Atlantik. Polizisten. Jemand schreit: Keine Bewegung. Aber ich stehe an der Tür, und dann trifft mich etwas mit solcher Wucht in die Magengrube, dass mir die Luft wegbleibt. Eine Granitsäule bohrt sich in mich. Es haut mich von den Füßen, und ich rutsche über die Fliesen, bis mein Kopf gegen den Bierkühlschrank auf der anderen Seite des Ladens knallt. Dosen und Kartons, alles fliegt mir ins Gesicht. Ich ersaufe.

Das Kind ist mir aus den Armen gerissen worden, obwohl ich nur den einen Gedanken hatte, es festzuhalten. Meine Arme sind vor der Brust verschränkt, als hielte ich ihn noch. Aber ich halte ihn nicht. Nur mich selbst. Ein Feuerwehrschlauch. Ich liege in zehn Zentimeter hohem Wasser. Überall hüpfen Zitronen. Mehr Zitronen als sonst irgendetwas. Pete treibt in seinem Schneeanzug mit dem Gesicht nach oben im Wasser. Ich taumele zu ihm, packe die Vorderseite seines Schneeanzugs. Das Wasser lässt ihn mit einem kussartigen Schmatzen los. Wir brüllen beide, mit aufgerissenem Mund und rotem Gesicht.

Der Arzt in der Notaufnahme überprüft Petes Knochen, Herz, Blutdruck. Er schaut in Petes Ohren. Alles ist in bester Ordnung, der Schneeanzug ist wasserdicht, Pete ist nicht einmal nass geworden. Ich rufe bei den Ivanys an und erreiche nur den Anrufbeantworter. Sie sind in die Stadt gegangen.

Ich stehe am Schlafzimmerfenster und schaue auf die Straße hinaus. Es schneit immer noch. Ich sehe, wie das Licht der Straßenlampen matt wird, einen Moment lang leuchtet noch etwas Längliches darin orangerosa nach, dann erlischt das Licht. Die Sonne ist aufgegangen. Ich höre, wie die Haustür geöffnet und leise wieder geschlossen wird. Lyle stößt mit den Stiefeln gegen die Wand. Ich höre ihn seufzen, wahrscheinlich bückt er sich gerade, um die Schnürsenkel zu öffnen. Ich höre, wie er seine Schaffelljacke über das Treppengeländer hängt, wie sie herunterfällt. Ich merke, dass er leicht betrunken ist. Merke es am Knarren des Geländers, auf das er sich etwas zu fest stützt. Schließlich tritt er hinter mir ins Zimmer. Ich drehe mich um, Pete auf dem Arm.

Ich sage: Er schläft.